KB139909

宮 沢 賢 治

미야자와 켄지와 한용운의
시 비교연구

宮 沢 賢 治

미야자와 켄지와 한용운의
시 비교연구

심종숙 지음

주체의 분열과 소멸, 복권을 중심으로

한국학술정보

저자의 말

박사논문을 내고 17년째 세월이 흘렀다. 이 논문을 내고 나는 학술정보 주식회사와 만해기념사업회로부터 출판이나 만해 관련 비교연구논문을 제안받았다. 나름대로 내 고생에 대한 답 같아 위로를 받았지만 나는 많이 지쳐서 논문 제안에만 겨우 응하고 출판은 엄두도 내지 못했다.

나는 2003년에 문화활동 비자를 받아 일본 가나자와에 10개월간 체재를 했다. 우리 나이로 5살 된 아들을 한국에 두고 단신으로 객원연구원 신분으로 갔었다. 나는 일본에 가서 고독할 때마다 산문시를 쓰거나 일기 등을 쓰곤 했다. 물론 나의 주 일과는 대학원에 청강을 하면서 만해 한용운 문학에 대해 집중적으로 연구자료를 읽고 논문 준비를 하는 것이었다. 그 때 가나자와대학의 캠퍼스는 산 속에 있었고 겨울에는 눈이 90센티까지 내렸다. 산과 들과 찻길이 눈에 묻혔지만 제설차가 신속하게 움직여서 길을 내놓았다. 그래도 뜨겁고 습기 찼던 여름보다는 견디기가 나았다. 그 때 읽었던 만해 한용운의 시나 소설, 수상 등은 나에게 깊은 감동을 주었다. 그러면서 타골의 저작들도 함께 읽었다.

원래 나의 전공은 일본 근대 문학 중에 미야자와 켄지의 시였다. 그러나 켄지는 시와 동화를 썼다. 오히려 동화작가로 더 잘 알려진 작가이다. 나에게 켄지의 시 「봄과 수라」를 소개해준 분은 고려대학교 일어일문학과 교수셨던 김채수 시인님이시다. 이 작품을 읽고 그 당시 시를 습작하고 있었던 나는 압도

되었다. 켄지의 시를 공부하자고 결심했던 것은 그 때였던 것 같다. 그러나 켄지의 시는 산문적 요소를 지니면서도 동화는 시적이었다는 것이 나의 인상이다. 만해와 타골의 시편들을 읽으면서 이 세 사람이 유사점을 가졌다는 생각이 들었다. 나의 관심사는 종교적인 생활을 했던 그들이 사회운동에도 심혈을 기울였다는 점이었다. 특히 자기 헌신적 삶이 나의 마음을 움직였다. 이들도 종교인, 지식인이며 각자의 사회현실에 대해 고뇌하고 실천하는 선각자이자 사회운동가였지만, 한 인간으로서의 면면을 시편들에 표현하고 있었고 현실의 문제에 직면하여 갈등과 극복에 이르는 과정을 보여주었다. 다시 말해 신념을 실천에 옮기는 것과 문제적 현실이 벽에 부딪쳐 올 때 인간적 고뇌가 시에서 어떻게 표출되고 극복에 이르는가가 나의 관심사였다. 이들은 신앙인이었고 그 때 발생하는 신앙적 고뇌를 자기부정과 자기희생, 자기헌신으로 실천해가고 있었다는 공통점에 착안하여 논지를 전개하였다.

일본에서 돌아오니까 나의 모든 현실은 그 전과 달라졌고 그런 가운데 187페이지 가량을 먼저 손으로 쓰면서 논문의 큰 줄기를 잡아나간 것은 2004년의 가을과 겨울에서 2005년 초봄의 일이었다. 그 다음에는 50페이지 분량의 잔가지를 달아보았다. 논문심사와 더불어 수정하는 과정에서 조금 더 페이지가 늘어났다. 박사공동연구실에서 시름했던 나날은 스스로의 영혼을 불태우는 시간이었다고 생각한다. 누군가는 내가 앉았던 책상에서 논문을 쓰려다가 그 고통을 견디지 못하여 정신이상을 일으켜 나갔다고 했다. 심사 받았던 봄학기에는 새벽에 그 당시에 학교 뒤편에 있었던 집에 들어간 적도 있다. 결혼하여 가정을 가진 아이 엄마가 이런 생활을 하는 것은 가족의 희생을 요구하는 것이다. 한밤중에 학교 관리인 아저씨가 불이 켜진 연구실에 잠깐 문을 열고 그 틈으로 안전에 주의하라고 당부해주셨던 적도 있다. 한 마리 누에가 실을 뽑아내는 과정에서 이런 처절함이 없이는 어떻게 가능했겠는가. 글은 글쓴이의 영혼을 밝혀 다른 사람의 영혼을 구원한다고들 말한다. 어려운 일이다. 그러나 나는 이 생각에 일면 동감한다. 언젠가 일본 작가 오오에 겐자부로 씨가 한국에 왔을 때 왜 글을 쓰느냐고 그의 작품집에 사인을 받으면서 살짝 질문했을 때 '인연'이라는 답을 주신 적이 있다. 평생을 문필업에 매달린 분의 깊은 대답이었다.

나는 만해 한용운 스님의 글에서 두 가지를 기억한다. 하나는 역경을 순경으로 바꾸어야 한다는 것과 차별상이 없는 평등이다. 평등 세상이 오면 그 어떤 인간도 소외되지 않을 것이라고 생각한다. 인간의 존엄이 지켜지고 자본화되고 상업화된 세상에 인간이 주체적으로 살아갈 수 있지 않을까 생각한다. 그 누구도 이 지상에서 천대 받지 않는 세상이 되길 바란다. 켄지가 세상 모든 사람의 행복을 꿈꾸는 것도 만해 스님의 주장과 별반 다를 것이 없다. 타골의 신에 대한 순종의 시편들은 인간의 구원을 꿈꾸는 종교적인 희원이다. 누구나 이 지상에서 구원 받고 지복을 누리고자 한다. 지복은 어느 한 사람의 수고로 이루어지지 않는다. 많은 이들의 지난한 투쟁의 결과일 것이라는 예측이다. 그것이 내적이든 외적이든 투쟁에서 승리한 결과가 될 것임에는 틀림없다.

만해 스님이 1926년 『님의 沈默』을 세상에 내셨던 그 때도 지금도 우리는 민족적 주체를 회복하지 못한 상황이다. 주체의 복권은 잃었던 주체를 다시 찾는 것이다. 자본주의의 지배적 가치로부터, 강대 세력의 폭압으로부터, 차별상이 만연한 세상으로부터 인간 주체를 회복하는 맑은 어느 날을 나는 기다린다. 이 책의 표지 그림을 쾌히 승낙해 주신 장흥순 화백님의 〈몽골의 길〉에는 진창길에 고인 빗물이 보인다. 거기에 비친 푸른 하늘과 한 떼의 양들이 누리는 평화를 바라본다. 만해 스님은 '해 저문 벌판에서 돌아가는 길을 잃고 헤매는 어린 양이 기루어서 이 시를 쓴다'라고 시를 쓰는 목적을 밝히셨다. 이 글귀에서 어떤 고귀한 목적이 없이 글을 쓰면 안 되겠다는 생각도 들었다. 그 생각에는 지금도 나중에도 변함 없어야 할 것이다. 만해 스님의 '심은 절대며 자유며 만능이니라'는 가르침을 고이 받아드는 것은 진창길 인생에도 맑은 하늘에서 내린 고운 빗물이 있고 그것을 우리 모두 나누어 마시야 할 것이다. 한 떼의 평화로운 양떼들이 그것을 마시며 목을 축이듯이. 모든 게 마음 먹기에 달렸는데 우리는 그 생명수를 마시고 기운을 차려서 다시 진리의 허리띠를 매어야 할 때인 것 같다.

끝으로 우둔한 나의 머리를 깨우쳐주신 참고문헌에 있는 많은 선생님들께 깊이 감사 드린다. 그리고 지도해주신 최재철 교수님과 고 이탄 시인님(전 한국외대 한국어교육과 교수)과 심사위원님들, 나의 문우들과 동학들께 감사드린다. 아들과 아들의 아빠에게도 미안하고도 고마운 마음을 전한다. 또 이 책을 세상에 나오게 해주신 한국학술정보 관계자님들께 감사의 마음을 전한다.

2022년 10월
상강이 멀지 않은 날에 삼각산 아래에서
심종숙

목
차

I.

서론

1 │ 연구목적

인간에게 문학은 어떤 역할을 하는가? 그리고 인간 세계에서 발생하는 다양한 모순과 갈등으로부터 초극하기 위해 인간은 문학에서 어떤 형식을 빌려 그것을 가능케 하는가. 종교를 통하여 인간은 그 자신의 인생관과 세계관을 형성해 왔다. 시는 종교에 예속되지는 않지만, 시가 세계나 인간의 삶을 떠나 있을 수 없으므로 종교의 관점을 따라 삶을 숭고하게 형상화하려고 한다. 종교시는 현대 시문학에서도 가능한 것이며 시로써 종교를 경험한다는 것은 종교적 관점과 관련지어서 그 시의 뜻을 이해하는 것을 말한다. 문학과 종교에 대해 글릭스버그(Charles I. Glicksberg)는 '종교시라는 용어에서 종교에 강조점을 두지 않고 시에 강조점을 둘 때(즉 시가 교의의 관례적인 요구로부터 단절되었을 때) 비로소 그 시는 신앙의 통일을 끈덕지게 방해하는 세계에서 신앙의 통일을 이룩하기 위한 시인의 투쟁 깊이와 어려움을 전달할 수가 있다'[1] 라고 언급하고 있다. 이는 종교시가 어디까지나 시에 강조점을 두어야 하며 신앙의 통일을 방해하는 세계와 주체가 투쟁하는 과정의 강렬도에 따라 시적

---

1 글릭스버그, 최종수 옮김, 『문학과 종교』, 성광문화사, 1981, 92쪽.

성과가 획득되는 것임을 이야기하고 있음을 알 수 있다.

또한, 글릭스버그가 '종교적 확언의 본질은 강한 회의주의에 의하여 생겨난 갈등 속에서 가장 훌륭한 표현을 볼 수 있다'[2]라고 하였을 때, 이는 구도하는 인간의 신앙적 위기란 곧 종교적 회의를 의미한다고 할 수 있다. 이러한 경우, 문학은 그들에게 어떤 역할을 하는가, 또한, 그들은 이 모순되고 분열된 세계를 어떻게 극복해 내는가 하는 과제는 문학과 종교, 혹은 시와 종교라는 영역이 서로 예속되어 있지 않으면서 상보적인 관계에 있으며 종교시가 현대 시문학에서도 가능태로서 존재함을 알 수 있다. 신앙적 회의란 완전한 신 자체에 대한 회의보다 주체가 현실적으로 당면한 여러 문제에서 갈등하여 믿음의 힘을 잃게 되어 분열상을 보이는 것을 의미한다. 이러한 분열은 주체가 타자인 신과 거리를 두게 된 상실의 영역이다. 이 상실은 주체가 울부짖는 공간이며, 주체는 내면으로 침잠하여 스스로 정신세계를 끊임없이 응시하게 되고 거기에서 발견되는 죄를 정죄하고 정화의식을 치르기 위해 풀 한 포기 없는 모진 사막의 세계로 자신을 몰아넣게 된다. 신과의 합일을 위한 필연적인 사막의 공간이야말로 주체가 새로운 변모를 하게 되는 공간이다. 사막의 투쟁에서 주체는 신과 대립하려는 그릇된 욕망을 자르기 위해 자기희생이라는 채찍을 선택하게 된다. 이것은 주체가 자신을 번제물로 바치는 희생제의이다. 종교시란 바로 이 과정의 강렬도에 의해 탄생한다. 마차도에게 종교와 시는 '〈존재의 본질적인 이질성〉이라고 부른 그 타자성을 포용하려는 시도'[3]일 때 의미를 갖는다. 이는 종교적 경험도 시 경험도 파스(Octavio Paz)가 말하는 '치명적 도약'이다. 그것은 본성을 바꾸는 것으로, 본성을 바꾼다는 의미는 근

---

2 글릭스버그, 앞의 책, 92쪽.

3 옥타비오 파스, 김홍근 · 김은중 옮김, 옥타비오 파스 전집 1 시론 『활과 리라』, 솔 출판사, 1998, 181쪽.

원적인 본성으로 돌아감을 의미한다. 우리의 존재가 갑자기 자신의 잃어버린 정체성을 기억해 낼 때, 우리 자신인 그 타자가 나타난다. 시와 종교는 계시이지만 시의 언어는 종교적 권위를 넘어서는 어떤 것이다. 이때 시적인 이미지는 이성적 증명이나 초자연적 힘의 권위에 의존하지 않고 스스로에게 의존한다. 그것은 인간이 스스로를 발견할 때 드러나는 본연의 모습이다. 그러나 종교적 언어는 다른 어떤 신비를 보여주고자 하고 이 상이성은 시와 종교의 유사성을 혼란시키는 요인이다. 그러나 종교적 신성은 인간 존재 안에 이미 내재한 숭고함이다. 이것은 불교의 어법을 빌려 말한다면 우주 만물에 깃든 불성(佛性)이다. 이 존재에 내재한 신성과 불성은 존재의 숭고함을 드러내는 데 역할을 하고 신과 인간, 주체와 객체를 통합시키는 힘이다. 이 내적 신성을 자기 안에서 발견하는 과정이 종교와 시의 관련성이 언급될 수 있는 부분이라 하겠다.

이처럼 문학 이외의 범주를 아울러 둘 이상의 언어권 내지는 나라의 문학 속에서 보편성을 찾아내는 데에는 비교문학의 연구 방법을 적용함으로써 그 목적에 도달할 수 있다. 비교문학의 이론가인 두리친(D. Durisin)이 말하는 진보적 의미의 수용과 발전은 전통적 의미의 수용과 발전과는 달리, '어떤 분명한 영향과 수용 관계에 대한 자료가 없다 하더라도 외국 문학과 자국 문학과의 유사성—구절, 어법, 문체, 비유, 주인공, 주제, 구성—을 바탕으로 하는'[4] 연구 방법이다. 두리친의 연구 방법도 종래의 역사주의가 문학작품의 내재적 미학성을 추구하기보다 문학의 외적 연구에 편중된 데 대한 비판의식에서 시작되었다. 비교문학에서 형성된 유사성과 대비연구는 원천, 수용, 명성, 영향 등의 사실관계에 한정하지 않고, 작가나 작품 간의 직접적인 관계가 없는 문

---

4 윤호병, 『비교문학』, 민음사, 1994, 117쪽.

학 현상을 대상으로 그 유사성을 연구하는 분야이다.

알드리지(Alfred owen Aldridge)는 '소재'(문학사 · 문학작품 · 문학사조 등) 그 자체의 중요성을 강조하고, '문학적 주제 · 문학 장르 · 문학운동 · 문학 관계 · 문학적 환영' 등의 연구를 구분하고 있다.[5] 이 중 문학적 주제 연구 부분에서 두 가지 타입을 설정하고 있는데, 그 하나는 추상적 이념(애국심 · 프리미티즘 · 황금시대⋯ 등)이고, 다른 하나는 추상적 인물(공장 노동자와 같은 일반적 인물과 역사 · 신화 · 순문학에 나타난 인물)이 그것이다. 그러므로 대비연구는 인간의 사상이나 감정의 보편성을 추구하는 것으로 그 연구대상은 각국의 유사한 문학적 소재, 모티브, 이데아 등이 된다. 이러한 문학의 내재적 법칙성, 즉 인간의 근원적 사고의 보편성을 추구하여 그 유사성을 해명하는 대비연구는 고도의 문학 이론의 도입을 요구하게 된다. 알드리지는 문학 작품의 유사현상을 세 가지 유형으로 구분하는데 그것은 표현형식의 유사성과 사고의 유사성, 그리고 인간관계의 유사성이다.[6] 이 중 표현형식의 유사성과 사고의 유사성은 본고와의 관련성이 크며 이것은 문학 장르뿐 아니라 철학, 종교, 논문 등 이외에도 광범위하게 포괄되는 부분이다. 그러나 대비연구는 유사현상의 병치로만 일관해서는 연구 자체의 의미 부여가 어려워지고 작품이나 작가 및 그 밖의 지적 활동과의 대비에서 표출되는 유사현상과 비유현상을 고찰하여 이동성(異同性)을 해명할 때 연구의 의미를 획득한다고 하겠다.

본고에서는 전술한 바와 같은 대조연구를 통하여 인간 세계에서 발생하는 모순과 갈등으로부터 초극하기 위해 작가는 그들의 문학작품에 어떤 주제의

---

5 김학동, 『비교문학론』, 새문사, 1984, 25쪽.

6 Alfred Owen Aldridge, 「比較文學—日本と西洋」, 南雲堂, 1979, 49-52쪽.

식을 드러내고, 그것을 가능케 하기 위해 어떤 문학적 장치를 취하는가를 고찰하고자 한다.

근대 일본의 시인이며 동화작가, 농촌운동가, 법화경의 행자[7]인 미야자와 켄지(宮澤賢治, 1896-1933)와 한국의 불승이며 독립투사, 시인인 만해 한용운(1879-1944)의 시를 그 대상으로 삼았다. 주로 다루게 될 작품은 켄지의 경우『봄과 수라(春と修羅)』제1 시집(1924년 4월 자비출판)이며 그 외에 동화, 편지 등을 참고 자료로 한다. 한용운의 경우에는 시집『님의 침묵』(1926년 5월, 회동서관 간행)을 중심으로 하여, 그의 사상을 알 수 있는 「조선불교유신론」,『불교대전』등을 참고로 하겠다. 이 두 시인은 19세기 말의 역사적 격동기에서 20세기 초·중반의 자본주의 완숙기와 제국주의적 역학이 작동되는 근대를 살았다. 켄지는 근대화의 전형인 동경과 대조적으로 소외된 농촌인 고향 이와테현(岩手縣)을 '이이하토브(イ_ハトブ)'라는 드림랜드로 인식하고 현실적으로 그러한 곳으로 만들기 위한 노력의 일환으로 라스지인협회(羅須地人協會)라는 단체를 조직하여 농촌 계몽 활동에 투신하였다. 그것은 그가 사랑하는 여동생 토시코(とし子)의 죽음(1922. 11)을 계기로 '만인의 진정한 행복'을 추구하기 위한 보살행의 실천이었다. 그의 현실과의 투쟁은 토지계량, 비료설계 등으로 이어졌으며 「농민예술개론강요(農民藝術槪論綱要)」를 통하여 근대 일본의 농촌사회에서 생활하고 있는 농민들을 위한 예술을 주장하였다. 그의 농민 예술론은 문학에 국한되지 않고 요리에 이르는 농촌 생활 전반을 예술의 대상으로 하고 있다는 점이 특징이다. 2년 반 남짓

---

7 켄지에게 가장 영향을 주었고 생애를 통제한 것은 니치렌(日蓮)과 니치렌을 통해 얻은 법화경의 이념이었다. 먼저 처음에 타나카 치가쿠의 니치렌종 개혁 운동을 접하였고, 코쿠츄우카이(國住會)를 통해서 해석된 니치렌의 사상과 법화경에 끌리어 있었다. 후에는 타나카 치가쿠의 일연주의를 통하는 것을 그만두고, 직접 니치렌을 통해 법화경의 이념을 체현하는 모티브로 옮겨갔다고 생각할 수 있다. 그리고 제일 나중에는 직접 법화경의 이념을 자신이 소화하는 장소로 나아간다. 그것을 그는 종교와 과학이 일치할 수 있는 장소와 같이 생각했다. (吉本隆明,『宮澤賢治』, 近代日本詩人選 13, 筑摩書房, 1989, 16쪽.)

한 라스지인협회를 통한 농촌활동에서 그 지방 유지의 장남이자 지식인이었던 켄지는 농민(백성)들과 극복할 수 없는 출신의 문제로 괴로워하였지만, 끝까지 보살행의 자기희생 정신으로 그가 가진 고뇌로부터 해방될 수 있었다.

한용운은 일제 식민치하의 조국독립이란 민족적 과제 아래에서 3·1운동을 주도하였고 그 후에도 불교청년회를 통하여 독립운동가로서 초지일관하였다. 1913년 발행된 「조선불교유신론」(불교서관)은 일본의 정토종, 조동종, 일연종 등에 의해 잠식당하고 있었던 조선의 불교를 보호하고 조선불교 내의 새 시대적 요구와 부합하지 않는 부분을 유신하기 위한 불교개혁 운동의 지침서라 할 수 있다. 그리고 1918년 9월에 그 자신이 편집자 겸 발행인이 된 『유심』지를 통해 불교 대중, 민족 대중에게 독립사상과 불교개혁 사상을 펼쳐나갔다. 이 『유심』지는 2회를 끝으로 당국의 검열에 의해 폐간당하나 그 성격에 있어서 종합지적 성격을 가진다. 또한, 문예 작품을 현상 공모한 것도 그 시대에 드문 일이었고 무엇보다 중요한 점은 그가 이 잡지에 타고르(R. Tagore)의 『생의 실현』을 연재했다는 점이다. 한용운은 『님의 침묵』에서 「타고르의 시 동산직이(THE GARDENISTO)를 읽고」라는 시를 쓰고 있어 타고르의 『원정(The Gardener)』과 『생의 실현(Sadhana)』과의 관련이 밀접함을 말해주고 있고 그것은 여러 타고르 수용자 중에서 비로소 한용운에 와서야 그 뿌리를 내리고 있다고 평가되고 있다. 이 점은 켄지의 경우에도 마찬가지여서 일본의 문학자들 중에 타고르의 족적을 작품에 남긴 사람은 켄지였다.

종교 시인으로 널리 알려진 타고르(1861-1941)가 일본을 방문한 것은 1916년의 일이었다. 그의 작품인 『기탄잘리(Gitanjali)』의 영어판 번역이 1912년에 간행되었고 일본에서는 그가 방일하기 전해인 1915년에 『기탄잘리』, 『신월(The Crescent moon)』, 『원정』, 『생의 실현』이 번역 출판되었다. 타고르는 1913년 『기탄잘리』와 『생의 실현』으로 아시아에서 최초로 노벨상을 수상하였는데 그의 문학은 힌두교의 전통과 불교 사상의 기초 위에서 신에 대한 찬미와 우주적 생명을 노래하는 것으로 알려져 있다.

켄지는 『주문이 많은 요리점』의 선전문에서 '저자의 심중에 실재한 드림랜드로서 일본 이와테현을 이이하토브'라고 부르면서 이이하토브의 소재지를 '테판타르 사막에서 먼 북동쪽, 이반 왕국에서 먼 동쪽이라 생각한다'라는 문구에서 타고르의 시집 『신월』(1913, 맥밀란출판사, 런던)의 「추방의 나라」에 나오는 테판타르 사막을 쓰고 있다. 또한, 아오에(青江舜二郎)의 「宮澤賢治と タゴ─ル」라는 논문에서 세키(關登久也)의 『宮澤賢治物語』에 의하면 켄지는 타고르의 시를 애송하였고 젊은 사람들에게도 애송하게 했다고 한다.[8] 한용운의 경우는 시집 『님의 沈黙』에 「타고르의 시 THE GARDENER를 읽고」라는 시가 한 편 실려 있을 뿐 아니라 그가 1918년 9월에 발간한 『惟心』지에 『생의 실현』이라는 제목으로 『Sadhana』를 실었고 제2호까지 연재하였다. 한편 김윤식은 일본이나 중국에서보다 한국에서 타고르의 수용이 활발했던 이유를 타고르가 한국인에게는 첫째, 같은 동양인이라는 것과 피지배 민족의 시인이라는 것으로 하여 거의 맹목적인 숭배에 가까운 감정 반응을 보였다는 것 둘째, 타고르 쪽에서도 한국민족에 많은 관심을 보여주었다는 것 셋째, 타고르가 다른 서구문인들과는 달리 작품뿐만 아니라 인도 철학자로서도 받아들여져 그러한 논문이 번역되었다는 것 넷째, 한 개인으로는 다른 서구의 어느 문인보다도 많은 작품이 번역되었다는 것 등에서 찾고 있다.[9] 켄지와 타고르를 비교한 연구자에는 요시에(吉江久弥),[10] 하라(原子朗)[11] 등이 있다. 특히 요시에는

8 青江舜二郎, 「宮澤賢治とタゴ─ル」, 『四次元』 200호, 四次元社, 1968. 1, 158쪽.

9 김윤식, 「한국 신문학에 있어서의 타고르의 영향에 대하여」, 『진단학보』 32호, 진단학회, 1969. 202쪽.

10 吉江久弥, 「賢治の初期童話とタゴ─ル」, 『京都語文』 제2호, 仏教大学国語国文学会, 1997. 10.

11 原子朗, 「'家をめぐって-タゴ─ル' 武郎·賢治-」, 『文芸論叢』 2호, 立正学園女子短期大学文芸科, 1966. 2.

'타고르의 강연을 직접 듣고, 또 그 기사를 읽고 감동한 사람은 많을 것이지만 그 증거를 남겼다고 생각되는 사람은 켄지 한 사람이다'[12]라고 언급하고 있다. 그의 논문은 켄지의 동화 「산포도와 무지개(めくらぶだうと虹)」를 중심으로 하여 타고르의 『생의 실현』의 사상 중, 자기중심의 바람이나 모든 집착과 이 기적 생활을 버리고 범아일여(梵我一如)의 브라만의 경지에 자아가 도달하는 부분을 고찰했고 그 자료로서 「家庭週報」[13]를 통해서 영향 관계를 규명하고 있 다. 그리고 한용운과 타고르의 영향 관계는 문화사적 측면의 이입사를 연구한 김윤식, 형태미와 구조 관계를 규명한 김용직,[14] 시집 구조의 유사성과 어휘를 중심으로 한 형태 연구의 김재홍[15]을 들 수 있겠다. 본고는 켄지와 한용운을 중심으로 하여 이 양자가 타고르의 문학과 사상을 수용하여 근대라는 모순된 시대를 초극하는 데 있어 불교적 진리를 실천했고 그것은 사회적 참여만이 아 니라 그들의 문학작품 속에서도 구현되었음에 비교의 접점을 발견하고 특히 문학과 종교라는 관점에 토대를 둔다. 켄지는 타나카 치가쿠(田中智學)[16]의 권

---

12 3)번 주석의 요시에의 논문, 177쪽.

13 특허 제381호-제385호. 창간이 명치 37년 6월 25일이고 1951년 4월 15일 제1633호로 폐간됨. 이후 『桜楓新報』로 잡지 이름을 바꾸고, 현재에도 간행되고 있다. 그 외에 요시에는 「中央公論」의 경우 1915 년 5월호, 8월호, 1916년의 6월호 등의 자료를 들고 있는데 여기에 실린 논문들도 타고르와 인도 사상 에 관한 것이다. 「中央公論」은 켄지가 중학생 때부터 읽었던 잡지이다. 타고르는 당시 일본여자대학의 교장이었던 나루세(成瀬仁蔵)의 요청으로 동교에서 1차 방문 해인 1916년 7월 2일에 강연을 하였고 이 어 동교의 카루이자와(軽井沢) 수련소에서 있었던 하계 수양회에 초청되어 8월 18, 19, 20일의 3일간 매일 저녁 5시부터 三泉寮에서 강연을 했는데 그것은 〈생의 실현〉 속에 들어 있는 〈명상에 관하여〉이다. 요시에는 실제 강연 시의 내용이 더 길었을 것으로 추정하고 있다. 그리고 요시에는 그 당시의 일본의 지 식인들에게 타고르의 작품 중 〈기탄잘리〉와 〈생의 실현〉이 주로 읽혔을 것으로 보고 있다. 그 이유는 이 것이 그의 사상과 철학을 이해할 수 있는 대표적인 작품이기 때문이라고 하고 있다.

14 김용직, 「Rabindranath Tagore의 수용」, 『한국현대시연구』, 일지사, 1974.

15 김재홍, 『한용운 문학연구』, 일지사, 1982.

16 田中智学(1861-1939): 江戸 日本橋에서 태어났다. 1880년 日蓮主義의 在家佛教團體蓮花會를 창립하였고 1885년 1월 立正安国会, 1914년 11월 3일 国柱会로 개칭했다. 켄지는 1919년(23세) 1월 22일과 2월 16일 에 그의 연설을 듣고 감명을 받았고 1920년 11월에 국주회 信行部에 입회하였다. 연보(新校本 『宮澤賢治全 集』, 第16卷(下), 筑摩書房, 2001, 218쪽)에 의하면, 켄지가 '타카치오 선생님의 권유에 따라 법화문학 창

유에 따라 '법화 문학'의 구현이라는 일생의 과제를 문학이라는 표현의 장에서 실천에 옮겼다. 또한, 한용운과 타고르도 각각 시집 『님의 沈默』과 『園丁』 등에서 불타 또는 우주의 절대자인 브라만과 자신의 관계를 시로 표현하고 있다.

한편 켄지와 한용운이 근대적 자아와 개성을 자기 부정, 자기희생이라는 불교의 역설적 진리를 통하여 극복하는 과정은 전술(前述)한 논자들에 의해 밝혀지고 있다. 이러한 연구에서 켄지의 경우는 개인과 전체를 동일한 것으로 간주함으로써 불일불이의 불교적 세계관을 드러냈고 토시코의 사별이 계기가 되어 개인의 문제에서 전체의 문제로 옮아감으로써 근대 개인주의로부터 초극할 수 있었다. 한용운의 경우에는 끊임없는 주체의 자기 부정을 통하여 님과의 재회를 이루어내는데 이것은 부정의 변증법으로서 불교의 역설적 세계관을 통하여 이루어낼 수 있는 극복의 한 방법이 되고 있다. 그런데 앞서 언급한 타고르의 『생의 실현』에서는 서구적 개념의 자아와 변별되는 자아가 신과 합일하기 위해 자기 부정과 희생을 함으로써 신과 자아의 조화, 즉 더 큰 사랑에 도달하지만, 신으로부터 떨어져 나온 서구적 개념의 자아는 파국을 맞는다. 그러나 그 지점에서 초극이 가능한 것은 완전한 사랑인 신과 합일하기 위한 자아의 부정과 희생 여부에 따라 결정된다는 점이다.

작'(高知尾師ノ奬メニヨリ法華文学ノ創作)(雨ニモマケズ手帳 新校本『宮澤賢治全集』第13卷(上) 본문 편 563쪽)에 뜻을 둔다고 한 것은 그의 나이 25세 때인 1921년의 일이었다. 타카치오는 그의 은사인 타나카 치가쿠의 純正日蓮主義의 교의에 따라 '켄지는 시가 문학을 잘 하므로 그 시가 문학상에 순수 신앙이 스며 나와야 한다고 말했다'라고 언급하고 있다. (高知尾智耀, 「宮沢賢治の思い出」(「真世界」, 1968, 9월호) '치가쿠는 청일 · 노일 전쟁기의 불교 사상가로서 국가를 매개로 한 불교를 추구했고 그의 사회적 관심은 신불교도 운동이나 불교 사회주의와 일치했다. 그러나 불교 사회주의가 국가에 비판적이었던 데 대해 치가쿠는 국가를 제일로 보는 결정적 차이가 있다. 근대가 정교분리를 기본으로 하는 것에 대해 치가쿠는 정교일치를 주장한다.' (末木文美士, 『近代日本の思想 · 再考 I 明治思想家論』, 東京: トランスビュー, 2004, 221쪽.

2 | 연구사 검토

켄지(賢治)와 한용운의 문학은 양자가 속한 자국 문학에서 활발하게 연구되고 있으며 본고에서는 이들 문학연구를 몇 가지 경향으로 나누어서 살펴보고자 한다.

먼저 켄지 문학의 연구사를 크게 나누어 보면 켄지 사후(1933년)에서 1960년대까지를 제1기라 한다면 제2기는 『校本全集』가 편찬되는 1970년대부터이고 제3기는 『校本全集』의 부족한 부분을 수정한 『新校本全集』의 출판이 이루어지는 1990년대 후반부터이다. 제1기에서는 『四次元』을 중심으로 켄지의 보급과 발굴에 주력하였고 1기와 2기의 중간 시기에 타니가와(谷川徹三)[17]가 켄지를 예술인, 신앙인, 실천인, 과학인이라는 네 가지 측면으로 파악하여 '全人' 켄지관을 정립하였다. 이는 '이상을 향하는 시행착오 중에서 좌절과 파탄도 보이는 인간적인 본질을 가지고 있다'라는 나카무라(中村稔)의 입

---

17 谷川徹三, 「われはこれ塔建つゐもの」(1959년 5월의 강연), 『宮澤賢治の世界』, 法政大學出版局, 1963.

장[18]과 대치되어 1963년 이 양자가 '비에도 지지 않고(雨ニモマケズ)'[19] 논쟁을 일으킨다.

1970년대에는 근현대사학의 입장에서 나스가와(名須川溢男)[20]가 타니가와의 입장을 지양하고 켄지를 그 주위의 인간·사회관계 속에서 종합적으로 파악하려는 방법으로 A 문학적 측면, B 가족·연고자 집단, C 종교적 측면, D 교육적 측면, E 농촌 운동적 측면, F 사회 운동적 측면으로 나누면서 그는 E와 F의 실체 특히 F에 관해 거의 좌시되어왔던 탐문조사를 하여 켄지의 전 면모를 새롭게 밝힐 수 있었다. 이어서 『校本全集』은 양과 질 면에서 획기적인 의미가 있는데 문학론의 측면에서 「심상 스케치(心象スケッチ)」[21]와 추고가 가진 특성을 조명했다. 시의 서두와 표현행위를 둘러싼 독자적 문학 이론을 가진 아마자와(天澤退二郎)[22]는 연구와 평론으로 이 영역을 심화시켰다. 한편 자연과학이나 음악의 영역을 독립시켜서 연구를 심화한 미야기(宮城一男),[23] 사이토(齊藤文一)[24] 등과 음악 관련의 사토(佐藤泰平)[25] 등이 대표된다. 호리오(堀尾靑史)를 중심으로 정리된 켄지 연보는 켄지의 객관적 파악을 가능케 했다. 크리스트교, 코쿠츄우카이(國柱會) 관계는 우

---

18 中村稔, 『宮澤賢治』, 書肆ユリイカ, 1956. 6.

19 1963년 나카무라와 타니카와 사이에서 촉발된 논쟁.

20 名須川溢男, 「宮澤賢治とその時代」, 『岩手史學硏究』55, 1970. 10.

21 직접 외계의 자극에 의거하지 않고 의식에 나타나는 대상에 대한 객관적 표상과 외부의 자극이 존재할 것으로 단정할 수 없는 포괄적인 방법으로 실재감과 유동성을 가지고 있다. 하라의 견해에 따르면 기록된 마음의 풍물로써, '역사나 종교의 위치를 완전히 변환시키겠다'라는 『봄과 수라』의 序에서 주장한 새로운 예술 방법이다. (原子郎, 「賢治詩語辭典」, 『國文學』, 學燈社, 1984. 1월호.)

22 天澤退二郎, 《宮澤賢治》論』, 筑摩書房, 1976. 11.

23 宮城一男, 『農民の地學者宮澤賢治』, 筑摩書房, 1975. 11.

24 齊藤文一, 『宮澤賢治とその展開』, 國文社, 1976.

25 佐藤泰平, 「賢治とレコード」(一), (二) 『立敎女學院短期大學綱要』14, 15, 1983·1, 1984·3.

에다(上田哲)[26]가, 친족이나 불교도와의 관계는 쿠리하라(栗原敦)[27]가, 교육자로서의 측면은 사토(佐藤成)[28]가 연구의 깊이를 더했다. 그리고 주체의 문제와 관련이 있는 연구는 마츠다(松田司郎)[29]이며 그는 정신분석의 이론을 도입하여 켄지의 시와 동화를 분석하였다.

다음으로 한용운 시에 관해서는 사상에 관한 연구, 시대·역사적 의미에 관한 연구, 문학작품으로서의 형식이나 구조에 관한 연구 등 크게 세 가지로 나누어 볼 수 있겠다.

첫째, 사상에 관한 연구는 한용운이 평생을 두고 신앙의 대상으로 삼았던 불교와의 관련성을 규명하는 것으로, 박노준·인권환,[30] 서경보,[31] 김학동,[32] 송재갑,[33] 최원규[34] 등이 있다. 이와 같은 연구의 맹점은 사상을 검토의 대상으로 하므로 문학연구로서의 목적을 명백히 밝힐 필요가 있다 하겠다.

둘째, 시대·역사적 의미를 밝힌 연구들은 한용운 시의 사회 역사적 기능을 규명한 것으로 문학과 현실과의 불가분성이 강조되므로 일제 식민치하의 시대정신과 연관 지어 한용운의 시를 저항시로 보려는 경향이다. 여기에는 백

---

26 上田哲,『宮澤賢治その理想世界への道程』, 明治書院, 1985.

27 栗原敦,「宮澤賢治主要資料」(1)-(4)『金澤大學文學部論文集文學科篇』1, 1980.

28 佐藤成,『教諭宮澤賢治』, 岩手縣立花卷農業高等學校同窓會, 1982. 10.

29 松田司郎,『宮沢賢治の童話論-深層の原風景』, 国土社, 1986.

30 박노준·인권환,『한용운 연구』, 통문관, 1960.

31 서경보,「한용운과 불교사상」,『문학사상』, 1973. 1.

32 김학동,「만해 한용운론」,『한국근대시인 연구 1』, 일조각, 1974.

33 송재갑,「만해의 불교사상과 시 세계」, 동국대『동악어문논집』9집, 1976.

34 최원규,「만해 시의 불교적 영향」,『현대시학』, 1977. 8~11.

낙청,[35] 염무웅,[36] 김용직,[37] 김우창[38] 등의 논자가 있다. 이와 같은 사상이나 시대 · 역사적 맥락에서 연구된 논문들은 어느 부분 문학 외적인 접근을 하므로 작품 자체에 눈을 돌려 문학성을 찾고자 하는 연구가 상당히 진행되고 있다.

문학성을 고찰한 연구로는 비유의 특성을 역설로 보고 그 의미를 탐색한 오세영,[39] 조정환,[40] 유근조,[41] 반어적 특성을 지적한 김열규,[42] 은유를 유형화하고 그 작용을 상술한 김재홍,[43] 이혜원,[44] 상징과 관련된 김용팔,[45] 마광수,[46] 이미지에 관한 민희식,[47] 허미자,[48] 최동호,[49] 김현자,[50] 김은자[51] 등이 있다. 그리고 어조에 관한 연구로 오탁번,[52] 정조에 관한 연구로 윤석성,[53] 운율에 관한 연구

35 백낙청, 「시민문학론」, 『창작과 비평』, 1969. 여름호.

36 염무웅, 「만해 한용운론」, 『창작과 비평』, 1972. 겨울호.

37 김용직, 「비극적 구조의 초비극성」, 『한국문학의 비평적 성찰』, 민음사, 1974.

38 김우창, 「궁핍한 시대의 시인」, 『문학사상』, 통권 4호, 1973. 1.

39 오세영, 「침묵하는 님의 역설」, 『국어국문학』 65, 66 합병호, 1974. 12.

40 조정환, 「한용운 시의 역설 연구」, 서울대 석사 논문, 1982.

41 유근조, 「소월과 만해 시의 대비연구」, 단국대 박사 논문 1983.

42 김열규, 「슬픔과 찬미사의 이로니」, 『문학사상』, 1973. 1.

43 김재홍, 『한용운 문학연구』, 일지사, 1982.

44 이혜원, 「한용운 · 김소월 시의 비유 구조와 욕망의 존재형식」, 고려대 박사 논문, 1996. 7.

45 김용팔, 「한국근대시와 상징주의」, 건국대 『文湖』 제4집 1966.

46 마광수, 「한용운 시의 상징적 기법」, 『한용운 연구』, 새문사, 1982.

47 민희식, 「바슐라르 촛불에 비춰 본 한용운의 시」, 『문학사상』, 1973. 1.

48 허미자, 「한국시에 나타난 촛불의 이미지 연구」, 이화여대 『한국문화연구소 논총』 제24집, 1974.

49 최동호, 「서정시의 시적 형상에 관한 의식 비평적 이해」, 고려대 『어문논집』, 19 · 20합집, 1977.

50 김현자, 『시와 상상력의 구조』, 문학과지성사, 1982.

51 김은자, 「꽃과 황금의 상상적 구조」, 『현대시의 공간과 구조』, 문학과비평사, 1988.

52 오탁번, 「만해 시의 어조와 의미」, 고려대 『사대논집』 제13집, 1988.

53 윤석성, 「한용운 시의 정조 연구」, 동국대 박사 논문, 1990.

로 윤재근,[54] 문체에 관한 연구로 소두영,[55] 심재기[56]가 있다. 그 외에 이인복,[57] 이병석,[58] 박명자,[59] 이혜원[60]의 연구도 본고와 관련하여 중요하다. 특히 이혜원은『님의 沈默』의 시적 화자 '나'의 욕망을 구조주의 정신분석 이론가인 라캉의 이론을 도입하여 분석하였다. 본고는 라캉과 가타리의 정신분석 이론을 도입하지만 그들의 이론으로는 한계가 있으므로, 불교 철학의 중심인 니르바나 개념을 도입하여 주체의 소멸과 복권의 과정을 체계화하겠다.

주체의 문제를 다루려는 본고는 위의 연구유형 중에 세 번째 유형의 연장에 있으면서 켄지와 한용운이 불교에 몸담았던 만큼 첫 번째 유형의 연구와도 긴밀한 관련이 있다. 또한, 켄지 연구는 나스가와의 연구 방법을 수용하면서 작품의 내면 구조에 천착하여 분석하기로 한다.

---

54 윤재근, 「만해 시의 운율적 시상」, 『현대문학』, 1983. 7.

55 소두영, 「구조 문체론의 방법-님의 침묵 분석 시론」, 『언어학』제1호, 1976.

56 심재기, 「한용운의 문체 추이」, 『백사 전광용 박사 회갑기념논총』, 1979.

57 이인복, 「한국문학에 나타난 죽음 의식 연구- 소월과 만해의 대비연구를 중심으로 하여-」, 숙명여대 박사 논문, 1978. 8.

58 이병석, 「만해 시에서의 '님'의 불교적 연구」, 동아대 박사 논문, 1995. 12.

59 박명자, 「한국현대시의 눈물의 시학 연구- 한용운, 김현승, 서정주 시를 중심으로」, 원광대 박사 논문, 1998. 10.

60 이혜원, 「한용운·김소월 시의 비유 구조와 욕망의 존재 방식」, 고려대 대학원 박사 논문, 1996.

3 | 연구 방법과 범주

　프로이트(Sigmund Freud) 이후로 인간의 언어가 현실뿐 아니라 정신 속에서 일어나는 긴장과 갈등을 드러낸다고 보는 관점이 일반화되어 왔다. 그 후 라캉(Jacques Lacan)은 언어와 인간 정신의 상관성을 보다 명백하게 연관 지으면서 접근을 도모했다. 그는 정신분석학적인 필요에서 무의식과 언어의 상관성을 탐구하면서 정신과 언어의 불가분리한 관계를 확신하고 효과적 분석을 위해 언어에 관한 이해를 심화했다. 라캉은 현대 언어학에 대한 이해를 바탕으로 언어에 의해 구조화되는 무의식과 인간 주체의 개념을 설정하면서 프로이트적 정신분석에서 벗어난다.

　무의식에 있어서 언어의 결정성은 프로이트식의 의식과 무의식의 이분법을 재고시킨다. 즉 라캉은 프로이트의 검열 대신 무의식의 언어구조라는 개념을 설정함으로써 의식과 무의식 양 기제의 혼란으로부터 해방된다. 그는 억압이 검열이 아닌 무의식의 구조 자체에 의해 행해지는 것으로 파악하며 이때 무의식의 언어구조란 은유와 환유를 말한다. 이 언어구조가 무의식의 욕망을 변형시켜 의식에 투사한다는 것이다. 라캉이 자신의 이론 정립을 위해 소쉬르(Ferdinand de Saussure)의 기호개념을 그의 정신분석학 이론에 적극 수용하면서도 기표가 꿈의 이미지나 증상과 같이 의미를 배태한 기호표지라는 점, 기표의 우위성, 기표와 기의 간의 불일치성을 강조함으로써 기의의 우위를 강조하는 소쉬르의 도식을 재구성하였고 이 점은 의미의 재현 가능성에 의문을 제기하는 후기 구조주의와 같은 견해를 취한다. 라캉은 야콥슨의 은유·환유 개념을 프로이트의 압축과 전치와 연결하여 언어와 무의식의 관계를 정립하면서 프로이트의 '압축'과 '전치'를 환유로, '상징'과 '동일시'를 은유로 설명했던 야콥슨의 견해를 수정하여 '무의식은 언어와 같은 구조로 되어있다'라는 명제하에서 '욕망은 환유이고 증상은 은유'[61]라고 한다. 이때 은유는 기표 간의 선택적 관계를 통해 '증상'을 드러내고, 환유는 기표 간의 결합적 관계에 의해 욕망의 기원을 알려준다는 것이다. 즉 무의식은 은유와 환유를 통해 의미화의 연쇄를 이루게 된다. 이처럼 라캉에 있어 욕망구조는 독자적이면서 통합관계를 이루는 것이라 할 수 있다.

라캉은 인간의 조건이 곧 욕망의 구조이고 언어의 시작이 욕망의 출발을 알린다는 사실을 분명히 하면서 욕망은 언어를 통해 표출되지만, 언어로는 결코 충족될 수 없는 대상이며, 주체는 욕망을 대체할 언어, 은유를 제시하지만 충족하지 못하고 다른 대상을 찾아 옮겨감으로써 은유와 환유의 연쇄 고리는 욕망을 향해 끝없이 나아간다고 설명한다. 이는 언어의 한계를 인정하면서도 모든 존재의 근거는 언어로 환원시킨다는 점에서 라캉의 정신분석학은 상징세계의 과학으로 불린다.

정신분석학이 문학과 공유하는 기본항은 언어와 욕망을 통한 인간 이해의 방식이라는 점이며 이들은 의식의 저항을 뚫고 욕망을 충족시키려는 공동의 목표를 향한다. 그러나 정신분석학의 문학적 적용은 '문학성'의 이해라는 문

---

61   Jacques Lacan, *Ecrits: A selection*, trans. Aalan sheridan(New York: Norton; 1977), 234쪽.

학 연구의 목적성에 합치될 때에 그 의미를 획득한다.

　문학의 '문학성'을 거론할 때 중요한 비평적 시각은 신비평과 러시아형식주의로서 시의 구조화 원리와 시적 언어의 신비에 대한 이들의 이해 방법은 시 텍스트의 탐구에 유용한 기본 전제로서 기능하게 된다. 시적 비유의 기능과 역할을 문학성의 특수한 발현으로 간주하고 그 효과를 정밀하게 검토하는 태도 역시 본고에 참조할 만한 부분이다.

　비유는 언어이므로 언어의 가능성과 한계에 예속되며 진리에 근접하려는 언어의 욕망을 극대로 실현할 수 있는 양식이다. 또한, 비유는 무의식의 구조와 유대관계를 형성할 뿐 아니라 의식의 작용까지 포함하고 있어, 의식과 무의식을 모두 해명할 수 있는 수단이 된다. 본고는 주체의 문제와 더불어 비유에 관한 인식론적 접근을 도모하여 계열 관계를 이루는 비유의 핵심어들을 추출하여 주체의 의식을 해명하고자 한다.

　라캉은 무의식의 단계를 상상 단계, 상징세계, 실제 세계로 구분하는데 인식의 주체가 형성되는 첫 번째 단계는 상상 세계이다. 이 시기에는 주체와 타자가 구분되지 않은 상태로서 자기동일성은 어머니나 타자, 혹은 거울 속의 심상에서 찾게 된다. 다음 단계인 상징세계는 언어를 습득하는 시기에 이루어지며 인간은 언어를 배우고 상징세계에 복종함으로써 주체로 완성된다. 언어로 인해 자신의 본질로부터 소외된 주체는 상징세계의 질서에 봉사하면서도 그것으로부터 끊임없는 일탈을 꿈꾼다. 왜냐하면, 상징세계는 인간의 문화를 태동시킨 대가로 주체의 욕망을 억압해왔기 때문이다.

　라캉은 실재 세계에서는 인간이 언어를 통해 진실에 다가가는 것은 불가능하다고 밝히는데 그 이유는 실재 세계가 실제로는 존재할 수 없는 세계로서 초언어적(metalanguage)이며 언어로 재현되는 것 뒤에 숨어있는 것이다. 그러나 진리는 이따금 상징세계의 갈라진 틈새로 그 현존을 드러내고 상징세계를 통해 실제 세계를 엿볼 뿐 그 실체를 완전히 파악할 수 없다는 것이다.

라캉은 주체와 타자의 하나 됨이 완전성과 통일성의 요구를 충족시킬 수 없다고 본다. 그 이유는 상대방과의 관계에 항상 큰 타자가 개입하기 때문이다. 즉, 주체가 요구하는 정체성과 완전성에 대한 관념은 언어의 자리에 놓이고 큰 타자에 의존하는 완성의 염원은 관념과 환상을 넘어설 수 없게 된다. 주체가 타자에게서 완전성과 통일성을 획득할 수 있는 것은 상상의 세계에서이다. 켄지의 만가들과 한용운의 시에서 욕망의 존재 방식은 켄지의 경우에는 토시코와의 사별의 아픔을 극복하려는 의지를 보여주고, 한용운의 시에서도 사랑의 좌절과 포기를 극복하려는 의지에 의거한다. 이때 욕망의 지향점은 켄지의 경우 토시코의 사후세계를 추적하여 소통하고자 하고 한용운의 시는 님과의 만남을 추구한다. 이러한 욕망은 부재로 인한 결여에서 생겨나고 그것을 극복하고 욕망을 추구하기 위해서 상징세계의 근본조건인 언어의 불완전성과 대면해야 한다. 언어의 한계 안에서 양자는 역설의 방법을 취하고 이 점은 한용운의 경우 두드러지게 나타나고 켄지의 경우 환상적 이미지와 역설을 동시에 취하고 있다.

그러므로 켄지의 시에 나타나는 토시코의 임종 장면이 재구성되거나 그녀의 사후세계 추적이라는 이공간으로의 전이는 부재로 인한 결여를 극복하는 방법으로 기능한다. 그러나 그것은 어디까지나 상징세계에서는 그 실체를 완전히 파악할 수 없는 것이지만 주체가 결여를 극복하려는 욕망에 의해 재구성되며 그것을 통해 '슬픔과 우울'로부터 해방되어 간다. 켄지의 시에서 나타나는 이공간은 상징세계의 불완전한 언어로부터 끊임없이 탈주하므로 환상적 이미지가 그려지고 무의식 세계의 언표(言表)들이 떠돌아다니기도 한다.

가타리(Felix Guattari)는 주체와 기표는 동일한 방식으로 작동하며 자연 속에는 주체와 무관한 기표와 기의가 존재하지 않는다고 보았다. 왜냐하면,

주체는 언표 행위 주체의 현존을 부정하는 언표를 시작으로 하여 언표들을 생산하는 기표적 절단이기 때문이다. 그러므로 주체는 오직 타자에만 준거하고 (상호 주체성의 환상), 기표는 모든 현실로부터 단절된 기표에 준거할 뿐(언어학의 초기 단계의 환상)이라고 생각함으로써, 일관성 없는 주체[62]—순수한 상징적 작동자(Opérateur)—와 사실상 논리적 시간으로 존재하지 않는 기표적 시간을 설정하고 있다. 라캉의 계열성과 반복은 가타리에 오면 기표 연쇄가 개방된 연쇄가 아니라 기의의 연쇄, 물화된 기표 블럭으로서 반복은 죽음이라고 한다. 이때 기표는 주체가 전면에 등장해서 모든 것을 의심하고, 언표 행위를, 즉, 의미, 기존 질서에 대한 균열, 위반, 혁명, 근본적 방향 전환의 외침에 대한 표현으로서 기표적 노동을 생산하는 순간에만 출현하는 것으로 한정하고 있다. 또 그는 주체가 실존하는(exister) 것이 아니라 계열적인 타자, 말해지고 써지는 언어적 통제에 의해 소유하는(avoir) 것이다. 이것은 주체가 더 이상 기표적 절단이 아니라면 주체는 더 이상 존재하지 않음을 의미한다고 하겠다.[63] 이러한 기표들의 계열체를 절단하는 주체는 켄지와 한용운의 시에서 자기 부정, 자기희생의 分身지향을 드러내는 언어적 통제에 의해서 내포되고 있다.

본고는 언어의 통제에 의해 '소유하는 것'으로서의 주체를 소멸의 과정으로 보고 그러한 종교적 수행의 과정을 통해 켄지 시에서 나타나는 천상의 구원을 지향하는 주체와 한용운의 시에서 님과의 재회라는 타자와의 합일을 주체의 복권으로 해석하며 이것은 어디까지나 상징세계에서 불완전하게 드러내는 실재 세계의 진리를 투사시키는 것으로 파악하고자 한다. 이러한 과정은

---

62 펠릭스 가타리, 윤수종 옮김, 『정신분석과 횡단성』, 울력, 2004, 303쪽.

63 펠릭스 가타리, 앞의 책, 306쪽.

가타리가 말하는 '일관성 없는 주체' '기표적 시간'에 의해 수행되고 있다. 가타리는 분열적 주체를 배후에 남아 있는 것으로써, 무의식의 주체이자 억압된 언표 행위의 숨겨진 열쇠가 될 것이고 무슨 일이든 할 수 있는 기표 연쇄의 잠재적 절단이 된다고 언급하고 있다. 이는 기표 연쇄를 절단하고 해체할 수 있는 것으로 분열적 주체를 설정하고 있고 이 개념은 켄지와 한용운의 시에서 보이는 '분열적 주체'가 상징세계의 언어구조와 의식세계를 부정하고 초월적 세계로 지향하는 동인이 되고 있다.

분석의 기본 방식은 라캉과 가타리의 주체개념을 바탕으로 하여, 본론 제1장에서는 비유의 중심축을 이루는 종단적 계열체의 구조와 의미를 고찰하기로 한다. 욕망의 대상인 토시코와 님의 존재와 토시코-님과의 이별로 인한 결여에서 오는 주체의 분열상을 '두 마음'과 '님과 나', 주체의 분열을 '솔칭'과 '얼음 바늘'이라는 시어에서 도출하려고 한다.

제2장에서는 주체의 소멸과정을 주체의 자기 부정과 자기희생의 지향을 통하여 언표되는 분신의식과 '체형'에서 찾고자 한다. 이와 같은 주체의 죽음을 전제로 한 주체의 욕망은 기표 연쇄의 잠재적 절단을 함으로써 상징세계의 언술을 부정하는 역설적 언어와 세계를 드러낸다.

제3장에서 주체의 복권은 소멸과정을 반드시 선행한 것으로서 의미를 가진다. '님'과의 합일과 '토시코'라는 '個'로부터의 탈주는 '全体'를 지향하기 위한 주체의 몸부림이다. 라캉이 주체가 타자와 합일할 가능성을 상상계에서라고 언급하고 상징계에서는 불가능하다고 하는 것은 켄지와 한용운의 시에서 드러나는 역설적 세계관이 메타언어의 세계에서 존재하는 것이며 이 경우 주체는 가타리가 말하는 '일관성 없는 주체'라 볼 수 있다. 있기도 하고 없기도 한 주체, 단지 말해지고 써지는 언어적 통제 속에 소유되는 주체로서 이 경우에 주체와 타자의 관계 또한, 무너지게 되는 경지이다. 왜냐하면, 주체와 타

자의 합일이란 곧 주체와 타자가 하나인 一도 二도 아닌 한용운의 말을 빌리면 '평등한' 세계이기 때문이고 켄지의 말을 빌리면 '수라의 눈물' 대신에 '진리의 말'이 존재하는 상징계를 넘어선 공간이기 때문이다. 이것은 켄지의 시 「봄과 수라」의 시공간이 시적 화자가 말하는 '온통 지옥의 모습'이라는 거짓되고 부정적인 세계로서의 상징계에서 주체는 분열을 겪을 수밖에 없기 때문이다. 그러므로 주체의 복권은 곧 상징계를 이탈해서 얻어지는 세계에서의 주체이다. 이러한 주체를 '황금의 꽃', '새' 등의 시어를 통하여 고찰해 보고자 한다.

Ⅱ.
본론

1 | 주체의 분열

한용운 문학의 비교문학적 연구는 타고르의 시 특히 『원정』과의 관련성을
다루는 것이 필수적인 사항이었다. 그 연구는 송욱의 「유미적 초월과 혁명적
아공」[1]에서 비롯되었고, 송석래의 「임의 침묵 연구」[2]는 『기탄잘리』를 검토하여
자연 관조와 동양적 지성의 시적 조화라는 각도에서 연관성을 밝혔다. 김재홍
은 『한용운 문학연구』에서 『님의 침묵』과 『원정』을 중심으로 그 수용과 극복
과정을 연구하였다. 그리고 시집 구성상의 유사성을 지적하고 있으며 이 경
우 『원정』은 '원저자의 서언-역자의 한마디-목차-시 본문(①아무쪼록 자비
를-85 독자여 이로부터)' 순으로 되어있고, 『님의 침묵』은 '군말- 차례-시 본
문 및 독자'에게로 구성되어 있는데 이것은 『봄과 수라』 제1 시집의 '제목-序
-시 본문'으로 이루어진 것과 유사하다. 그리고 『님의 침묵』이 88편, 『원정』이
85편으로 구성된 점과 연작시 형식으로 짜여 있음은 영향 관계의 긴밀성을

---

1 그는 타고르의 시를 '절대자에 대한 동경'으로 요약했고 『원정』을 사회적 역사적 정의에 비추어 현실을 보았
  을 때 느낄 수 있는 의분의 불기둥이 없는 작품이라고 비판하였다. 이 논문은 「사상계」 117호(1963, 2)에 발
  표되고 『시학 평전』(일조각, 1963, 5)에 수록되었다.

2 송석래, 「임의 침묵 연구」, 『국어국문학 논집』 제4, 5호 합병호, 동국대 국어국문학회, 1964.

추정할 수 있는 부분이며 이와 같은 연작성은 『봄과 수라』 제1집의 만가군 17편의 연작성도 논의되고 있어서 그 유사점을 추출할 수 있다.

①
독자여, 이로부터 몇백 년 뒤에 나의 시를 읽을 그대들은 누구십니까?
나는 그대들에게 봄철의 재산에서 꽃 한 송이를 드리지 못했습니다.
그리고 저 구름 속에서 한 줄기의 황금을 드리지도 못했습니다. 『원정』

②
독자여 나는 시인으로 여러분 앞에 보이는 것을 부끄러워합니다.
여러분이 나의 시를 읽을 때에 나를 슬퍼하고 스스로를 슬퍼할 줄을 압니다.
나는 나의 시를 독자의 자손까지 읽히고 싶은 마음은 없습니다. 그때에는
나의 시를 읽는 것이 늦은 봄의 꽃 수풀에 앉아서 마른 국화를 비벼서 코에
대이는 것과 같을는지 모르겠습니다. 『님의 침묵』

③
나라는 현상은/ 가정된 유기 교류 전등의/ 하나의 파란 조명입니다/
(모든 투명한 영혼의 복합체)/ 풍경과 모두와 함께/ 빠르게 명멸하면서/
너무나 분명히 끊임없이 켜지는/ 인과교류 전등의/ 한 파란 조명입니다/
(빛은 남고 그 전등은 없어지고)/ 이것들은 22개월의/ 과거로 생각되는
방향에서/ 종이와 광질 잉크를 늘어놓고/ (모든 것 나와 명멸하고/ 모두가
동시에 느끼는 것)/ 여기까지 계속 품어온/ 빛과 그림자 한 묶음썩/
그대로의 심상 스케치입니다. 『봄과 수라』
(わたくしといふ現象は/假定された有機交流電燈の/ひとつの青い照
明です/(あらゆる透明な幽靈の複合体)/風景やみんなといっしょに/
せはしくせはしく明滅しながら/いかにもたしかにともりつづける/因
果交流電燈の/ひとつの青い照明です/(ひかりはたもちその電灯は失
われ)/これら二十二箇月の/過去とかんずる方角から/紙とインクをつ

らね/(すべてわたくしと明滅し/みんなが同時に感ずるもの)/ここまで
たもちつゞけられた/かげとひかりのひとくさりづつ/そのとほりの心
象スケッチです)³(5-6쪽)

위의 세 서문에서 추정되는 것은 한용운과 타고르는 '독자-나', 켄지의 경
우는 '모두와 나'로 시집을 쓴 사람과 독자의 관계를 이야기하면서 '몇백 년
뒤', '독자의 자손', '빠르게 명멸하면서', '22개월의 과거' 등과 같은 인과의
시공을 설정하면서 겸손하게 독자들에게 다가가고 있다는 것을 알 수 있다.
독자를 의식하고 있는 부분은 타고르의 경우도 동일하게 나타나고 있다. 독
자를 의식하여 문학의 시간적 존재성에 대해 언급하는 부분에 대해 김재홍
은 '시간성의 인식은 어느 면 문학작품이 시간의 흐름과 공간의 전개 속에
서 그 본성을 개방하고 의미를 비로소 완성해 나가는 것이라는 점을 깨달
은 소치인 것으로 보인다'⁴라고 해석하고 있다. 그러나 한용운이 자기의 시
가 생명력이 없을 것이라고 예언하는 태도가 타고르의 그것과 다르고 오히
려 이 겸손이 역설적 설득력을 유발한다는 점에서 한용운의 개성과 독창성
을 읽어낼 수가 있다.⁵

이러한 시집 서문에서의 문학적 전략을 검토해 보았을 때, 켄지의 경우는
그가 농학을 공부한 과학도답게 불교의 시간관과 과학을 접목시켜 언급하면
서 서문 전체를 리듬을 가진 시 형식을 취하고 있다는 점이 타고르와 한용운
과도 다른 점이다. 한용운의 시 「타고르의 GARDENISTO를 읽고」에 대해

---

3 校本『宮澤賢治全集』第二卷, 筑摩書房, 1973. (이하 켄지 시의 인용은 이 책을 텍스트로 하고 『전집』으로 표기함)

4 김재홍, 『한용운 문학연구』, 일지사, 1982, 217쪽.

5 켄지의 경우는 서문에서 〈인과 시공의 제약 아래에〉라고 밝히고 있는 것으로 보아 현상의 한 개체로서 인간과
   풍경, 기록, 역사가 모두 명멸하는 허무한 것임을 이야기하고 있다. 그것은 한용운의 〈늦봄의 꽃 수풀에 앉아
   마른 국화를 비벼서 코에 대이는 것과 같을지도 모르겠습니다〉하는 것과 유사한 태도이다.

김윤식은 한용운의 시가 타고르의 『원정』을 오해하고 있음[6]을 알아낼 수 있다고 주장하고 있다. 그 이유는 '그의 무덤을 황금의 노래로 그물 치지 마세요, 무덤 위에 피 묻은 깃대를 세우셔요'라고 한용운이 언급한 부분에서 타고르의 『원정』의 세계가 그에게는 허황된 것으로 비쳤기 때문이라고 말하고 있다. 그러나 「타고르의 시 GARDENISTO를 읽고」를 자세히 보면 4연의 '벗이여 부끄럽습니다. 나는 그대의 노래를 들을 때에 어떻게 부끄럽고 떨리는지 모르겠습니다./ 그것은 내가 나의 님을 떠나서 홀로 그 노래를 듣는 까닭입니다'에서와 같이 한용운이 타고르의 원정을 읽고 부끄러워하는 것은 시적 화자의 진술인 '내가 나의 님을 떠나서 홀로 그 노래를 듣기 때문'이다. 『원정』과 『기탄잘리』의 시 세계가 자아와 신이 일체가 된 상태에서 드리는 나의 신에 대한 찬미의 노래라면 『님의 침묵』은 그와 반대가 되는 님과 내가 갈라진 비일체화된 과정의 노래이기 때문이다. 그러므로 이 부분의 쟁점이 되는 역사의식과 현실의식을 비판하고 극복하고자 했다는 견해는 재고되어야 한다. 왜냐하면, 한용운은 그가 주재한 『유심』지에 『생의 실현』을 2회 연재했던 걸로 보아 타고르 문학과 사상의 주요 저작인 『생의 실현』을 읽고 있었으며 『생의 실현』은 타고르의 세계, 역사, 현실 인식이 구체적으로 드러나 있는 저서이기 때문이다. 그러므로 한용운의 시가 타고르의 『원정』을 오해하고 있다는 김윤식의 주장은 한용운이 타고르의 역사 인식, 현실의식을 비판하고자 했다는 논(송욱 등)을 비판하는 부분인데, 이는 시를 단편적으로 해석하는 데서 오는 오류라 하겠다. 비교문학적 고찰에서 특히 영향 관계에 관한 연구에서 수용과 극복에 관한 과제가 성급하게 그 극복을 논하거나 반대로 전신자의 입장을 과대하게 논하는 경우가 있는데 이와 같은 것은 영향이 어떤 면에서는 권력적으로 작동해

6　김윤식, 「한국 신문학에 있어서의 타고르의 영향에 대하여」, 『진단학보』 32호, 진단학회, 1969, 226쪽.

왔기 때문이다. 요컨대 이들 두 시인은 선배 시인인 타고르의 문학작품과 사상서를 접했고 자신들의 문학에서 주제의식을 형성하는 데 일조를 하게 했다는 점이다.

미타(見田宗介)는 시집 『봄과 수라』의 서(序)를 토대로, 자아를 실체가 없는 '하나의 현상(現象)'으로 파악하는 켄지에 대해 '주체의 문제에 민감한 시인'[7]이라고 밝히고 있다. 그리고 그는 이 민감함이 주체의 존재의 위태로움에 기인한 것으로 위태로움의 정체를 '검은 구름(黒い雲)'과 '검은 남자(黒い男)'로 보고 있다. 미타는 정신분석의 관점에서 위태로움이 강박(오브세션)으로 작용하고 있다고 설명하면서 이 두 가지를 다음과 같이 구분하고 있다.

> 제1의 강박이 죽음에 이르는 신체를 통해 주체를 가차 없이 해체하는 힘으로서 자연의 표징이었듯이, 제2의 강박은 또한, 주체의 투명한 절대성을 한꺼번에 파괴하는 힘을 감춘 '총구'로서 타자의 시선의 표징에 다름 아니었다.[8]
> (第一のオブセッションが死にいたる身体をとおして主体を容赦なく解体する力としての自然の表象であったように、第二のオブセッションはまた、主体の透明な絶対性を一挙に破砕する力を秘めた「銃口」としての他者のまなざしの表象に他ならなかった。)

주체의 해체와 타자의 시선 문제를 끌어낸 미타의 연구에서 이 타자는 '자기인 듯한 타자'이며 '먼 사람들', '검은 외투의 남자', '눈이 빨간 백로'로 표현되고 있다. 이와 같은 '보이는 자아'는 내면 의식의 분열이다. 한용운의 저서 『불교대전』에는 '중생이 경계(境界)를 망령되이 인정하므로, 마음

---

7 見田宗介, 『宮澤賢治』, 岩波書店, 1984, 61쪽.

8 見田宗介, 앞의 책, 70쪽.

에 차별이 생긴다(대승기신론)[9]라고 언급하고 있다. 경계란 인식·지각의 대상이며 그것을 망견(妄見)함으로써 원래 공(空)인 '마음(心)'에 차별 즉 분제(分齊)가 생긴다는 것이다. 마음은 진여[10]로부터 나왔으나 그 안에 이미 주관과 객관이 내재해 있으며 그것은 주체와 대상인 타자가 함께 존재한다는 의미이다. 그리고 주체와 타자가 망견에 의해 분리되어 있으면서도 또한, 일심(一心)이기도 함을 의미한다. 미타가 '나라는 현상'이 하나의 관계이며 하나의 모순이고 또 (그것을 감각하는 힘을 가진 주체에게는) 그것은 하나의 아픔이었다'[11]라고 언급할 때 이 마음이 가진 이중성이 주체가 보이는 주체일 때 분열할 수밖에 없는 필연성을 증명하는 언술이라 하겠다. 본 장에서는 라캉에 있어서의 주체가 시선의 문제와 같이 다루어질 때 주체가 보이는 주체로서 분열하게 되고 분열된 주체로서는 타자를 욕망할 수밖에 없는 필연성 속에서 그 욕망의 대상 즉 타자로서 토시코와 님의 위치를 규명하고자 한다. 그리고 분열의 표상으로서 '수라의 눈물'과 '진주 눈물'을 중심으로 상징성을 해명하고, 분열의 실상으로서 '두 마음'과 '님'과 '나'라는 대립적 계열체를 끌어내어 시집 속에서 작용하는 원리를 찾고, 분열의 결과로서 '솔침'과 '얼음 바늘'이 주체의 고통을 어떻게 드러내는지를 살펴보고자 한다.

1) 분열의식 – 타자로서의 토시코와 님

켄지의 『봄과 수라』 제1 시집 속에 실린 시는 총 69편이며, 이 중 「무성통곡(無聲慟哭)」, 「오오츠크 만가(オホーツク挽歌)」라는 시장(詩章)을 구분하

---

9 만해 한용운 편찬·이원섭 역주, 『불교대전』, 현암사, 1997, 61쪽.

10 眞如: 만유의 근원. 온갖 존재의 진실한 모습. 상대적인 것을 초월한 절대·절대계. tathata.

11 見田宗介, 앞의 책, 120쪽.

여 편집한 일련의 만가 시는 17편을 차지한다. 핫토리(羽鳥一英)는 『봄과 수라』에 대해 '집착과 그러한 집착을 탈피하여, 만물을 마음으로 하고, 전 시간, 전 공간을 마음으로 하여 살아가고 싶다는 생각과 무시무시한 갈등을 노래한 것이다'[12]라고 그 성격을 규정지으면서 켄지의 문학을 현실 초극 지향의 문학으로 파악하였다. 이 시집은 심상 스케치(心象スケッチ)라는 시간의 추이에 따라 마음속 풍경의 변화를 그리는 방법을 쓰고 있다. 다음은 켄지의 심상 스케치에 대한 견해들이다.

① 보통은 자신의 심상 세계의 표현, 자신의 인식, 내면세계에 떠오르는 이미지 등 그것들의 심상의 시적 전개일 것이지만, 작품에 당면하여 보면 그것은 동시에 자신을 둘러싼 현상과 거기에 반응하는 작자의 생활 의식과의 교감이고, 융합이며, 또한, 다르게는 미야자와 켄지의 시적 방법이다. 이 심상 스케치를 이미지즘의 시법과 같다고는 할 수 없으나, 여하튼 심상을 주제로 하는 '스케치'의 방법으로 성립되고 있는 작품이다.[13]

② 그가 말하는 '심상'이란 단순히 개인 안에서 생기는 의식이 아니라, 자기 속에 포장한 일체의 현상이다. 따라서 '심상 스케치'란 상대적인 존재인 자기가 절대인 '법(필자 주, 法–불교적 의미의 우주의 제법(諸法))'을 받아들이기 위한 하나의 수단이라고 해도 될 것이다. 불교에서는 '어떻게 있는가'라는 사회 · 인생(현상)의 움직임으로서의 원인 결과의 상태를 바르게 아는 것(四諦)과 함께, 그 인과의 도리에 따라, 불교의 이상으로서 깨달음에 도달하는 데에는 '어떻게 있어야만 하는가'라는 이상 실현의 방법을 바르게 알고, 거기에 따라 바르게 실천을 이루

---

12 羽鳥一英, 『私學硏修』 제127 · 128호, 1992. 12, 私學硏修福祉會, 27쪽.

13 伊藤信吉, 『高村光太郎 · 宮澤賢治』, 近代文學鑑賞講座 제16권, 角川書店, 1959, 231쪽.

어야만 하는 것(팔정도(八正道))을 의미한다고 한다. (중략) 그의 '심상 스케치'는 '어떻게 있는가'를 인식하는 수단이었다고 할 수 있다.[14]

③ 기록된 마음의 풍물. '역사나 종교의 위치를 완전히 변환하자'(서간 200)와 『봄과 수라』〈서(序)〉에서 주장한 새로운 예술 방법. '나라는 현상은 가정된 유기 교류 전등의 하나의 파란 조명입니다'가 '심상'의 정의라고 생각된다. 불교 세계관이나 부르노나 라이프니츠 등의 유심론의 영향, 나아가서 아인슈타인의 상대성 이론 등의 직간접적 영향도 상정되고 있다. 순간의 감각이나 심리에 관한 관심은 명치 말기의 문예 사조와 연관된다. 켄지의 '스케치' 주장도 또한, 시대 풍조로서의 자연주의나 구어시 운동에서 보이는 직정적 표현의 영향도 생각할 수 있다. 켄지의 독창성은 철저한 유심적 우주관에 의해 과학과 철학을 융합시켜 심상의 영역(차원)을 확대시킨 점에 있다.[15]

④ 미야자와 켄지의 '심상 스케치'는 그가 자신의 신앙 근거가 되는 실재관을 증명하기 위해, 켄지가 받아들인 베르그송의 '생의 철학'과 '일념삼천(一念三千)'의 이치를 교착시킨 데에서 성립한 사상적방법이었다.[16]

이토의 의견에서 파악되는 것은 심상 스케치가 심상의 표현, 켄지 자신의 인식, 이미지가 작자의 생활의식과 교감하고 융합하였을 때 떠오르는 마음의 표상이므로 내면과 외면의 교감을 통해서 이루어지는 것임을 알 수 있다. 야마우치는 불교적 이론을 바탕으로 상대적 존재인 자기가 절대적인 법을 받아들이는 하나의 수단으로서 여러 현상의 인과성을 인식하는 방법이었다고 보

---

14   山內 修, 「宮澤賢治ノ―ト(4) 「修羅卽菩薩」-『春と修羅』論-」, 「風狂」, 1980. 7월호, 4쪽.

15   原 子朗 編, 『宮澤賢治詩語彙辭典』 「國文學」, 1984. 1월호(제29권 제1호), 學燈社, 91쪽.

16   栗原 敦, 「心象スケッチの思想-宮沢賢治論(二)-」, 『宮澤賢治 II』, 日本文學硏究資料叢書, 有精堂, 1983, 66쪽.

고 있다. 쿠리하라가 야마우치의 견해에서 나아가 불교의 일념삼천 사상과 베르그송의 생의 철학을 교착시킨 데에서 성립한 사상이었다고 밝히고 있듯이 켄지의 작가 의식이 불교 사상과 과학의 접목이라는 『봄과 수라』 서(序)의 주장이 근거가 되어줌으로써 성립된 가설이다. 그리고 하라는 심상 스케치가 철저한 유심적 우주관에 의해 과학과 철학을 융합시켜 심상의 영역으로 확대시켰다고 평가하고 있다. 여하튼 이들의 논에서 공통점으로 발견되는 것은 심상 스케치가 내면 탐구와 불교의 유심론에 바탕을 두고 있다는 점이다. 이 점은 한용운의 시 「心」[17]에서도 발견된다.

> 심은 심이니라.
> 심(心)만 심이 아니라 비심(非心)도 심이니, 심외(心外)에는
> 하물(何物)도 무(無)하니라.
> 생(生)도 심이요, 사(死)도 심이니라.
> 무궁화도 심이요, 장미화도 심이니라.
> 호한(好漢)도 심이요, 천장부(賤丈夫)도 심이니라.
> 신루(蜃樓)도 심이요, 공화(空華)도 심이니라.
> 물질계(物質界)도 심이요, 무형계(無形界)도 심이니라.
> 공간도 심이요, 시간도 심이니라.
> 심이 생(生)하면 만유(萬有)가 기(起)하고, 심이 식(息)
> 하면 일공(一空)도 무하니라.
> 심은 무의 실재(實在)요, 유의 진공(眞空)이니라. (중략)
> 심은 절대며 자유며 만능이니라. (90쪽)

---

[17] 『惟心』지는 편집 및 발행인을 한용운으로 하여 1918년 9월 1일 자로 유심사(惟心社)에서 간행, 같은 해 12월 1일 자의 통권 3호로서 종간된다. 종간의 이유는 총독부의 검열 때문이었다. 잡지의 성격은 일반교양물과 현상 문예란까지 있어, 종합지적 면모까지 갖추고 있었다. 한용운의 시작 활동은 『惟心』 창간호에 실린 「心」에서 비롯된다.

일체의 사물은 '무의 실재'이며, 유(有)의 진공(眞空)'인 심의 존재를 전제로 하여 실상화 된다. 그러므로 '심은 절대며 자유며 만능'인 것이다. 심은 현존하지 않는 것, 부재 내지 무(無)를 유(有)로 설정하여 그 부재가 존재로 현현될 때 비로소 만유의 존재가 가능하다. 심이란 인식의 주체로서 심의 대상이 되는 모든 사물은 심을 떠나서 존재할 수 없다. 또한, 심은 공(空)의 상태에 있으므로 생멸(生滅)도 없고, 심이 유(有)로 전제될 때 생과 사, 무궁화와 장미화, 신루와 공화, 물질계와 무형계, 시공 등 만유의 현상이 심(心)이 될 수 있다는 것이다. 한용운의 심과 심상 스케치의 심상이 불교의 유심론적 토대를 가지고 있고, 야마우치의 의견처럼 '어떻게 있는가(실재관)'를 인식하는 수단이며 현상이라고 한 점과 김학동의 '인식의 주체인 심(心)'[18]은 동일한 의미라 할 수 있다. 다만 켄지의 경우는 그가 종교와 과학, 철학의 영역을 융합하려 했다는 점이 한용운의 그것과 차별성을 가지고 있다.

이처럼 심상 스케치라는 켄지만의 독창적인 구상 하에 쓰인 시집의 전반부에서는 대상인 자연에 시적 화자의 의식을 투영시킨 시들로 이루어져 있다. 그리고 중반부에서는 토시코[19]의 죽음을 애도하는 만가들을, 후반부에서는 다시 전반부의 맥을 잇는 시풍을 보여주고 있다. 나카무라(中村稔)는 이 만가들에 대해 '켄지의 『봄과 수라』 제1 시집에서 제4집에 이르는 작품 중에서 가장 훌륭한 결실을 차지하고 있다'라고 평가하고 있다.[20] 또한, 나카무라는 '모순과 고뇌에서 켄지를 해방시킨 것은 토시코의 죽음'[21]이었다고 토시코의 의미

---

18 김학동, 「한용운의 시 세계」, 『한용운 연구』, 새문사, 1982. 4쪽.

19 미야자와 토시코(宮沢とし子, 1898-1922): 일본여자대학(日本女子大學)을 졸업하고 모교인 하나마키 여학교(花卷女學校)에서 교직 생활을 하던 중 폐결핵으로 사망.

20 中村稔, 『宮沢賢治文藝讀本』, 河出書房, 1977. 70~71쪽.

21 中村稔, 『宮沢賢治ふたたび』, 思潮社, 1994. 39, 47쪽.

를 규정하였다.

1922년 '신앙을 함께한 단 한 사람의 동행자(信仰を一つにするたったひと
りのみづれ)'였던 여동생 토시코의 죽음은 켄지에게 큰 충격을 주었고 그것
은『봄과 수라』의 작품을 이분(二分)하는 것이었다. 이러한 경향은 자연을 대
상화하여 내면의 풍경을 표현하는『봄과 수라』전반부의 시와 꿈, 환상, 물 등
이미지의 혼재로서 무의식을 드러내고 있는 만가 시편들과 대조를 이룬다 하
겠다. 만가군에는「무성통곡」으로 시장(詩章)의 제목이 붙여진「영결의 아침
(永訣の朝)」,「솔침(松の針)」,「무성통곡」,「바람 부는 숲(風林)」,「흰 새(白い
鳥)」와,「오오츠크 만가」라는 시장의 제목이 붙여진「아오모리 만가(青森挽
歌)」,「오오츠크 만가」,「사할린 철도(樺太鐵道)」,「스즈타니 평원(鈴谷平原)」,
「분화만(녹터언)(噴火灣(ノク__ン))」이 있다. 그리고 시집『봄과 수라』에
서 빠진 부분을 보충한「아오모리 만가 3(青森挽歌 三)」,「소오야 만가(宗谷
挽歌)」가 있다. 이 외에도「풍경과 오르골(風景とオルゴ__ル)」이라는 시장의
제목이 붙여진「불탐욕계(不貪慾戒)」,「종교풍의 사랑(宗教風の恋)」,「묘성
(昴)」,「과거정염(過去情炎)」을 들 수 있는데 이들 시편에도 토시코의 죽음으
로 인한 켄지의 고뇌가 그려지고 있어 고찰의 범위에 넣고자 한다.

본절(本節)에서는 켄지와 한용운의 시에서 시적 화자가 '나(わたくし, お
れ)'-'나'라는 1인칭으로, 이 '나'라는 주체가『봄과 수라』의 만가들에서 타자
로서 토시코(とし子, おまえ)를, 한용운의 시에서 님(또는 당신)으로 호명함
으로써 주체와 타자가 분리되어 있음을 밝히고 그 타자들의 위치를 고찰하고
자 한다.

미야자와(宮澤健太郎)는 시집『봄과 수라』를 1인칭을 중심으로 하여 통시
적으로 고찰하였고, 본고의 주체의 문제와 관련지어 볼 때 켄지의 시에서 주
체의 내면 분열이 1인칭을 통해서 나타나고 있음을 시사해주고 있다.

「봄과 수라」의 출발점에서는 분명히 조형된 수라 '나(**おれ**)'(여기에서는 제1의 켄지라 부른다) 상이 있었다. 그것은 구성의 단계에서 교묘히 그 전에 삽입한 「사랑과 열병(**恋と病熱**)」에서 약간 암시되었듯이, 병으로 괴로워하고 있는 여동생을 돌보지 않고 현실이나 사랑에 열중하고 있는 자신을 수라라 부르고, 비하하는 어두운 이미지였다. 그리고 이 시인은 이 제1의 켄지의 존재를 깨닫고, 그것과 대극에 있는 제2의 켄지 '저(**わたくし**)'를 등장시키게 된다. (중략) 그러나 「봄과 수라」에서 7개월째, 여동생의 죽음이라는 예상된 대사건에 의해 안정되어온 제1의 켄지가 다시 고개를 들고, 여동생에 대한 죄악 의식과 상실감으로 고뇌하게 된다. 그러나 그것도 여행이라는 자연의 섭취에 의해 1인칭 '나(**おれ**)'도 '저(**わたくし**)'나 '나(**わたし**)' '저(**私**)'로 통일되어 간다.[22]

미야자와의 견해를 종합해 보면, 시집 『봄과 수라』 속에서 제1의 켄지와 제2의 켄지가 대립적 구조를 취하고 있음을 지적하고 있으며, 이것은 투쟁하는 주체로서 수라인 '나(**おれ**)'와 자연과의 융화 속에서 안정된 주체로서 제2의 켄지인 '저(**わたくし, わたし**)'로 구분하고 있다. 이처럼 '나(**おれ**)'와 '저(**わたくし, わたし**)'는 주체의 내면이 분열되고 있음을 드러내고 있고 이것은 타자와의 관계 속에서 수라 상인 제1의 켄지, 즉 '나'가 나타남을 알 수 있다. 그러나 미야자와의 연구에서 드러나는 한계점은 시적 화자인 나를 시인 켄지로 대입하고 있고 그것은 시집 『봄과 수라』를 전기적 사실에 적용하여 해석하려는 연구들이 자주 범하는 오류라고 생각된다. 또한, 그가 '제1의 켄지'라 지칭한 '나'를 부정적인 측면으로만 파악하고 있다는 점이다. 수라 의식을 죄악감이나 어두운 이미지로만 볼 경우에 긍정적 의미의 투쟁하는 수라는 존재할 수

---

22 宮沢健太郎, 「『春と修羅』の一人称研究-通時的な側面から-」, 『百合女子大学研究紀要』 第34號, 百合女子大學 國語國文學會, 199. 12. 164쪽.

없다. 켄지 시의 수라란 인간 주체가 가진 한계성을 초극하려 할 때 나타나는 것으로 그 부정성은 인간 존재에 내재한 부족함, 보기 흉함이며 긍정성으로는 그것을 초극하려는 에너지로써 작용하는 경우이다. 시집『봄과 수라』는 '나'와 '저'의 간극에서 수라성과 비수라성이 대립하는 장이며 1인칭 대명사에서 알 수 있듯이 남성 어조와 여성 내지는 중성의 어조를 통해 주체의 욕망의 강렬도를 나타내고 있음을 알 수 있다. 다음으로「영결의 아침」을 살펴보자.

오늘 안으로
멀리 가버릴 내 누이여
진눈깨비 내려 바깥은 이상히도 밝구나
　　(진눈깨비 떠다 주세요)
불그스름하게 한층 음침한 구름에서
진눈깨비는 추적추적 내려오네
　　(진눈깨비 떠다 주세요)
푸른 순채 무늬가 박힌
이 두 개의 이 빠진 그릇에
네가 먹을 진눈깨비를 가지러
난 장전된 대포알처럼
이 어두운 진눈깨비 속으로 뛰어들었지
　　(진눈깨비 떠다 주세요)
창연색 어두운 구름에서 진눈깨비는 추적추적 가라앉네
아아, 토시코
죽는 지금에 와서
나를 한결 밝게 하기 위해
이런 정결한 눈 한 그릇을
넌 내게 부탁한 게지
고맙다, 내 갸륵한 누이여

나도 바로 살아갈 테니

   (진눈깨비 떠다 주세요)

심하디심한 열과 신음 사이에서

넌 내게 부탁한 게지

은하나 태양 기권으로 불린 세계의

하늘에서 떨어진 눈의 마지막 한 그릇을

…… 두 조각 화강암 덩어리에

진눈깨비는 쓸쓸히 쌓여있네

난 그 위에 불안하게 서서

눈과 물의 새하얀 이상계를 지키며

투명하고 찬 물방울로 가득한

이 윤기 나는 소나무 가지에서

내 착한 누이의

마지막 음식을 받으러 가련다

우리가 함께 커온 동안

정든 이 쪽무늬 그릇과도

이제 오늘 넌 헤어진다

(난 나대로 혼자 갈게요)

진정 오늘 넌 헤어진다

아아, 닫힌 병실의

어두운 병풍이나 모기장 속에서

보드랍고 창백하게 불타고 있는

내 갸륵한 누이여

이 눈은 어딜 뜨려 해도

어디나 너무 새하얗구나

저 두렵게 헝클어진 하늘에서

이 아름다운 눈이 내려왔지

   (다시 태어나면

이번엔 결코 내 일만으로

괴로워하지 않고 태어날 거예요)

네가 먹을 이 두 그릇 눈에

난 지금 마음으로 기도하련다

부디 이게 천상 아이스크림이 되어

너와 모두에게 성스러운 양식이 되도록

내 모든 행복을 걸고 빈다[23]

[けふのうちにとほくへいつてしまふわたくしのいもうとよ

みぞれがふつておもてはへんにあかるいのだ

　　　　(あめゆじゆとてちてけんじや)

うすあかくいつさう陰惨な雲から

みぞれはびちよびちよふつてくる

　　　　(あめゆじゆとてちてけんじや)

青い蒪菜のもやうのついた

これらふたつのかけた陶椀に

おまへがたべるあめゆきをとらうとして

わたくしはまがつたてつぽうだまのやうに

このぐらいみぞれのなかに飛びだした

(あめゆじゆとてちてけんじや)

蒼鉛いろの暗い雲から

みぞれはびちよびちよ沈んでくる

ああとし子

死ぬといふいまごろになつて

わたくしをいつしやうあかるくするために

こんなさつぱりした雪のひとわんを

おまへはわたくしにたのんだのだ

---

23 켄지 시 번역의 경우, 고한범 옮김, 『봄과 아수라』, 웅진출판, 1996을 참조했다.

ありがたうわたくしのけなげないもうとよ
わたくしもまつすぐにすすんでいくから
　　（あめゆじゆとてちてけんじや）
はげしいはげしい熱やあえぎのあひだから
おまへはわたくしにたのんだのだ
銀河や太陽氣圏などとよばれたせかいの
それからおちた雪のさいごのひとわんを……
…ふたきれのみかげせきざいに
みぞれはさびしくたまつてゐる
わたくしはそのうへにあぶなくたち
雪と水とのまつしろな二相系をたもち
すきとほるつめたい雫にみちた
このつややかな松のえだから
わたくしのやさしいいもうとの
さいごのたべものをもらつていかう
わたしたちがいつしよにそだつてきたあひだ
みなれたちやわんのこの藍のもやうにも
もうけふおまへはわかれてしまふ

(Ora Orade Shitori egumo)
ほんたうにけふおまへはわかれてしまふ
あゝあのとざされた病室の
くらいびやうぶやかやのなかに
やさしくあをじろく燃えてゐる
わたくしのけなげないもうとよ
この雪はどこをえらばうにも
あんまりどこもまつしろなのだ
あんなおそろしいみだれたそらから
このうつくしい雪がきたのだ

(うまれでくるたて

こんどはこたにわりやのごとばかりで

くるしまなあよにうまれてくる)

おまへがたべるこのふたわんのゆきに

わたくしはいまこころからいのる

どうかこれが天上のアイスクリームになつて

おまえとみんなとに聖い資糧をもたらすやうに

わたくしのすべてのさいはひをかけてねがふ)[24]

(「영결의 아침」, 136-138쪽.)

　시 「영결의 아침」에서 토시코의 죽음은 '멀리 가버릴', '죽는 지금에 와서', '마지막 음식', '헤어진다'라는 시적 진술에서 발견된다. 이 시는 시집 체제에서 만가군의 처음에 놓인 것으로 현재형으로 과거에 있었던 사별의 슬픔을 재구성하고자 하는 주체의 의지가 담겨 있다. 그러므로 죽음이라는 이별을 목전에 두고 있는 극한 상황에서 시인은 수사를 허락하지 않고 평범한 진술로 담담히 서술하고 있다. '멀리 가버릴'은 일본어의 '-てしまう'의 보조동사를 씀으로써 시적 화자의 슬픔으로 인한 허무감과 체념의 뉘앙스를 내포하고 있다.

　이것은 '헤어진다(わかれてしまふ)'와 동일 선상에 있는 표현이다. 즉, 존재가 부재로 옮겨가는 상황을 불교에서 제행무상으로 설명하듯이 그러한 의식을 드러내는 파편인 셈이다. 그러면 주체는 무엇을 결여하게 되었는가. '우리가 함께 커 온 동안 정든 이 쪽무늬 그릇'이라 언술된 것과 같이 토시코와 함께 살아온 세월과 이별하는 것을 말한다. '두 개의 이 빠진 그릇'에서도 알 수 있듯이 켄지-토시코, 즉 주체-타자의 관계가 균열을 가져옴을 의미하고

24　校本『宮澤賢治全集』제2권, 筑摩書房, 1973.

있다고 하겠다. 균열된 둘의 관계는 '쓸쓸히(さびしく)'와 '불안하게(あぶな
く)'라는 시어로 표현되고 있다. 그러나 '나(わたしく)'라는 1인칭으로 서술되
는 시적 화자인 주체는 그 죽음으로 인한 슬픔과 허무감에 붙잡혀 있을 수 없
다. 그것은 바로 타자인 토시코가 켄지로 하여금 '진눈깨비'를 떠올 것을 부탁
함으로써 이 시의 중요한 모티브를 부여하여 시 전체로 확산시켜 하나의 의미
망을 구축하고 있다. 아마자와(天澤退二郎)는 이 부분에 대해 '고독한 채 진
행되고 있었던 켄지 시의 시업에 대해 타자가 그것도 사랑하는 여동생이 처음
으로 스스로 던진 참가의 부표'[25]라고 평가하고 있다.

진눈깨비가 가지는 '이상계'인 물-눈, 헝클어진 하늘-새하얀 눈, 두 개의
이 빠진 그릇-마지막 한 그릇, 너-나-모두는 대립을 내포하는 계열 관계를
형성하고 있다. 그러므로 주체가 이 계열 관계의 연쇄에서 우항으로 지향해
나가기 위하여 '장전된 대포알'과 같은 투쟁적 의식을 가지고 '어두운 진눈깨
비 속'으로 돌진해 가는 것이다. '장전된 대포알'은 금속의 견고성을 이미지로
하면서 주체의 투쟁성을 강화하는 기능을 하고 있다. ( ) 속의 토시코의 부
탁 말은 동북지방의 방언으로 서술되어 있고 이 ( ) 형식은 켄지 시의 특징
으로써 '(다시 태어나면 이번엔 결코 내 일만으로 괴로워하지 않고 태어날 거
예요.)'라는 토시코의 유언에서 환생 문제와 '個'에서 '全體'로 이행하는 문제
가 대두되고 있다 하겠다.

그런데 이 시에서 토시코를 수식하는 시어로서 '갸륵한(けなげな)' '착한
(やさしい)'이 쓰이고 있다. 시게마츠(重松泰雄)는 이것을 '토시의 천성의 미
덕(トシの天性の美德)'[26]으로 규정하고 있으나, 이것을 켄지 자신의 누이 인격

---

25 天澤退二郎, 『宮澤賢治の彼方へ』, 思潮社, 1968, 158쪽. 「孤独のまま進行していた賢治の詩の營爲への他者
　　がそれも愛する妹がはじめて自ら投げ入れてきた參加のブイでそれはあつだ」

26 重松泰雄, 「賢治詩の〈解釈〉・永訣の朝」, 『国文学』 제29권, 1984. 1, 學燈社, 4쪽.

으로 보기보다는 토시코라는 한 여성을 선인(善人) 또는 천인(天人)의 이미지로 격상시키는 표현으로 본다면 '나를 한결 밝게 하기 위해 이런 정결한 눈 한 그릇'의 의미와 '보드랍고 창백하게 불타고 있는'의 의미 구조를 파악할 수 있게 된다. 「아오모리 만가」에서도

우리가 위쪽이라 부르는 그 이상한 방향으로
그것이 그와 같은 것에 놀라면서
대순환의 바람보다도 상큼하게 올라갔다.
〔われらが上方とよぶその不可思議な方角へ
それがそのやうであることにおどろきながら
大循環の風よりもさはやかにのぼつて行つた〕(162쪽)

라고 그녀의 모습을 천인(天人)의 이미지로 표현하고 있다. 그러므로 수라도를 걷고 있는 주체는 토시코를 天人에 비유함으로써 지향해가야 할 대상으로 삼는 것이다. 온다(恩田逸夫)는 토시코의 변신에 대해 다음과 같이 언급하고 있다.

「아오모리 만가」에 의하면 그녀는 새로운 감관을 부여받아 장미색 하늘의
화려한 구름이나, 상큼한 방향과 교착하는 빛 사이를 지나가는 천녀(天女)
와 같이 승천해 간 것을 상상하여 '나는 그 흔적조차 찾아갈 수 있다'
라고 확신에 차서 기술하고 있다. 그리고 그녀가 도착한 이공간은 다음과
같이 천상이라든가 정토라든가 극락 등으로 언급되는 양상으로 묘사되고
있다.[27]

온다의 의견은 「무성통곡」의 시장에서 보여준 비극적 추락으로부터 토시

---

27 恩田逸夫, 「宮澤賢治における「天」の意識」, 『武蔵野女子大学紀要』VOL. 3, 武蔵野女子大学文化学会, 1968, 14쪽.

코를 천인으로 그려냄으로써 주체의 상승적 욕망을 추정하는 근거가 되고 있다. 그러므로 토시코를 천인의 이미지로 표현하는 것은 그가 하는 정신 활동이 위로 오르기임을 알 수 있다. 바슐라르(Gaston bachelard)는 시인의 정신활동과 상승 지향에 대해 다음과 같이 이야기하고 있다.

> 시인의 임무는 인간 정신esprit이 이미지들 속에서 인간적으로 활동하고 있다는 것을 확신하기 위해서, 그 이미지들은 인간적인 이미지들이며 우주의 힘을 인간화하는 이미지들이라는 것을 확신하기 위해서, 그 이미지들을 가볍게 밀어주는 데에 있다. 그때 인간적인 우주론에 이르게 된다. 그럼으로써, 소박한 神人同形同性論을 체험하고 마는 대신 인간을 원초적이고 심층적인 힘들로 복귀시키는 것이다.
>
> 그런데 정신적spirituelle 삶은 그것이 펼치는 주된 활동에 의해 특징지어진다. 정신적 삶은 커지려 하고 위로 오르기를 원한다. 그것은 본능적으로 높은 곳을 추구한다. 쉘리에게 있어서 시적인 이미지들은 따라서 모든 상승 활동을 일으키는 존재들이다. 다시 말해서 시적 이미지들이란, 우리를 가볍게 하고, 우리를 들어 올리고, 우리를 상승시킨다는 점에 있어서 인간 정신esprit의 활동이다.[28]

시적 이미지의 상승성이 이미지들을 가볍게 하고 인간적인 우주론에 이르게 하여 신인동형동성론을 체험하게 한다는 그의 지적은 토시코가 천인으로 그려지고 있는 「아오모리 만가」의 상상력의 밑바탕을 해명하는 데 있어 도움을 준다. 「아오모리 만가」에 나타난 천상 이미지는 바람 이미지와 함께 고뇌하는 주체의 무거움을 가볍게 하기 위한 장치이며 이 시적 표현이라는 언어의 집에서 켄지는 분열과 고통으로부터 해방되게 된다. 바슐라르는 이러한 상승

---

28 가스통 바슐라르, 정영란 옮김, 『공기와 꿈』, 민음사, 1993, 91~92쪽.

성을 수직적 축[29]이라고 부르고 시적 이미지가 오직 이 축만 가진다고 언술하고 있다.

그러나 죽기 전 지상의 존재로서 토시코는 '창백하게 불타고 있는' 分身[30]의 과정을 겪는다. 이것은 촛불을 밝히기 위해 자기의 몸을 태우는 초와 같은 이미지이다. '창백하게'는 '푸르고 흰(靑白い)'이다. 촛불의 불꽃은 몽상을 하나의 공(空)의 세계로 이끌어가며 또한, 피안의 저편 에텔적인 비존재 쪽으로 몸을 담고 있는 것처럼 본질적으로 수직이다. 이 촛불은 '현실과 비현실 사이에 걸쳐진 불의 다리'로, 그 속에서는 '존재와 비존재가 끊임없이 공존'한다고 바슐라르는 '촛불-불꽃의 수직성'에서 말하고 있다. 이처럼 촛불이 상징하는 생멸(生滅)이란 현실의 모습으로 무상, 변화, 유전을 상징한다. 그러므로 상승의 불꽃인 촛불 이미지의 토시코가 천인(天人)으로 재구성되는 것은 절대 무관하지 않다. 바슐라르가 촛불의 세계를 고독한 정관 내지는 이별의 세계로 보고 있는 점도 토시코의 죽음과 관련이 깊다고 하겠다. 이와 동일한 모습의 토시코가 그려지는 부분은 「무성통곡」에서도 발견된다.

> (아니 아주 훌륭해
> 오늘은 정말 훌륭하구나)
> 진정 그렇구나
> 머리카락도 더 새까맣고
> 마치 아이의 사과 얼굴이다
> 부디 예쁜 볼을 하고

---

29 가스통 바슐라르, 앞의 책, 92쪽.

30 본 논문에서 쓰이는 분신(分身)이라는 용어는 焚身, 散華를 포괄하는 개념으로 주체의 소멸의식이 신체로 나타나는 것으로 파악하였다. 또한, 본고는 주체 속의 타자성을 긍정하는 입장이므로 이 경우에는 주체의 분신(分身)이란 의미도 성립된다.

새롭게 하늘에 태어나 줘

《하지만 몸에 나쁜 냄새 나지요?》

《아니 전혀 그렇지 않아》

정말 그렇지 않단다

오히려 여긴 여름 들판의

작고 흰 꽃향기로 가득하니까

〔(うんにやずいぶん立派だぢやい

けふはほんとに立派だぢやい)

ほんたうにさうだ

髪だつていつさうくろいし

まるでこどもの苹果の頬だ

どうかきれいな頬をして

あたらしく天にうまれてくれ

《それでもからだくさえがべ?》

《うんにやいつかう》

ほんたうにそんなことはない

かへつてここはなつののはらの

ちいさな白い花の匂でいつぱいだから〕(142쪽)

첫 번째의 (   )는 죽음을 맞이하는 토시코가 꺼져가는 생명을 붙잡을 수 없음을 깨닫고 체념한 듯이 힘없이 웃고 오빠에게 시선을 두면서 어머니에게 자신이 두려워하고 있는 것 같으냐고 묻는 질문에 대한 어머니의 대답이다.

이 시에서 켄지는 토시코의 임종 때의 모습을 아주 상세히 서술하는데 폐결핵으로 신체와 정신이 모두 병든 그녀가 '아이의 사과 얼굴'과 같이 어여쁘고 생기 있는 모습이라는 점이다. 불교에서는 인간이 이승에서 선업(善業)을 쌓은 경우에 죽을 때에 그 얼굴이 아름답고 몸에서는 향기가 난다고 한다. 켄지는 토시코의 임종 모습을, 선업을 쌓은 인간의 임종인 경우에 한해서 나타

나는 현상을 토시코에게 투사시키고 있다. '부디 예쁜 볼을 하고/ 새롭게 하늘에 태어나 줘'에서도 알 수 있듯이 토시코가 천상의 사람으로 환생하길 기원하고 있으며, 이것은 불교의 육도(六道)에서 인간 다음의 과정인 천인(天人)이다. 미야자와 집안이 소장하고 있는 켄지의 수정본에는 「영결의 아침」의 '천상의 아이스크림(天上のアイスクリーム)'이 '도솔천의 음식'으로 되어있다. 도솔천[3]이 장차 부처가 될 보살이 기거하는 곳이라 하여 보살도의 발현이라고 보고 토시코 사후에 켄지가 농촌활동으로 투신하는 계기를 여기에서 찾고 있다. 이와 같은 부분을 「영결의 아침」에서 '나도 바로 살아갈 테니'라고 주체의 긍정적 욕망을 드러내고 있다고 하겠다.

또한 '아이의 사과 얼굴'에서 '사과'는 「아오모리 만가」에서,

> 기차는 은하계의 영롱 렌즈
>> 큰 수소 사과 속을 달리고 있다.
> 사과 속을 달리고 있다.
> 〔きしゃは銀河系の玲瓏レンズ
>> 巨きな水素りんごのなかをかけてゐる
> りんごのなかをはしつてゐる〕(154쪽)

'사과'는 은하계 우주를 의미하고 있고 이때 우주는 생명이다. 타카하시(高橋義人)는 '사과는 켄지 문학 속에서 중요한 모티브를 이루고 있다. 그것은 마

---

31 도솔천: 야마천보다 16만 유순 위에 있는 天, 거기에 머무르는 天人은 온몸으로 빛을 내어 온 세계를 비춘다고 한다. 장차 부처로 태어날 보살이 머물며 미륵보살도 여기에 살고 있다고 한다. 스기우라(杉浦 靜)는 토시코의 사후 환생처를 추구하는 켄지의 태도에 대해 '이 현실에서 도솔천이 우주의 어디에 있는지 불교적 우주와 근대과학의 대응이 확실시되어야만 했다. 즉, 불교적 우주관과 근대과학 우주관의 일치와 불일치가 이 시기 켄지의 우주 이미지를 직조하고 있다'라고 밝히고 있다.
    (杉浦 靜, 『國文學 解釋と敎材の研究』, 學燈社, 1994. 6월호, 121쪽.)

음속 보석임과 동시에 때로는 지구나 우주에까지 비유된다'[32]라고 밝히고 있다. '객차의 창은 모두 수족관의 창이 된다(客車のまどはみんな水族館の窓になる(제2행))'에서 알 수 있듯이 차창 밖은 물의 이미지로 가득한 은하 우주이다. 물[33]은 모든 생명의 근원이며 정화와 화합의 이미지를 담지하고 있다. 그리고 기차는 주체의 긍정적 욕망을 표현하므로 만가 여행-은하 여행이 곧 새로운 주체의 잉태와 상실에서 오는 주체의 분열이 낳은 상처를 정화하고 치유 화합하는 장이 된다. 이 「아오모리 만가」를 필두로 한 만가 여행은 후에 켄지 문학의 최고봉이라 할 수 있는 장편동화『은하철도의 밤』을 이루는데 큰 기여를 하게 된다. 오자와(小澤俊郎)는 「아오모리 만가」가 내용상으로 매우 『은하철도의 밤』에 가깝다'[34]라고 언급하고 있다. 또한, 이케가미(池上雄三)[35]는『봄과 수라』의 시들이 하나의 계열 속에서 읽히고 「무성통곡」, 「오오츠크 만가」와 「풍경과 오르골」 사이의 비약을 메우는 것으로서『은하철도의 밤』을 위치시키고 있다. 이 점은 꿈속에서 이루어지는 은하 여행이 주인공 죠반니가 가진 외로움과 아버지의 부재에서 오는 상실감, 현실의 곤궁함, 그로 인해 다른 아이들과도, 친한 캄파넬라와의 관계도 친밀하게 맺을 수 없는 상처에서 재생시켜 주는 계기가 된다. 그리고 인간의 고독 문제가 캄파넬라의 죽음에서도 보여주듯이 끊임없이 해결해야만 하는 문제로서 대두되고 있다. 야마우치(山内 修)는 켄지 문학의 고독에 대해 다음과 같이 지적하고 있다.

32　高橋義人,「宮澤賢治とゲーテの色彩觀」,『文學』第四卷 第一号, 岩波書店, 1993. 冬, 56쪽.

33　물 이미지와 관련하여서는 본 논문 2) 분열의 표상-'수라의 눈물'과 '진주 눈물'에서 상술하겠다.

34　小沢俊朗,「宮沢賢治「銀河鉄道の夜」の世界」, 大阪市大新聞, 1977. 1. 25.

35　池上雄三,「銀河鉄道の夜」の位置」-「風林」から「宗敎風の恋」までの系列化と考察」,『宮沢賢治 Ⅱ』日本文学研究資料叢書, 有精堂, 1983, 161쪽.

켄지의 작품에 일관되는 주인공의 고독은, 이처럼 자기가 책임질 필요 없
는 것에 의해서이고, 윤리적 악에 의한 것은 아니다. 이들의 상황 설정은
'원생적(原生的) 소외'라는 무의식의 유로라 해도 될 것이다.[36]

야마우치의 의견으로 미루어 볼 때, 켄지의 고독은 인간 존재가 가진 근원
적 고독으로부터 기인한다고 파악할 수 있겠다. 그것은 어디까지나 무의식 속
에서 배태된 것에 지나지 않는다. 이와 같은 고독은 토시코의 죽음으로 인해
극대화되고 있고 만가 시편에서 고독과 슬픔에 맞서 자기 자신과의 내적 투쟁
으로 주체는 내던져지게 된다.

다음으로 토시코의 죽음뿐만 아니라 인간의 보편적인 죽음을 켄지는 불교
적 개념인 현상(現象)이 옮겨간 것으로 파악하는 부분이다.

> 그 시커먼 구름 속에
> 토시코가 숨어있을지도 모른다
> 아아, 몇 번이나 理智가 가르쳐도
> 내가 느끼지 못하는 다른 공간으로
> 지금까지 여기에 있었던 현상이 옮겨간다
> 그것은 너무 슬픈 일이다
> (그 슬픈 것을 죽음이라고 한다)
> [そのまつくらな雲のなかに
> とし子がかくされているかもしれない
> ああ何べん理智が教へても
> 私のさびしさはなほらない
> わたくいの感じないちがつた空間に

---

36 山内 修、「宮沢賢治ノート(2)-存在の悪と自己犠牲-」, 「風狂」 제6호, 1977. 8. 77쪽.

いままでここにあつた現象がうつる
それはあんまりさびしいことだ
(そのさびしいものを死といふのだ)〕

(「분화만(녹턴)」, 183쪽)

　이 시에서 죽음이라는 현상을 두고 그것을 이지(理智)에 의해 깨달아 죽음으로 인한, 슬픔에서 벗어나려 하지만 상실의 슬픔은 쉽게 치유되지 않는다. 여기에서 주체는 의식과 감정 사이에서 방황하게 된다. 불교에서 현상계는 영원성이 없고 변화하고 덧없는 것이라 가르친다. 켄지는 그것을 인식하고 있지만 토시코를 잃은 그의 슬픔이 냉철한 이성으로 쉽게 극복되는 것이 아니었다. 그러므로 현상이 '다른 공간'으로 옮겨가는 것을 '죽음'이라고 보고 '너무 슬픈 일'이라 진술하고 있다. '다른 공간'은 만가 시들에서 윤회전생에 바탕을 둔 사후의 세계이다. 켄지가 만가의 시들에서 토시코의 환생처를 이공간으로 설정하고 환생물을 새로 보고 있는 것은 토시코의 죽음으로 인한 슬픔을 개념화하는 것으로, 이것은 '생물체로서는 하나의 자위작용(生物體の一つの自衛作用)'(「아오모리 만가」, 164쪽)이라고 규정하고 있다. 그러므로 주체가 분열 속에서 '미치광이가 되지 않기 위한(きちがひにならないための 「아오모리 만가」, 164쪽)' 방법인 것이다. 이 점은 주체에게 글쓰기, 즉 만가의 시들을 재구성하는 動因이 되는 것이며 슬픔의 힘에 의하여 수행되고 있다 하겠다. 토시코의 죽음으로 인해 켄지가 겪는 이 분열과 결핍에 대해 파스는 이 결핍 또는 부재를 원칙적인 것이며, 그 자체가 인간의 존재 방식이라고 말한다. 그것은 인간이 피조물에 지나지 않는다는 하이데거와 오토의 의견과 동일한 것이며, 그 이유는 원래 인간이 완전한 존재가 아니기 때문이다.

　인간이라는 '부족한 존재'를 신이라는 충만한 존재와 마주 세우면서.

종교는 영원한 삶을 상정했다. 이렇게 죽음으로부터 우리를 구원했지만,
지상의 삶을 긴 고통 속에서 근원적 결핍을 속죄하는 것으로 만들었다.
죽음을 죽임으로써, 종교는 삶도 죽이게 된다. 영원은 순간을 볼모로 만들
었다. 왜냐하면, 삶과 죽음은 불가분의 관계에 있기 때문이다.[37]

불가분의 관계에 놓인 삶과 죽음은 존재로 하여금 끊임없이 신을 찾아 헤
매게 만드는 동인이며 지상의 삶은 근원적 결핍을 채우는 데 할애한다. 주체
가 이 결핍을 채우기 위해서 타자를 지향하게 되는 것은 주체의 분열이 가져
다준 '보이는 주체'에 의해 일어난다. 보이는 주체는 타자에게 눈을 돌리게 되
고 마침내 주체가 곧 타자가 된다. 이 말은 주체 안에 이미 내재했던 타자를
발견하는 것이다. 이상의 고찰에서 토시코는 선인이나 천인으로 고양되거나
은하 우주에 비유되는 사과의 모습이므로 영원한 생명을 상징한다고 하겠다.
이와 같은 토시코는 주체가 도달해야 할 대상으로서의 타자이다. 파스는 이
타자를 다음과 같이 규정한다.

진짜 고독이란 자신의 존재로부터 분리되어 둘이 되는 것이다. 우리는
모두 둘이기 때문에, 모두 외로운 것이다. 낯선 자, 타자는 우리의 분신이
다. 타자는 언제나 부재한다. 부재하면서도 편재한다. 우리 발밑에는 빈틈
과 구멍이 있다. 인간은 자기 자신인 그 타자를 찾아, 넋을 잃고 고뇌하며
헤맨다. 하지만 백척간두 진일보 없인 자신에게 돌아갈 수 없다. 치명적
도약은 사랑, 이미지, 현현이다.[38]

켄지에게 토시코는 부재하는 타자이면서도 도달해야 할 대상으로 존재한

37 옥타비오 파스, 앞의 책, 194쪽.

38 옥타비오 파스, 앞의 책, 177쪽.

다. 한용운의 시에서도 이 주체의 결핍이 님의 떠남으로 인하여 심각하게 대두되고 있고 주체는 보이기를 적극적으로 하게 된다. 데리다가 '욕망은 자아를 지우고 남을 통하여 자기를 다시 보려는 인간 심리의 원초적 성향을 가리킨다'[39]라고 했을 때, 타자를 욕망하는 주체는 자아를 지우고 자기를 다시 보아야 하는 필연성에 빠지게 된다. 그러므로 이혜원이 '한용운의 시에서 님은 나의 사랑의 대상일 뿐 아니라 동일시의 대상이다'[40]라고 언급한 것과 같이 주체는 님이라는 타자를 통하여 자기의 내면을 바라본다. 따라서 『님의 침묵』의 전편의 시들은 이 보이기에 다름 아니다. 다음으로 한용운의 「님의 침묵」을 살펴보자.

> 님은 갔습니다. 아아, 사랑하는 나의 님은 갔습니다.
> 푸른 산빛을 깨치고 단풍나무 숲을 향하여 난 작은 길을 걸어서 차마
> 떨치고 갔습니다.
> 황금의 꽃같이 굳고 빛나던 옛 맹세는 차디찬 티끌이 되어서
> 한숨의 미풍(微風)에 날아갔습니다.
> 날카로운 첫 키스의 추억은 나의 운명의 지침을 돌려
> 놓고 뒷걸음쳐서 사라졌습니다.
> 나는 향기로운 님의 말소리에 귀먹고 꽃다운 님의 얼굴에 눈멀었습니다.
> 사랑도 사람의 일이라 만날 때에 미리 떠날 것을 염려하고
> 경계하지 아니한 것은 아니지만, 이별은 뜻밖의 일이 되고
> 놀란 가슴은 새로운 슬픔에 터집니다.
> 그러나 이별을 쓸데없는 눈물의 원천(源泉)으로 만들고 마는 것은,
> 스스로 사랑을 깨치는 것인 줄 아는 까닭에, 걷잡을 수 없는

39 김형효, 『데리다의 해체철학』, 민음사, 1993, 371쪽.

40 이혜원, 「한용운 · 김소월 시의 비유 구조와 욕망의 존재 방식」, 고려대학교 대학원 박사 논문, 1996, 56쪽.

슬픔의 힘을 옮겨서 새 희망의 정수배기에 들어 부었습니다.

우리는 만날 때에 떠날 것을 염려하는 것과 같이 떠날 때

에 다시 만날 것을 믿습니다.

아아, 님은 갔지만 나는 님을 보내지 아니하였습니다.

제 곡조를 못 이기는 사랑의 노래는 님의 침묵을 휩싸고 돕니다.

(「님의 침묵」, 42쪽)[41]

「님의 침묵」에서 '님'은 한용운 시의 궁극적 주제이며 비유의 핵심이다. 박노준 · 인권환은 '님'이란 다름 아닌 생명의 근원이었고 영환의 극치였으며, 또한, 삶을 위한 신념의 결정[42]으로 보았고, 조지훈은 민족과 불(佛)과 시(詩)[43]로, 오세영은 아(我), 즉 무아(無我)[44]로 설명하였다. 조연현은 불타, 자연, 조국[45]으로 보았고, 조동일은 '조국이 존재함으로써 이루어질 것으로 기대되는 사람, 희망, 이상을 두루 상징하는 말'[46]이라고 그 정체를 밝혔다. 김우창은 '님'은 그의 삶이 그리는 존재의 변증법에서 절대적인 요구로서 또 부정의 원리로서 나타나는 한계의 원리를 의미한다[47]고 보았다. 이상과 같이 '님'의 정체에 대한 다양한 해석이 가능한 것은 한용운이 『님의 침묵』의 서문에 해당하는 「군말」에서 '님만 님이 아니라 기른 것은 다 님이다'라고 하여 님에 대한 다의적 해석의 가능성을 열어놓고 있기 때문이다.

41　『韓龍雲全集』, 제1권, 신구문화사, 1973. (한용운의 경우 시 본문 인용은 이 텍스트에 의함)

42　박노준 · 인권환, 『만해 한용운 연구』, 통문관, 1960, 139쪽.

43　조지훈, 「한국의 민족 시인 한용운」, 『사상계』, 1966. 1. 328쪽.

44　오세영, 「침묵하는 님의 역설」, 『국문학 논문선 9』, 민중서관, 1977, 126쪽.

45　조연현, 『한국현대문학사』, 인간사, 1961, 597쪽.

46　조동일, 『우리 문학과의 만남』, 홍성사, 1978, 269쪽.

47　김우창, 「궁핍한 시대의 시인」, 『문학사상』 통권 4호, 1973. 1. 49쪽.

본고에서는 한용운 시의 출발과 귀결이 결국 님으로 향함을 인정하고 시집 전체를 관류하는 '님의 침묵'이라는 상황에서 님은, 결여의 존재인 주체에게 욕망의 시발점이 되는 존재로 보고자 한다. '님'은 『님의 침묵』의 각 시를 꿰매는 비유의 연쇄 고리를 아우르는 결절이면서 시집 전체에 있어서 중핵적 위치를 점한다. 그러므로 '님'은 주체가 합일하고자 하는 타자이며 또한, 주체의 입장과 타자의 입장을 동시에 가지는 존재이기도 하다.

주제시 「님의 침묵」 첫 행은 주체인 '나'의 비탄조의 평범한 진술로 시작된다. 이 평범한 진술 속에서 시적 화자는 격앙된 감정을 표출하고 님이 떠나간 상태가 슬픔의 극적 상황임을 암시한다. 이 극적 상황을 '사랑하는 나의 님은 갔읍니다'라고 시적 화자의 비밀을 고백하여 그 내용을 밝힌다. 그리고 님의 떠나간 모습을 '푸른 산빛을 깨치고 단풍나무 숲을 향하여 난 작은 길을 걸어서 차마 떨치고 갔읍니다'라고 이별의 장면을 묘사하고 있다. 여기서 '푸른빛'은 님과 사랑하던 때의 추억을 상징하는 것이라면 '붉은빛'은 이별의 고통과 절망을 의미한다고 하겠다. 이 '푸른빛'과 '붉은빛'은 대립 관계로 묶이면서 '사랑-이별'에 이어지는 하나의 계열체를 이루게 된다.

제3행의 '황금의 꽃'과 '차디찬 티끌'은 '사랑-푸른빛'과 '이별-붉은빛'의 계열을 잇고 있다. '꽃'과 '황금'은 한용운 시의 다양한 이미지 가운데 긍정적인 가치가 부여되는 이미지로 황금이 가진 영원성과 꽃이 가지는 생명성은 금속성과 식물성의 이미지가 얽혀 있으므로 역동적 상상력을 끌어내고 있다. '나의 운명의 지침을 돌려놓고'와 '님은 갔읍니다'는 동일한 비극적 상황을 엮어내는 것이며 주체에게 더할 수 없는 고통과 슬픔이 되고 있다. 그러므로 '이별은 뜻밖의 일이 되고 놀란 가슴은 새로운 슬픔에 터집니다'라는 구절로 이어진다. 님이 가버림으로써 주체는 가슴이 터지는 아픔을 경험하고 있다. 그러나 '이별-눈물의 원천'은 '슬픔의 힘-새 희망의 정수박이'와 같이 주체의 의지에 의해 반전을 이루고 있다. '슬픔의 힘'이 담당한 변전의 기능은 '걷잡을 수 없는 슬픔'의 총량을 그대로 '새 희망의 정수박이'로 옮겨 놓음으로써 주체의 운명을 극복할 큰 힘을 얻게 된다.

그래서 시적 화자는 '아아, 님은 갔지만은 나는 님을 보내지 아니 하였습니다'라고 비극적 운명을 부정함으로써 주체는 님을 보내지 아니하였다는 진술의 형이상학적 정당성을 확보하는 것이다. 이 시에서 님의 모습은 향기로운 말소리와 꽃다운 얼굴로 묘사되고 있고 또한, '나의 운명의 지침'을 돌려놓는 존재인 것이다.

우주의 중심이며 근원을 이루는 님의 존재를 간파하고 그 중심을 향해 치닫는 존재의 근원에 대한 탐구와 함께 주체인 '나'는 님과의 합일을 하려는 열렬한 자세를 보여주고 있는 것이 시 「알 수 없어요」이다.

바람도 없는 공중에 수직(垂直)의 파문을 내이며 고요히 떨어지는 오동잎은 누구의 발자취입니까.
지리한 장마 끝에 서풍에 몰려가는 무서운 검은 구름의 터진 틈으로 보이는 푸른 하늘은 누구의 얼굴입니까.
꽃도 없는 깊은 나무에 푸른 이끼를 거쳐서 옛 탑(塔) 위의 고요한 하늘을 스치는 알 수 없는 향기는 누구의 입김입니까.
근원은 알지도 못할 곳에서 나서 돌부리를 울리고 가늘게 흐르는 작은 시내는 굽이굽이 누구의 노래입니까.
연꽃 같은 발꿈치로 가이없는 바다를 밟고, 옥 같은 손으로 끝없는 하늘을 만지면서 떨어지는 날을 곱게 단장하는 저녁놀은 누구의 시(詩)입니까.
타고 남은 재가 다시 기름이 됩니다. 그칠 줄을 모르고 타는 나의 가슴은 누구의 밤을 지키는 약한 등불입니까. (43쪽)

시 제목에서와 같이 님은 '알 수 없는' 신비한 존재이며 'A는 누구의 B입니까'라는 물음의 반복 구조를 통하여 그 신비감을 더 강화하면서도 질문 속에 해답의 일부를 내포한 질문 어법을 취하고 있다. 신동욱은 이 질문 어법에 대해 '알 수 없다는 말의 이면에 확신하고 있다는 사실을 이미 내포하고 있음을 작품의 내용이 보여주고 있다'[48]라고 주장한다. 이것은 시적 화자의 님에 대한 굳은 신념을 보여주는 것으로서 설의법 구문을 통하여 님이 지닌 존재의 거대함을 암시하고 있다. 그리고 '오동잎-발자취', '하늘-얼굴', '향기-입김', '시내-노래', '저녁놀-시' 등의 계열 관계 속에서 님의 모습은 인격화된 존재자로서 언표되고 있다.

또한 '검은 구름-푸른 하늘'의 대비로 '푸른 하늘'의 품격을 높이고 있고 '검은 구름'이라는 부정적 수식어는 변전하는 지상의 현상을 나타내지만 '푸른 하늘'은 영원한 근원의 모습이다. 이것은 켄지의 시에서 '빛의 맨발(ひかりの素足)'이라든가 시 「굴절률」(11쪽)에서 보이는 '물속보다 더 밝고/ 그리고 아주 거대한데(水の中よりもっと明るく/そしてたいへん巨きいのに)'에서처럼 밝고 거대한 존재로서의 빛과 어두운 구름 속에서 언뜻 보이는 '푸른 하늘'은 거룩하고 장엄하며 영원한 존재의 표상이 된다. 「영결의 아침」의 '음산한 구름', '어두운 진눈깨비', '헝클어진 하늘', '어두운 구름'은 「알 수 없어요」의 '무서운 검은 구름'과 대응되는 부정적 존재이다. 또한, '무서운 검은 구름'과 '푸른 하늘'은 대립의 극치를 이루는 계열 관계이다.

그리고 '연꽃'이나 '옥'은 종교적 상징으로까지 끌어 올려져 님의 고귀한 이미지를 더하고 초월자로서의 님은 '바다를 밟고', '하늘을 만지는' 거대한 존재임을 상징하고 있다. 님의 행동 영역이 무한대의 바다와 하늘에 미치고

---

48 신동욱, 「〈알 수 없어요〉의 心象」, 『한용운 연구』 한국문학연구총서 현대문학 편 5, 새문사, 1982, 8쪽.

있는 점을 들어 송욱은 '법신(法身)의 현현'[49]으로 파악하고 있다. 그의 견해는 어디까지나 님을 불타로 보았을 때 규정되는 것이다. 그러나 본고에서는 님을 다의적으로 해석하고 만유의 생멸을 주관하는 근원으로서의 절대자이며 주체가 욕망하는 대상이다. 한용운 시에 자주 진술되는 꽃과 황금은 님이 가진 생명성과 영원성을 상징하는 절대적 가치를 지닌 사물이다. '황금'이 '달'과 같은 색채를 가지는 사물들임을 생각할 때 무관하지 않다.

> 당신의 얼굴이 달이기에 나의 얼굴도 달이 되었습니다.
> 나의 얼굴은 그믐달이 된 줄을 당신이 아십니까.
> 아아, 당신의 얼굴이 달이기에 나의 얼굴도 달이 되었습니다.
>
> (「달을 보며」, 67쪽)

달은 전통시에서 숭배의 대상이었으나 한용운에 오면 숭배의 대상으로서만이 아니라 동일시의 대상으로서 기능한다. '당신의 얼굴-달'과 '나의 얼굴-달'이라는 유사성에 기반을 둔 계열 관계로써 파악되는 부분이다.

그러므로 달은 '당신'과 '나'의 동일시를 매개하는 비유의 핵심어이다. 여기에서 간과해서 안 되는 것은 '되었읍니다'와 같이 '나'인 주체의 욕망은 '달'인 '당신'과 동일시되려는 의지, 또는 닮아가려는 의지가 수동적 또는 능동적 욕망 속에서 이루어지고 있다는 점이다. 왜냐하면, 님을 향해 닮으려는 주체의 욕망으로 '님'의 허락 안에서 충족되는 것이고 이와 같은 동일시는 주체의 능동성과 수동성의 반복 속에서 이루어지는 것이기 때문이다.

또한, 이 시에서 님을 향한 그리움이 그믐달로 표현되고 있음은 하현달이 가지는 비극성이 상현달, 즉 보름달의 충만함을 전제로 하고 있음을 알 수 있

---

49 송욱, 전편해설 『님의 沈黙』, 일조각, 1974. 32쪽.

다. 님을 그리는 현재는 하현달인 그믐달의 슬픈 모습이지만 시간성 속에서 보름달이라는 충만성이 님과 일치를 이루는 사랑의 완전성을 암시하고 있다. 그러므로 달로 변모되는 것은 결코 단시간에 뚜렷이 이루어지지 않는 오랜 시간성을 필요로 한다. 주체가 수동적일 수밖에 없다는 측면은 '님'이 내 '운명의 지침'을 돌려놓을 수 있는 존재이므로, 님이 떠나간 것은 주체에게는 던져진 것에 지나지 않기 때문이다. 그러므로 '황금의 꽃 같은 옛 맹세'는 「因果律」에서처럼 다시 획득될 사랑의 맹세인 것이다.

당신은 옛 맹세를 깨치고 가십니다.
당신의 맹세는 얼마나 참 되었습니까. 그 맹세를 깨치고 가는
이별은 믿을 수가 없습니다.
참 맹세를 깨치고 가는 이별은 옛 맹세로 돌아올 줄을 압니다.
그것은 엄숙한 인과율(因果律)입니다.
나는 당신과 떠날 때에 입 맞춘 입술이 마르기 전에 당신이
돌아와서 다시 입 맞추기를 기다립니다.

그러나 당신의 가시는 것은 옛 맹세를 깨치려는
고의(故意)가 아닌 줄을 나는 압니다.

비겨 당신이 지금의 이별을 영원히 깨치지 않는다 하여도 당신의 최후의 접
촉을 받은 나의 입술을 다른 남자의 입술에 댈 수는 없습니다. (67-68쪽)

이 시에서 시적 화자는 '인과율'에 따라 '참 맹세를 깨치고 가는 이별은 옛 맹세로 돌아올 줄 압니다'라고 진술하여 '님'이 다시 돌아올 거라는 것을 인과율의 법칙성에 따라 믿고 있다. 그러므로 '황금의 꽃 같은 옛 맹세', '참 맹세', '옛 맹세'는 동일한 결합 구조이다. 제1연에서 시적 화자는 옛 맹세

를 깨치고 가는 님이 돌아올 것이며 그 날을 기다리겠노라고 다짐한다. 그
이유는 당신이 한 옛 맹세가 참되었기 때문이다. 그러므로 시적 화자는 현
재의 이별을 부정하게 된다. 님이 돌아올 것이라는 믿음은 인과의 법칙성에
의해 한층 더 설득력을 갖는다. 그리고 2연에서 시적 화자는 님이 가고 없
는 이별의 현재 상황을 받아들이면서 굳이 님이 간 것이 결코 옛 맹세를 깨
치려는 고의에서 비롯된 것이 아니라고 하여 님의 참됨을 절대적으로 믿는
다. 3연에서 시적 화자는 설사 현재와 같은 이별의 상황이 계속될지언정 님
을 향한 믿음을 지키겠다는 의지를 '나의 입술을 다른 남자의 입술에 댈 수
는 없읍니다'라고 표현하고 있다. 그러므로 주체가 겪는 '슬픔'의 극복은 「
님의 침묵」에서 진술되는 '님은 갔지마는 나는 님을 보내지 아니 하였읍니
다'의 주체의 능동적 강변보다는 '인과율'에 의해 다시 돌아올 것임을 인식
하게 되고 시집 전편에 님과 재회하려는 주체의 긍정적 욕망을 구조해 나가
는 힘이 되고 있다. 그러므로 님과의 돌연한 이별이라는 상황 속에서도 오
로지 재회를 위해 끊임없이 피나는 고통을 견딜 수 있는 것도 '엄숙한 인과
율'에 의해서다. 주체의 욕망이 능동적이면서도 님이라는 초월적 존재가 가
진 이 법-힘에 의해 수동성을 가지기도 한다.

　그 근거가 되는 것은 「사랑의 끝판」에서 '네 네 가요, 지금 곧 가요'라는 첫
행이다. 이 구절은 어디까지나 시적 화자가 님의 부름을 받는 상황이므로 거
기에 주체는 응답하게 되는 것이다. 부름 받는 자로서의 주체는 수동적이면
서도 응답하는 자로서 능동적이기도 하다. 이와 같은 양면성은 주체의 의지
와 님의 부르심이 합일될 때 '네 네 가요'라고 기쁘게 응답할 수 있으며 이것
은 어디까지나 님에 대한 주체의 끊임없는 추구가 이루어낸 것이면서도 주체
에 대한 님의 선택이기도 하다. 그러므로 '부르는 자-응답하는 자'의 관계는
타자-주체의 관계이지만 이 경우에 '타자-주체'의 관계는 해체가 된다. 부름

에 응답함으로써 하나가 되어있기 때문에 주체와 타자의 구분이 소멸하는 것이다.

이상에서 살펴본 바와 같이, 켄지와 한용운 시에 나타나는 타자는 주체 욕망의 대상이다. 이 주체의 욕망은 결여에서 오는 것으로 그 결여란 토시코와 님이 부재하는 것을 말한다. 그러므로 이 결여를 메우기 위해 켄지는 토시코를 천인으로 설정하여 토시코와 사별한 슬픔의 무거운 하강적 정서를 상승 지향성으로 끌어올리고 있다. 님 또한, '나'가 합일해야 할 대상이며 초월자로 설정되고 있다. 그러나 주체와 타자 사이의 거리는 타자에 의한 주체의 보이기 때문이며 분리, 즉 분열을 낳는 원인이 되고 있다.

2) 분열의 표상 – '수라의 눈물'과 '진주 눈물'

본절(本節)에서는 분열의 표상으로서 '수라의 눈물'과 '진주 눈물'을 중심으로 그 상징성을 해명하고, 눈물이 물 이미지의 하위 범주로서 고통의 눈물에서 재생과 극복의 눈물로 변화함을 고찰하고자 한다.

인간의 감정을 세분화할 때 맹자는 사단칠정론(四端七情論)에 따라 희로애락애오욕(喜怒哀樂愛惡欲), 또는 희로우사비경공(喜怒憂思悲驚恐)의 7가지 감성으로 분류하고 있다. 그리고 불교에서는 희로우구애증욕(喜怒憂懼愛憎欲)의 7정으로 나누어 인식한다. 일반적으로 눈물은 哀나 悲, 즉 슬픔의 감정을 느낄 때 자동으로 표출된다. 물론 기쁘거나 감동했을 때도 눈물을 흘린다. 여기에서는 슬픔의 감정에 의해 흘리는 눈물을 대상으로 한다.

유협은 『문심조룡』에서 '詩란 표현하는 것을 말한다. 다시 말해 인간의 정서와 성품을 표현한다'[50]라고 언급하는데, '정서와 성품'이란 인품 칠정을 의미하고 있다.

워즈워드의 낭만주의 시론의 핵심을 이루는 '詩는 강렬한 감정의 자동적 유로'[51]라는 말은 시와 감성의 절대적 감정을 의미한다. 워즈워드는 '강렬한 감정'을 주체적이며 자발적인 감정이라 했고 그것은 상상력이 넘치는 창조적 감성을 의미함이다. 창조적 감성이란 자연과 인간을 연결해 주며 정신과 물질이라는 이원적인 것에 조화를 주는 힘이다. 즉 균형과 통일성을 부여하는 상상력은 주관과 객관, 현실과 이상, 감각적인 것과 초월적인 것을 결합해 주며 우주를 감지하게 하고 자아를 창조하게 하는 힘이다. 또한, 상상력은 반대 명제와 모순을 통일하고 해결하는 힘으로서, 외적인 자연과 내적인 자아를, 시간과 영원을, 물질과 정신을, 유한성과 무한성을, 그리고 무의식과 의식을 화해시키고 통합하는 힘이다.

코울리지는 인간은 상상력으로 인해 역동적 자연에 참여하고 유기적 전체의 일부가 된다고 말하고 있다.[52] 상상력은 생동하며 자율적인 구성을 이루고 있는 모든 부분을 통일하는 힘으로서 모든 예술의 어머니이다. 블레이크는 이러한 상상력을 '거룩한 신과 같은 인간성'[53]이라 부른다. 그러므로 시적 감성, 즉 상상력은 창조주와 창조물을 주관과 객관으로 분리하는 것이 아니라 신과 인간을 통일시키는 것이다.

신과 인간이 하나로 통일되는 데에는 사랑이 필요하다. 시적 상상력과 사

50 유협, 『문심조룡』, 고전문학 출판사, 상해, 1975, 34쪽.

51 W. Wordworth, *Preface to the Lylical Ballard, Wordsworth' Literary Criticism*, ed. N. C. Smith, Oxford, 1964, 15-16쪽.

52 M. H. Abrams, *The Mirror and the Lamp*, Oxford Univ. Press, Oxford, 1971, 157쪽.

53 Ibid. 215-216쪽.

랑은 불가분의 관계 속에 있다. 사랑은 너와 나를 하나로 만드는 위대한 힘이다. 인간의 감성은 육체와 물질, 정신과 관념을 거쳐 이 모두를 결합하는 상상력의 힘에 도달한다. 이 감성의 최고 차원은 사랑이다. 즉 시적 감성과 상상력의 힘은 사랑의 힘이 되는 것이다.

시인이 시 속에 투영한 눈물은 창조된 눈물이며 영혼의 물음의 표현체인 것이다. 눈물은 인간의 모든 감성적 체험과 연결되어 있으면서 보편적이고 통합적인 물질이다. 시에 있어 주체와 감성을 본질적으로 보는 시학의 관점에서 본다면 시와 눈물은 불가분의 관계인 것이다. 그러므로 눈물은 주체의 내적 경험에서 우러나오는 영혼의 울음이다.

켄지의 시 「봄과 수라」에는 '수라의 눈물(修羅のなみだ)'이라는 비유 표현이 있다.

심상의 잿빛 강철에서
으름덩굴은 구름에 얽히고
찔레 덤불이나 부식된 습지
온통 비뚤어진 모양
 (정오의 관악보다도 풍성히
  호박 조각이 쏟아질 때)
분노의 쓰디씀과 푸르름
사월 기층의 빛 속을
침 뱉고 이 갈며 오가는
나는 한 사람의 수라다
 (풍경은 눈물에 흔들려)
부서지는 구름 시야를 가리고
 영롱한 하늘 바다에는
  성스러운 파리 바람이 서로 오가고

ZYPRESSEN 봄의 일렬

검디검게 에테르를 빨아들이고

그 어두운 보조에서는

천상의 산 눈도 빛나는데

(아지랑이 물결과 흰 편광)

진실의 말은 상실되고

구름은 찢기어 하늘을 난다

아아, 눈부신 사월 속을

이 갈며 분노에 불타 오가는

나는 한 수라이다

(옥수 구름이 흐르고

어딘가에서 우는 그 봄 새)

햇빛이 푸르게 가물거리면

수라는 숲에 울려 퍼지고

파이어 어두워지는 하늘 그릇에서

검은 나무 군락이 늘어서고

그 가지는 슬프게 무성하여

모든 이중 풍경을

실신한 숲 우듬지에서

번뜩이며 날아오르는 까마귀

(대기층 마침내 맑게 개고

노송나무도 고요히 하늘에 설 무렵)

초지의 황금을 지나오는 자

분명 사람 모습인 자

도롱이 입고 날 보는 그 농부

진정 내가 보이는가?

눈부신 대기권 바다 밑바닥에

(슬픔은 푸르디푸르게 깊어)

ZYPRESSEN 고요히 흔들리고

새는 또 푸른 하늘을 가른다

(진실의 말 여기 없고

수라의 눈물은 땅에 떨어진다)

새롭게 하늘에 숨 내뿜으면

희뿌옇게 폐는 줄어들어

(이 몸 하늘의 티끌로 흩어져라)

은행나무 가지 끝 또한, 반짝여

ZYPRESSEN 드디어 검고

구름 불꽃 쏟아져 내린다

〔心象のはいいろはがねから

あけびのつるはくもにからまり

のばらのやぶや腐植の濕地

いちめんのいちめんの諂曲模樣

(正午の管樂よりもしげく

琥珀のかけらがそそぐとき)

いかりのにがさまた青さ

四月の氣層のひかりの底を

唾しはぎしりゆききする

おれはひとりの修羅なのだ

(風景はなみだにゆすれ)

砕ける雲の眼路をかぎり

れいらうの天の海には

聖玻璃の風が行き交ひ

ZYPRESSEN春のいちれつ

くろぐろと光素を吸ひ

その暗い脚並からは

天山の雪の稜さへひかるのに

(かげらふの波と白い偏光)

まことのことばはうしなはれ

雲はちぎれてそらをとぶ

ああかがやきの四月の底を

はぎしり燃えてゆききする

おれはひとりの修羅なのだ

(玉髄の雲がながれて

どこで啼くその春の鳥

日輪青くかげろへば

修羅は樹林に交響し

陥りくらむ天の椀から

黒い木に群落が延び

その枝はかなしくしげり

すべて二重の風景を

喪神の森の梢から

ひらめいてとびたつからす

(氣層いよいよすみわたり

ひのきもしんと天にたつころ)

草地の黄金をすぎてくるもの

ことなくひとのかたちのもの

けらをまとひおれを見るその農夫

ほんたうにおれが見えるのか

まばゆい気圏の海のそこに

(かなしみは青々ふかく)

ZYPRESSEN しずかにゆすれ

鳥はまた青ぞらを截る

(まことのことばはここになく

修羅のなみだはつちにふる）

あたらしくそらに息つけば
ほの白く肺はちぢまり
（このからだそらのみぢんにちらばれ）
いてふのこずえまたひかり
ZYPRESSEN いよいよ黒く
雲の火ばなは降りそそぐ）(20-22쪽)

　인용된 시는 총 52행의 비교적 긴 시로서 중간에 '수라의 눈물은 땅에 떨어진다' 다음에 연갈이가 되어 있고 뒤이어 6행이 말미를 이룬다.

　이 시의 특징이자 켄지 시의 특징인 '시행 들여쓰기(段下げ)'가 뚜렷이 반복되고 있다. 켄지의 시에서 정서의 상승과 하강을 표시하는 시행 내어쓰기(段上げ)와 시행 들여쓰기(段下げ)는『봄과 수라』제1 시집에서 특히 주목되는 부분이다. 위의 인용에서 '그 가지는 슬프게 무성하여'에서 시행 들여쓰기를 한 것은 수라가 가진 비극적 정서를 반영하기 때문에 시행이 내려앉아 있다. 우메하라(梅原 猛)는 '봄은 켄지에게 시간 속에 계속 변화해 가고, 더구나 영원한 생명의 빛을 빛나게 하는 자연의 표현이었다고 생각한다. 여기에 '수라' 두 세계와 그것을 바라보는 두 마음이 그의 시의 주제였던 것이다'[54]라고「봄과 수라」의 주제를 언급하고 있다. 그의 견해와 같이 대립하는 두 세계가 이 시의 구조를 이루고 있다는 기존의 논은 구조주의 시학의 비평에서 벗어나지 못하는 한계점을 노출하고 있다. 본고에서는 이와 같은 이원론을 넘어서 수라가 긍정적으로 기능하는 면에 초점을 두고자 한다. 왜냐하면, 수라는

54　梅原 猛, 앞의 논문, 98쪽.

주체의 내면 성찰에서 주체가 가진 결여의 '보기 흉함'을 드러내는 것이며 그 부족함이 주체가 천상적 가치를 욕망하게 되는 데에 작용하고 있다고 판단되기 때문이다. 수라란 무엇인가? 불교에서 인간이 윤회하는 천(天), 인(人), 수라, 축생, 아귀, 지옥인 육도(六道) 중의 하나이다. 이때의 수라는 성질이 포악하고 싸우기를 좋아하는 신으로 제석천의 물밑에 산다. 그리고 켄지 문학에서 수라 의식은 그 자신에 대한 부정적인 자기규정이지만 그의 문학은 이것에서 출발하고 있다.

외적인 자연과 내적인 자아를, 시간과 영원성을, 물질과 정신을, 유한성과 무한성을, 그리고 무의식과 의식을 화해시키고 통합하는 힘은 시적 상상력에 의해서 이루어진다. 그러므로 주체의 글쓰기는 이원화된 세계를 하나로 통일하기 위한 끊임없는 성찰이다. 위의 인용에서 봄과 동일한 계열체를 이루는 태양과 수라, 검은 나무 군락, 슬프게 무성하며, 이중의 풍경, 실신한 나무숲은 모두 부정적 세계를 표상하는 언표들이다. 그러나 '태양이 푸르게 피어오르면'에 의해 정신적 상징물인 까마귀가 날아오른다. 또한, 노송나무도 하늘에 선다는 표현에서 반전의 계기를 이루고 있다. 태양에 의해 어둠의 세계인 수라의 세계가 슬프게 무성해지는 것이다. 즉, 빛에 의해 어둠 즉, 수라의 분노, 비애가 더 뚜렷해지므로 '그 가지는 슬프게 무성하며'라는 행이 비극적으로 행이 내려앉은 것이다. 이러한 슬프고 어두운 세계가 '실신한 숲의 나뭇가지 끝'에서 날아오르는 까마귀에 의해 천(天)으로 비상하는 것이다. 즉 수라의 세계에서 하늘의 세계로 끌어올려지는 데에 「봄과 수라」의 이원화된 세계가 화해와 통합을 구축하는 것이 되고 그 힘은 수라의 슬픔을 극복하려는 의지에 의해서 비롯된다고 할 수 있다. 이와 같은 장치는 수라의 극복 지향성을 보여주는 비유이다.

켄지의 '수라'는 첫째, 내면에서 폭발하는 마성적인 힘으로서 내면 의식에서는 주관이다. 둘째, 신앙을 과학적, 철학적, 심리학적으로 증명하려는 시간과 공간의식에서 온 인식이다. 셋째는 전술한 제석천의 신으로서 법화경을 근본으로 해석할 때의 입장이다. '수라'라는 언표는 켄지에게 극적인 모순으로 파악되었고, 더욱 인식적인 '수라'나 종교적 측면의 '수라'도 단순히 평면적인 개념이 아니며, 모순을 극복하려는 구도의 의지에 의해 동적으로 시 작품 속에서 살아 움직이는 것이다. 세 유형의 '수라' 중에 본 장과 연관되는 것은 첫 번째 유형으로 '진실'과의 대립과 그로 인한 깊은 고뇌, 그리고 대립에서 통일을 지향하는 과정을 상징하는 수라다.

「봄과 수라」에 나타난 수라의 세계는 두 세계가 대립하는 세계이다. 시 제목에서도 나타나듯 자연의 생명을 상징하는 '봄'과 '침 뱉고 이 갈며 오가는' 대립하는 세계가 수라의 내면에는 존재하고 있다. 그리고 이 시의 부제목 'mental sketch modified'는 장식된 또는 수식된 심상의 스케치, 즉 정신의 풍경을 스케치한 것을 시로 표현한 것이다.

첫째 행 '심상의 잿빛 강철에서'의 심상은 곧 mental이다. 그런데 그 빛이 잿빛이라는 것은 어둡고 암담한 내면 풍경을 의미한다. 그것이 '강철'과 어울려 차갑고, 견고한 금속성의 이미지를 직조한다. 그리고 '으름덩굴은 구름에 얽히고 찔레 덤불과 부식된 습지'는 모두 심상을 수식하는(장식하는) 부정적인 계열체들이다. '으름덩굴'과 '찔레 덤불'은 '분노(いかり)'가 뒤엉켜 있는 감정을 표현한 것이다. 여기까지 오면 '강철'의 금속 이미지와 '으름덩굴', '찔레 덤불'의 식물 이미지가 서로 대립하면서 '온통 비뚤어진 모양(諂曲)'[55]이라는 비극적인 내면 공간, 즉 心의 세계를 드러낸다. 그러나 이 주체의 내면 공

---

55 諂曲-남에게 아첨하고, 자기 마음을 비뚤어지게 갖는 것을 말한다. 한용운의 『불교대전』에는 대비바사론(大毘婆沙論)의 구절을 풀이하여 '지혜가 있어도 청정한 믿음이 결여되면, 믿음 없는 지혜는 첨곡(諂曲)만을 키우게 된다. 이런 첨곡을 그치게 하는 까닭에 믿음이 으뜸이라 한 것이다'라고 나와 있다.

간은 사월의 눈부신 태양 빛의 비유인 황색의 보석인 '호박 조각'과 대립을 이루는 계열체이다. 이러한 심상 공간은 '진리의 말(まことのことば)'이 부재하는 공간으로써 밝고 생명적인 봄과는 거리가 멀다. 그러므로 이러한 상반된 세계는 '모두 이중 풍경(すべて二重の風景)'이라고 언표된다. 「봄과 수라」에서 눈물은 '분노(いかり)'로 인한 슬픔, 비애의 눈물이 된다. 이 시에 표현된 '분노'가 어디에서 생성되고 있는지 켄지의 서간문을 보자.

> 분노가 확 불타서 신체는 알코올에 담긴 듯한 생각이 듭니다. 책상에 앉아 누군가 무슨 말을 하는 것을 생각해내면서 갑자기 신체 전체로 책상을 때리듯이 됩니다. 분노는 붉게 보입니다. 너무 강할 때는 분노의 빛이 엷어져서 도리어 물처럼 느껴집니다. 마침내는 새파랗게 보입니다. 분명히 분노는 기분이 나쁘지 않습니다. 나는 거의 광인이라도 된 듯한 발작을 기계적으로 그 진짜 명칭으로 불러내고 손을 맞춥니다. 인간 세계의 수라의 성불(成佛).[56] (1920년 6-7월, 친구 호사카(保坂嘉内)에게 보낸 편지에서)

내면에서 치밀어 오르는 분노로 인해 한동안 광인이 된 듯하다는 그의 고백은 인간이 지닌 수라성이 내면의 고요를 깨고 불균형을 이루는데 작동되는 요인임을 상기시켜준다. 수라성이 인간에게 이미 내재한 부정적 요소로서 부족함이고 분노는 이런 것들로부터 또는 외부적인 것들로부터 예고하지 않고 찾아온다. 그러므로 '이 갈고 불타며 오가는/ 나는 한 사람의 수라다'라고 주체의 아이덴티티를 규정하는 결과를 빚는다. 즉 분노의 감정에 불타며 오가는, 마음의 고요한 상태인 적멸의 경지를 상실한 수라는 방황할 수밖에 없다. '나(おれ)'는 곧, 사람 수라인 것이다. 질투와 싸움과 고뇌의 제석천의 신 수라

---

56 校本『宮澤賢治全集』第十三卷, 筑摩書房, 1974, 184쪽.

는 인간화되어 주체와 동일시되고 있다. 그러한 부정적인 세계를 극복하는 것들로 '까마귀'와 '노송나무(식물 이미지 상향적 식물로서 수직상승의 의지를 표상)'가 있다.

> (슬픔은 푸르디푸르게 깊고)
> ZYPRESSEN 고요히 흔들리고
> 새는 또 푸른 하늘을 가른다
> (진실의 말은 여기 없고
> 수라의 눈물은 땅에 떨어진다)
> [(かなしみは青々ふかく)
> ZYPRESSEN しずかにゆすれ
> 鳥はまた青ぞらを截る
> (まことのことばはここになく
> 　　修羅のなみだはつちにふる))(22쪽)

　「봄과 수라」의 공간은 '진실의 말'이 부재하는 곳이다. 그러므로 슬픔은 가중되고 그 슬픔과 분노의 고뇌가 주체에게 죽음과 같은 고통을 수반하는 것이므로 무덤가에 심는 '사이프러스'가 상상력의 연쇄 고리를 이루고 있다. '새'도 '까마귀'와 같이 수라의 세계를 초월할 수 있는 존재의 상징물이다. '새'는 하늘을 날 수 있는 생물체로서 구원의 상징물이다. 천상에 대한 지향 의식은 전절(前節)에서 고찰된 바 수라가 구원되는 세계이다. 이 시의 '새'도 토시코의 환생물인 '흰 새'와 동일한 계열체이다. 그러므로 주제시 「봄과 수라」에서 나타나는 눈물은 투쟁하는 수라의 분노와 슬픔의 눈물이다. 주체는 이 분노로부터 '(이 몸 하늘의 티끌이 되어 흩어져라)'라고 분신 지향의 의지를 키워가는 것이다. 쿠리하라는 이 시 구절에 대해 '우주의 본체와 합일함에 의해 자기 정화를 이루고 싶다는 기원이다'[57]라고 분석하고 있으나 수라의 분노를 담은 몸이 분신 지향으로 향하게 될 때 수라는 바로 그 몸을 부정하고 탈각을 꿈꾸게 된다. 그러므로 자연(우주)의 본체가 불변함을 직관했을 때에 주체가 욕망하는 것은 아니다. 쿠리하라는 「봄과 수라」에서 자기 정화의 욕망을 드러낸다고 분석하고 있으나 이 구절에서 알 수 있듯이 수라성의 폭발이 가져오는 주체의 껍질 깨기로 인식된다. 오히려 우주의 본체와 합일하려는 자기 정화는 「아오모리 만가」에서 실행되고 있다고 하겠다.

이미지를 정신분석학의 인과율적 원형에서 구출해낸 바슐라르는 4원소의 하나로서 물의 이미지를 분석하며 그 하위 개념으로서 '울음', '눈물' 이미지를 다음과 같이 설명하고 있다.

> 물이나 호수는 자연 전체에 떨어지는 우주적인 눈물을 길러내고 있는 것이다 … 태양 자체도 물 위에 눈물을 흘린다 … 무거운 눈물이 인간적인 의미와 생명과 물질을 세계에 가져오는 것이다 … 불길한 운명에 대한 끝없는 몽상 전부가 그렇듯 강하게 물과 결부돼 있는 것이라면, 많은 혼에 대해서 물이 특별히 우울한 원소라는 사실에 놀랄 필요는 없을 것이다 … 물은 우울하게 하는 원소이다 … 마음이 슬플 때 세계의 모든 물은 눈물로 변하는 것이다 … 어쩌면 눈물의 이미지는 물의 슬픔을 설명하기 위해 몇 번이고 생각에 떠오를 것이다.[58]

물의 하위 범주로서 눈물은 물의 부정적인 측면을 나타낸다. 즉 물의 슬픔으로서 눈물의 이미지다. 물 자체는 우울하게 하는 원소를 갖고 있다.

「아오모리 만가」에서 '쓸쓸한 마음의 명멸로 혼란하고/ 물색 강의 물색 역/

---

57 栗原 敦,「『春と修羅』第一集の分析」,『宮沢賢治 Ⅱ』日本文学研究資料叢書, 有精堂, 1983, 97쪽.

58 가스통 바슐라르, 이가림 역,『물과 꿈』, 문예출판사, 1980, 95-131쪽.

(두려운 저 물색 공허다)'(155쪽)라는 진술은 토시코의 죽음이 가져다준 공허감이다. 이때 물의 이미지는 '분노'에 의해서가 아닌 '슬픔'과 '우울함'에 의해 형성되고 있다. 기차의 차장 밖은 우주이고 그 우주는 물로 가득한데 '(두려운 저 물색 공허다)'라고 시적 화자가 인식하듯이 토시코의 부재로 인한 공허감, 무상함이다. 그러나 바슐라르는 물이 유동하는 이미지의 공허한 운명이 아닌 존재의 실체를 끊임없이 변모시키는 근원이라고 말한다.[59] 그러므로 주체는 '이런 쓸쓸한 환상에서 나는 빨리 떠오르지 않으면 안 된다'라고 이 부정적 세계로부터 해방되려고 발버둥 치고 있다. 「아오모리 만가」에서 드러나는 물의 이미지는 주체가 공허감과 슬픔으로부터 재생되고자 하는 의지를 담고 있다 하겠다.

다음으로 한용운의 시 「生의 藝術」과 「두견새」, 「눈물」, 「後悔」, 「당신을 보았읍니다」를 통하여 '눈물'의 의미를 알아보기로 한다.

> ① 모른 결에 쉬어지는 한숨은 봄바람이 되어서 야윈 얼굴을
> 비추는 거울에 이슬꽃을 핍니다.
> 나의 주위에는 화기(和氣)라고는 한숨의 봄바람밖에는
> 아무 것도 없읍니다.
> 하염없이 흐르는 눈물은 수정(水晶)이 되어서 깨끗한
> 슬픔의 성경(聖境)을 비춥니다.
> 나는 눈물의 수정이 아니면 이 세상에 보물이라고는
> 하나도 없읍니다.
>
> 한숨의 봄바람과 눈물의 수정은 떠난 님을 그리워하는
> 정(情)의 추수(秋收)입니다.
> 저리고 쓰린 슬픔은 힘이 되고 열(熱)이 되어서

---

59 바슐라르, 앞의 책, 13쪽.

어린양(羊)과 같은 작은 목숨을 살아 움직이게 합니다.
님이 주시는 한숨과 눈물은 아름다운 생의 예술입니다.
「생의 藝術」 (78쪽)

② 두견새는 실컷 운다
   울다가 못 다 울면
   피를 흘려 운다.

   이별한 한(恨)이야 너뿐이랴 마는
   울려야 울지도 못하는 나는
   두견새 못된 한을 또다시 어쩌랴

   야속한 두견새는
   돌아갈 곳도 없는 나를 보고도
   「불여귀 불여귀(不如歸 不如歸)」「두견새」 (72쪽)

③ 아니어요, 님이 주신 눈물은 진주 눈물이어요.
   나는 나의 그림자가 나의 몸을 떠날 때까지 님을 위하여
   진주 눈물을 흘리겠습니다.
   아아, 나는 날마다 날마다 눈물의 선경(仙境)에서 한숨의
   옥적(玉笛)을 듣습니다.
   나의 눈물은 백천(百千) 줄기라도 방울방울 창조입니다.

   눈물의 구슬이여, 한숨의 봄바람이여, 사랑의 성전(聖殿)을
   장엄(莊嚴)하는 무등등(無等等)의 보물이여
   아아, 언제나 공간과 시간을 눈물로 채워서 사랑의 세계를
   완성할까요. 「눈물」 (70쪽)

④ 당신이 계실 때에 알뜰한 사랑을 못하였읍니다.

　사랑보다 믿음이 많고 즐거움보다 조심이 더하였읍니다.

　게다가 나의 성격이 냉담하고 더구나 가난에 쫓겨서 병들어

　누운 당신에게 도리어 소활(疏闊) 하였읍니다.

　그러므로 당신이 가신 뒤에 떠난 근심보다 뉘우치는 눈물이

　많습니다. 「後悔」(65쪽)

⑤ 나는 갈고 심을 땅이 없으므로 추수(秋收)가 없읍니다.

　저녁거리가 없어서 조나 감자를 꾸려 이웃집에 갔더니

　주인(主人)은 「거지는 인격이 없다. 인격이 없는 사람은

　생명이 없다. 너를 도와주는 것은 죄악이다」고 말하였읍니다.

　그 말을 듣고 돌아 나올 때에 쏟아지는 눈물 속에서

　당신을 보았읍니다. 「당신을 보았읍니다」(58쪽)

　①의 시에서 비유어인 '눈물의 수정'은 눈물이 하나의 결정체를 이룬 것이다. 물 이미지의 하위 개념으로서의 눈물도 유동성을 가지고 흐르는 것이지만, 이러한 액체가 고체로 변화하는 것을 통해 수정이 보석이라는 점을 생각할 때 귀중한 긍정적 의미의 눈물 이미지를 생산하고 있다. 김재홍은 '수정은 투명함과 빛남으로 인해 전신의 투명함 그리고 지적 순수와 선경(仙境)을 의미하며 아울러 명상적인 미를 표상한다'라고 하면서 '눈물의 지적 투명화와 결정화가 성취된 예로서 '눈물의 수정'이 쓰이고 있다'[60]라고 언급하고 있다. '지적 투명화와 결정화'로서의 눈물의 수정은 '정의 추수'이다. 즉, 떠난 님을 그리워하는 시적 화자의 사랑의 결정체이다. 다시 말해 주체가 님에 대해 품은 사랑의 결정체가 '정의 추수'인 것이다. 그러므로 눈물의 수정 = 정의 추수

60　김재홍, 『한용운 문학연구』, 일지사, 1982, 161쪽.

라는 등식이 성립되고 이것은 추수라는 말에서 알 수 있듯이 눈물에서 얻어진 것이라는 의미이다. 님이 그리워 눈물 흘리는 주체는 '야윈 얼굴', '한숨의 봄바람'과 같이 고뇌하는 자의 모습으로 나타난다. 그러나 그러한 슬픔은 '힘이 되고 열이 되어' '적은 목숨'을 살게 하는 힘이 된다. 그러므로 님이 떠남으로 인해 '나'에게 생기는 '한숨과 눈물'은 오히려 '아름다운 생의 예술'이다.

②의 시는 '두견새는 실컷 운다'와 '울려야 울지도 못하는 나'가 대립하는 구조를 취하면서 시적 화자는 두견새와 같이 님과 이별한 한을 슬피 울고 싶어 한다.

그러나 어떠한 이유로 하여 울지도 못하는 '나'는 '돌아갈 곳' 또한 없다. 여기에서 두견새가 불여귀라고 불리는 새라는 점을 생각할 때, 현재의 상태에서는 님에게로 돌아가지 못하는 '나'는 어느새 '불여귀' 즉 두견새가 되어있는 것이다. 그러므로 주체인 '나'가 객체인 '두견새'로 됨으로써 실컷 울고 그래도 다 못 울면 피를 흘려 운다. 이처럼 치환 은유는 한용운의 시에서 독특한 수법이라 할 수 있다. 그러므로 님에게 돌아가지 못하고 분리된 주체는 울 수밖에 없는 비극적 상황에 처해 있음을 '울려야 울지 못하는'에서와 같이 슬픔이 덩어리져 있는 것이다. 그러므로 '눈물의 수정'은 액체의 고체화로서 결정이 되는 것이고 '진주 눈물'과 같이 쌓이고 쌓여서 '작은 목숨'을 살아 움직이게 하는 힘이 되는 것이다.

③의 시의 '진주 눈물', '눈물의 구슬'도 눈물의 결정체이며 '사랑의 세계'를 완성하는 데에 기여한다. 그러기 위해서 공간과 시간을 눈물로 채워야 한다. 왜냐하면, '님이 주신 눈물은 진주 눈물'이기 때문이다. 그러나 '내가 본 사람 가운데는 눈물을 진주라고 하는 사람처럼 미친 사람은 없습니다'에서와 같이 세상 사람들이 눈물을 진주라고 부르는 것은 부정하면서 님이 주신 눈물일 때에만 진주 눈물이 될 수 있다고 시적 화자는 그 변별성을 이야기하고 있다. 그

러므로 '나'로서는 님이 주신 눈물이 아닐 때는 의미를 가지지 못한다고 말한다. 왜냐하면, '사랑의 세계를 완성'하기 위해서 님 없이는 불가능하기 때문이다. 그러므로 주체는 '나의 그림자가 나의 몸을 떠날 때까지 님을 위하여 진주 눈물을 흘리겠습니다'라고 다짐하는 것이다. '나의 그림자가 나의 몸을 떠날 때까지'란 의미는 죽을 때까지라는 의미이므로 전 인생을 통하여 또는 죽음을 각오하고서라고 읽히므로 '님과의 합일-사랑의 완성'을 이루기 위해 주체는 적극적 태도를 보인다 하겠다. 그러므로 진주 눈물은 님과 재회할 때까지의 시간성을 내포하는 눈물이다.

④에서의 눈물은 반성과 후회의 눈물 이미지다. 님과 이별한 뒤에 근심보다 '뉘우치는 눈물'이 더 많다는 시 구절에서 주체의 내적 성찰 속에서 흘리는 눈물임을 알 수 있다. 그런데 여기에서의 님은 신비롭고 품격이 높은 님이 아니라는 점이다. 오히려 '가난에 쫓겨서 병들어 누운 당신'으로 표현되고 있다. 이 구절을 이해하기 위하여 한용운 자신의 말인 시집의 서문 격인 「군말」을 보면

> 「님」만 님이 아니라 기룬 것은 다 님이다. 중생(衆生)이 석가(釋迦)의 님이라면 철학은 칸트의 님이다. 장미화(薔薇花)의 님이 봄비라면 맛치니의 님은 이태리다. 님은 내가 사랑할 뿐 아니라 나를 사랑하느니라. (중략) 나는 해 저문 벌판에서 돌아가는 길을 잃고 헤매는 어린양(羊)이 기루어서 이 시를 쓴다. (42쪽)

라고 이야기하고 있다. '기룬 것은 다 님'이라고 하였고 '길을 잃고 헤매는 어린양(羊)이 기루어서'라고 했다. 그렇다면 가난에 쫓겨 병든 님은 길을 잃고 헤매는 어린양인 셈이다.

한용운의 님을 '조국'이나 '불타' '眞我'로만 볼 경우 전술한 바와 같은 해

석은 도출되지 않는다. 물론 가난에 쫓겨 병든 님은 식민지 상황의 고통받는 조국과 그 백성이기도 하다. 또한, 가난에 쫓겨 병든 님은 불타이기도 하다. 불타는 법신으로서 거지의 모습으로 현현되기도 한다고 경에서 이야기되고 있다. 이 '가난에 쫓겨서 병들어 누운 당신'의 의미망을 넓힌다면 곧 중생이다. 또한, 중생 안에는 '나'도 포함되며 법신으로서의 불타 또는 초월자이기도 하다. 시적 화자는 '나의 성격이 냉담'하여 즉 주체의 불완전성으로 인해 '님'에게 오히려 소홀하게 되었다는 뼈아픈 후회, 즉 참회하는 것이다.

시「後悔」에서의 눈물은 참회의 눈물이며 님에 대한 사랑이 불철저했음을 스스로 고백하면서 흘리는 눈물이다. 그것은 '당신이 계실 때에 알뜰한 사랑'을 못했다는 시구에서 반증 된다. 그러므로「눈물」에서 나타난 눈물은 일평생 공간과 시간을 눈물로 채우는 속죄와 보속(補贖)의 눈물이다. 이 점은「님의 침묵」이 종교시라 생각할 때 구도자가 신과 합일하기 위해 길고 긴 인내를 해야 하며, 주체, 구도자의 내적 투쟁은 죄의 참회와 정화를 시작으로 끊임없이 이어진다.「님의 침묵」은 그러한 과정을 여실히 보여주고 있기도 하다.

⑤의 시에서 눈물은 서러움의 눈물이다. '거지' '인격이 없는 사람'으로서 주체가 겪는 소외감에서 오는 눈물이다. 이것은 시「後悔」에서 님이 가난에 쫓기는 거지와 병자의 모습을 한 것과 아주 대조적이라 하겠다. 이러한 역전이 가능한 것은 '나는 곧 당신이어요(「당신이 아니더면」, 50쪽.)'에서 알 수 있듯 님은 곧 나이기 때문이다. 한용운의 시의 특징이 존재론적 역설에 바탕을 둔 만큼 어법도 역설적 어법을 취하고 있으며 그것은 불완전한 상징계의 언어를 뛰어넘기 위한 것으로 시집 전편에 쓰이고 있다. 물론 이 서러움의 눈물은 주인 아닌 주인이 주인 행세하는 시대를 살았던 조선 민족의 서러운 눈물이기도 하다. 구도자로서 '나'의 입장이라면 타인으로부터 겪는 서러움은 더 겸손함으로써 인내하여야 할 투쟁의 대상이 된다. 결국, 그 투쟁은 내면과의 투쟁

이다. 즉 적은 바깥에 있는 것이 아니라 바로 내 안에 있다. 그러나 한용운의 시대는 외부와 내부의 적과 투쟁해야 하는 극한 상황의 시대였다. 또한, 3·1 운동의 실패 후 한용운이 백담사에 칩거하여 『님의 침묵』을 집필하게 된 것도 내적 성찰로서의 투쟁이라 여겨진다.

켄지와 한용운의 시에서 나타난 눈물은 켄지의 경우, 수라가 가진 분노와 슬픔으로 인하여 주체가 흘리는 눈물이며, 그것은 「봄과 수라」에서 '진리의 말'이 부재하는 내면 의식이 가진 고뇌에서 비롯된다. 그러나 「아오모리 만가」에서 흘리는 눈물은 토시코의 죽음으로 인한 켄지의 상실감에서 오는 눈물이다. 「아오모리 만가」에 이르면 물 이미지의 하위 범주인 눈물의 이미지가 물로 변화하여 수라의 내면 공간은 물로 넘쳐난다. 그것은 곧 상처받은 켄지의 내면이 치유되고 재생하는 계기로서 작용하고 있다. 한편 한용운의 시에서 눈물은 '진주 눈물' '수정의 눈물'로 대표되는 바, 이 광물 이미지와 물 이미지의 결합은 고체와 액체의 두 영역이 서로 넘나들어서 물 이미지의 부정적 측면인 눈물이 지닌 나약함을 오히려 견고성으로 끌어올리는 역설적 가치를 창출하고 있다. 그것은 시적 화자가 '한숨과 눈물'을 '아름다운 생의 예술'이라고 긍정적으로 인식하고 있는 데서 발견된다. 김재홍은 한용운의 시에서 눈물이 두 가지의 상징적 의미영역을 지니는 것으로 분석하였고 그 '첫째는 어둠과 슬픔으로서의 비극적 세계관을 표출하는 경우이며, 다른 하나는 슬픔의 부정적 세계를 넘어 희망과 창조의 원동력으로서 긍정적 세계관을 표상한다'[61] 라고 주장하고 있다. 그러나 한용운의 시 「後悔」에서 살펴본 바와 같이 그의 시에 나타난 눈물이 참회의 성격도 지니고 있다. 참회의 눈물은 주체의 자기 정화로서 기능하고 있고 부정적 세계와 긍정적 세계를 잇고 있는 중요한 역

---

61 김재홍, 앞의 책, 163쪽.

할을 하고 있다. 즉, 님이 침묵을 깨고 주체와 재회할 수 있는 것은 이 참회의 눈물이 교량 역할을 하고 있기 때문이다. 눈물의 긍정성은 님과의 재회-사랑의 완성(즉 자아 완성)을 이루려는 시적 화자의 긴 기다림의 적극성을 통하여 '진주 눈물'로 표현되고 있음을 알 수 있었다. 그것은 진주라는 보석이 만들어지는 과정의 고통과 그 시간성을 내포하고 있다. 그리고 시적 화자의 투명하고 견고한 의식의 결정체가 '수정의 눈물'로 상징되고 있음도 수정이 가진 투명성에 기인하고 있다. 진주와 수정은 보석이 가지는 고귀한 가치와 투명성, 견고성, 시간성을 아우르는 광물 이미지로서 눈물 이미지와 결합하면서 눈물의 부정적 요소가 극복되고 있다고 하겠다. 시적 화자가 '님이 주신 눈물은 진주 눈물이어요'라고 세상 사람들이 눈물을 진주라고 하는 것과 변별성을 두는 것은 나와 님과의 특별한 관계 속에서만 규정되는 눈물이기 때문이다.

3) 분열의 실상 – '두 마음', '님'과 '나'

본절(本節)에서는 주체의 분열상을 켄지의 시에 나타난 '두 마음'과 한용운의 시에서 드러나는 '님'과 나의 분리를 통하여 고찰하기로 한다.

앞에서 언급한 켄지의 수라 의식은 토시코의 죽음을 소재로 한 만가군에서 그 최고조에 달한다. 이러한 수라적 태도는 여동생이 육도(六道) 중 하늘(天)에서 환생하기를 기원하는 마음과 거기에 대해 자신 없어 하는 마음이 겹쳐서 나타나고, 이것은 '두 개의 마음(ふたつのこころ)(「무성통곡」)'이라는 비유어로 표현되고 있다. 또한, 토시코로 인해 내적 외적 투쟁과 신앙적 갈등이 표면화됨으로써 주체의 분열상이 심각하게 나타나고 있다.

이 두 개의 이 빠진 그릇에

네가 먹을 진눈깨비를 가지러

난 장전된 대포알처럼

이 어두운 진눈깨비 속으로 뛰어들었지

　　(진눈깨비 떠다 주세요)

창연색 어두운 구름에서 진눈깨비는 추적추적 가라앉네

아아, 토시코

죽는 지금에 와서

나를 한결 밝게 하기 위해

이런 정결한 눈 한 그릇을

넌 내게 부탁한 게지

고맙다, 내 갸륵한 누이여

나도 바로 살아갈 테니

　　(진눈깨비 떠다 주세요)

심하디심한 열과 신음 사이에서

넌 내게 부탁한 게지

은하나 태양 기권으로 불린 세계의

하늘에서 떨어진 눈의 마지막 한 그릇을

…… 두 조각 화강암 덩어리에

진눈깨비는 쓸쓸히 쌓여있네

난 그 위에 불안하게 서서

눈과 물의 새하얀 이상계를 지키며

〔これらふたつのかけた陶椀に

おまへがたべるあめゆきをとらうとして

わたくしはまがつたてつぽうだまのやうに

このぐらいみぞれのなかに飛びだした

　　(あめゆじゆとてちてけんじや)

蒼鉛いろの暗い雲から

みぞれはびちよびちよ沈んでくる

ああとし子

死ぬといふいまごろになつて

わたくしをいつしやうあかるくするために

こんなさつぱりした雪のひとわんを

おまへはわたくしにたのんだのだ

ありがたうわたくしのけなげないもうとよ

わたくしもまつすぐにすすんでいくから

　　(あめゆじゆとてちてけんじや)

はげしいはげしい熱やあえぎのあひだから

おまへはわたくしにたのんだのだ

銀河や太陽 氣圈などとよばれたせかいの

そらからおちた雪のさいごのひとわんを……

…ふたきれのみかげせきざいに

みぞれはさびしくたまつてゐる

わたくしはそのうへにあぶなくたち

雪と水とのまつしろな二相系をたもち〕(136-137쪽)

　진눈깨비는 눈과 비의 두 가지 상으로 구성되어 있다. 켄지 문학에서 흰색은 정신적 순결을 의미함과 동시에 영원성을 상징하고 눈이나 태양, 또는 태양을 비유하는 호박 등에서 표현된다. 그리고 비는 제석천 물 밑에 사는 싸움의 신 수라를 상징하고 있다. 시적 화자는 그 두 상반된 것을 위험스럽게 가지고 있다고 말한다. 하라(原子朗)는 '이(二)'라는 숫자에 대해 일심동체였던 켄지와 토시코를 암시하며, 천상도와 지상도로 갈라지는 두 사람(二者)의 모순의 상극도 나타내고 있다[62]고 언급하였다. 하라의 이 의견은 시적 화자를 통해

62　原子朗, 『宮沢賢治』, 鑑賞日本現代文學 13, 角川書店, 1981, 175쪽.

켄지 자신의 신앙적 갈등 원인이 토시코의 죽음에 있고 정신적 순결을 의미하는 눈(토시코)과 수라적 요소를 상징하는 비(켄지)와의 모순된 상황을 암시하는 수사라는 지적은 주목할 만하다. 이제까지 이 부분의 해석은 하라의 주장과 같은 논조가 일반적이었다. 그러나 진눈깨비는 비일 수도 눈일 수도 있고 진눈깨비는 물의 상징이기도 하다. 비가 올 것이 날씨가 추우면 눈이 될 뿐이므로 원래는 물이다. 그러나 진눈깨비일 경우에는 눈과 물이다. 모순의 상극을 나타내는 표현이지만 또한, 하나이기도 하다. 그러므로 '진눈깨비'에서보다 '두 개의 이 빠진 그릇'과 '마지막 눈 한 그릇'에서 토시코와 켄지의 분리를 찾음이 옳게 생각된다.

여기에서 '두 개의 이 빠진 그릇'은 남매가 함께했던 세월을 의미하지만 '이 빠진'이라고 함으로써 양자 사이에 분리가 일어났음을 이야기한다. 그러므로 '신앙을 함께한 단 한 사람의 동행자'로 있었을 때의 토시코와 임종을 맞이한 토시코가 다르듯 사랑하는 토시코의 죽음을 맞이한 켄지의 마음은 분열이 된다. 즉, '나'인 주체의 분열은 여기에서 시작됨을 알 수 있다.

> 다만 지금 나는 그걸 말할 수 없어
> 　　(나는 수라를 걷고 있으니 말이다)
> 내가 슬픈 듯한 눈을 하고 있는 건
> 내 두 개의 마음을 바라보고 있기 때문이지
> 아아, 그렇게
> 슬피 눈길을 돌려선 안 돼
> 〔ただわたくしはそれをいま言へないのだ
> 　　（わたくしは修羅をあるいているのだから）
> わたくしのかなしさうな目をしているのは
> わたくしのふたつのこころをみつめているためだ
> ああそんなに

かなしく目をそらしてはいけない) (「무성통곡」, 142쪽)

　인용한 시는 토시코가 자신의 모습과 몸에 냄새가 나는지를 '나'에게 물어
보는데 '나'는 오히려 흰 꽃향기가 난다고 생각하지만, 그것을 말할 수 없다.
　천상에 태어나려면 임종 때의 모습이 아름답고 향기가 나야 한다는 불교
에서의 속신이 토시코를 그 문제에 집착하게 하지만 수라도를 헤매는 처지의
'나'는 확실히 말할 수 없다. 시 「봄과 수라」에서 수라로서의 '나(おれ)'의 심
상은 헝클어진 찔레 덤불에 비유된 바와 같이 시적 화자는 두 개로 갈라진 자
신의 마음을 마주하고 있다. 이 부분에서 이제까지 '나'에게 시선을 두고 있었
던 토시코가 '나'로부터 슬피 눈길을 돌리고 마는 것이다.
　여기에서 '바라본다'라는 시어는 중요한 위치를 차지하고 있다. 그리고
'눈'과 '마음'도 바라보는 행위의 대상이 되고 있다. 서로 바라보는 것이 힘겨
울 때 바라보는 것을 그만두는 것이다. 결국 '나'인 주체는 타자인 토시코를
더 이상 바라볼 수 없게 된다. 순결한 영혼이며 천인(天人)으로 묘사되던 '갸
륵한 누이'를 바라볼 수 없게 된다. 주체가 타자를 바라볼 수 없게 되었다는
건 무엇을 의미하는가? 그것은 주체와 타자의 관계가 분열되었을 때이다. 즉
분리되었을 때이다. 주체가 하나의 마음이 아닌 '두 개의 마음'을 가짐으로써
타자 역시 그 '두 마음'을 바라본다. 그러므로 타자인 토시코는 슬프게 눈길을
돌린다. 비극적인 관계의 깨어짐이다. 시선의 문제를 지적한 아마자와의 글을
보자.

　　　즉, 결코 말해질 수 없는 이야기 걸기를 노래함으로써 그 이야기 걸기는
　　　하나의 근원적 의미에서 픽션으로서의 시선을 시작품 전체에 편재하는 언
　　　어라는 형태로 출현시키고 더 나아가 그 시선은 지금 죽어가려는 유리디
　　　스와 함께 있는 것- 불가능한 '쓰기'의 별 이미지(또는 현상)의 배후에 그

〈시〉의 오리진(Origin)의 수난을 필시 광원처럼 내보이는 것으로서, 시인과
독자에 의해 공유되고 있는 것이다. (중략) 이와 같은 픽션으로서의 시선
의 중핵적 성립은 '쓰기'가 동시에 전기적 진실에서 어떻게 먼 곳으로 모든
것을 데리고 나가버릴지를 아플 정도로 제시하고 있다.[63]

아마자와가 시선의 문제를 '근원적 픽션'으로 본 것은 쓰기(ecriture)라는
창작 행위가 전기적 사실로부터 거리 두기를 시도한 것으로 분석하고 있지만,
본고에서는 시선의 문제를 존재론적 의미에서 주체와 타자의 관계로 해석하
고자 한다. 그러므로 픽션이기보다 재구성된 글쓰기의 영역 내에서 시인의 존
재론적 의식이 전기적 사실과 결부하여 나와 너의 관계를 응시의 문제로 재생
산시켜 주체와 타자 간의 시선의 문제를 작품화한 것으로 보고자 한다. 여기
에서 관계의 깨어짐은 눈으로 말 걸기가 주체와 타자 사이에서 소통되지 않음
으로 하여 그 비극성을 드러내고 있다. 라캉은 이 시각적 관계를 주체가 끊임
없이 머뭇거리며 사로잡혀 있는 환상은 응시라는 대상에 의존한다고 말한다.

응시가 나타나는 순간부터 주체는 그것에 적응하려고 한다. 주체는 끊임
없이 변하는 일시적인 대상이 되어 버린다. 주체는 존재의 소멸점에 이르
게 되고 자신이 적응에 실패했다고 오해한다. 더구나 주체가 욕망의 영역
내에서 스스로 의존하고 있다고 생각하는 모든 대상 중에서 응시는 가장
불가해한 것이다. 바로 이 점으로 인해 응시는 다른 어떤 대상보다도 잘못
이해된다. 또한, 이 때문에 주체는 〈나는 나 자신을 바라보는 나를 바라본
다〉는 의식의 환상 속에서만 자신의 소멸성을 상징화할 수 있게 된다. 물
론 이 의식의 환상에서는 응시가 전혀 고려되지 않는다[64]

---

63 天沢退二郎, 『宮沢賢治の彼方へ』, 思潮社, 1968, 166-167쪽.

64 쟈크 라캉, 권택영 엮음, 『욕망이론』, 문예출판사, 1994, 208쪽.

주체인 '나'가 바라보는 '두 마음'은 보이는 나의 마음이다. 그러므로 나는 보임에 의해 대상이 되기도 한다. 내가 나의 두 마음에 집착함으로써 토시코와의 상호교통은 불가능해진다. 나라는 대상에 나를 묶어둠으로써 타자와는 관계가 결렬됨을 알 수 있다.

응시란 오로지 한마음일 때 가능한 지속적인 정신의 힘이다. 사랑하는 사람도 서로 마주 볼 수 있는 때는 둘이 한마음일 경우에 한한다. 또한, '나'가 '두 개의 마음'에 집착하고 있기 때문에 토시코를 바로 볼 수 없다. 집착은 주체와 타자가 합일하는 데에 걸림돌이다. 신을 만날 수 있는 길, 진아(眞我)와 마주할 수 있는 길은 마음을 비우거나 가아(仮我)라는 현상의 집착을 버려야 한다. '분노(いかり)'와 슬픔으로 가득 찬 수라인 주체는 순결한 영혼인 토시코를 응시할 수 없다.

이 '두 마음'에 대해 분도(分銅惇作)는 다음과 같이 분류하고 있다.

> ① 여동생에게 신앙을 증거 할 수 없는 마음
> ② 그 자격이 없다고 거부하는 내면의 분열된 심정
> ① 여동생과의 사별을 슬퍼하는 오빠로서의 여동생을 사랑하는 마음
> ② 그 여동생조차 구할 수 없는 수라 의식에 몸부림치는 태도[65]

이렇게 마주 볼 수 없이 주체와 타자의 시선이 서로 다른 곳을 향하게 된 데에는 '큰 믿음의 힘에서 일부러 떨어져/ 또 순수나 작은 덕성을 잃고/ 내가 푸르고 어두운 수라를 걷고 있을 때'라는 「무성통곡」의 '나'의 고백에서도 알 수 있듯이 '큰 믿음의 힘'에서 분리되어 순수와 덕성을 잃어 수라의 세계를 방황하고 있기 때문이다. 그러므로 이 시구는 분도의 의견을 뒷받침하는 근거가

---

65 分銅惇作, 『宮沢賢治の文學と法華經』, 水書房, 1993, 153-154쪽.

되고 있다. '큰 믿음의 힘'은 '구제할 힘'과 동일한 계열 관계를 이루고 있고 '그건 나에게 구제할 힘을 잃었을 때/ 내 여동생도 잃었다'라고 주체의 자기 고백이 이루어지고 있다. 이 의미는 '큰 믿음의 힘'과 '구제할 힘'을 잃은 것처럼 '나와 너'도 잃어버렸다는 의미라 할 수 있겠다. 그러므로 토시코의 사후세계를 찾아서 통신(通信)하려는 주체의 욕망은 바로 분열에 의해 잃어버린 '나'를 찾기 위한 것에 지나지 않는다. 나를 찾는 것은 곧 타자인 토시코를 찾는 것이고 이 타자를 지향함으로써 주체와 타자는 일치된다.

한용운의 시에서도 이와 같은 주체의 타자 지향성이 나타나고 있다. 그것은 곧 시적 화자인 '나'가 님과 분리되었을 때 나의 정체성을 기억해 내는 것이다. 그리고 그 정체성을 찾으려는 주체의 욕망은 님이 부재하는 결여의 상태에서 타자인 님을 지향하며 이것은 주체의 필연적인 자기 찾기이기도 하다. 「하나가 되어주세요」는 '나'가 님과 분리된 상황을 단적으로 드러내고 있다.

> 님이여, 나의 마음을 가져가려거든 마음을 가진 나에게서 가져가세요.
> 그리하여 나로 하여금 님에게서 하나가 되게 하셔요.
> 그렇지 아니하거든 나에게 고통만을 주지 마시고 님의 마음을 다 주셔요.
> 그리고 마음을 가진 님에게서 나에게 주셔요.
> 그래서 님으로 하여금 나에게서 하나가 되게 하셔요.
>
> (「하나가 되어 주세요」, 48쪽)

이 시에서 중요한 시어는 '마음'이다. '마음'을 두고 님과 내가 교환하려는 주체의 욕망이 잘 표현되고 있다. 님이 나의 마음을 가져가거나 내가 님의 마음을 가져오는 것은 내가 님과 하나가 될 수 있는 길이다. 그러나 '나'가 '고통만을 주지 마시고 님의 마음을 주셔요'라고 하는 걸로 보아, 님과 나의 마음이 분리된 상황이다. 이처럼 분리된 상태에서 '나'는 고통스럽다. 님과 하나 되지 못한 '나'는 스스로 분열되어 있음을 알 수 있다. '나'의 마음이 완전할 때, 님과의 합일이 이루어지는 것은 님과 나 사이의 거리와 분열된 '나'의 마음을 매울 수 있을 때이다. 「길이 막혀」에서 '당신이 오기로 못 올 것이 무엇이며/ 내가 가기로 못 갈 것이 없지마는/ 산에는 사다리가 없고/ 물에는 배가 없어요'에서처럼 마음이 통교가 안 되는 상태를 길이 막힌 것으로 비유하고 있다. 산에 사다리가 없고 물에 배가 없다 함은 마음이 없어 길이 막힌 것이다. 여기서 마음은 완전하지 못한 마음, 즉 완전한 덕성을 갖지 못한 마음이다.

'님'을 진아(眞我)라 했을 때, 그런 님이 가버렸다는 것은 나의 진아를 잃어버렸다는 의미이다. 즉 마음의 결여이다.

> 떠나신 뒤에 나의 환상의 눈에 비치는 님의 얼굴은
> 눈물이 없는 눈으로 바로 볼 수가 없을 만큼 어여쁠 것입니다.
> 님의 떠날 때의 어여쁜 얼굴을 나의 눈에 새기겠습니다.
> 님의 얼굴은 나를 울리기에는 너무도 야속한 듯하지마는
> 님을 사랑하기 위하여는 나의 마음을 즐겁게 할 수가 없습니다.
> 만일 그 어여쁜 얼굴이 영원히 나의 눈을 떠난다면
> 그때의 슬픔은 우는 것보다도 아프겠습니다.
>
> (「떠날 때의 님의 얼굴」, 71쪽)

이러한 분열이 일어난 마음에서는 환상이 쉽게 나타나게 되는데 '나'의 '환상의 눈'에 비치는 님의 얼굴이 '어여쁜 얼굴'이라고 시적 화자는 이야기한다. 이 가상의 '어여쁜 얼굴'은 '환상의 눈'을 통해서만 나타날 뿐인 님의 허상이다.

그러므로 님을 사랑하기 위한 '나의 마음'은 즐거울 수가 없다. 그것은 님과의 사랑이 결렬된 '나의 마음'은 고통으로 가득 차 있기 때문이다. 그래서

환상 속에서 님은 '나의 마음'과 달리 고운 얼굴로 나타나고 있다. '환상의 눈'에 비친 님의 '어여쁜 얼굴'은 잠깐 나타났다 사라지는 것이기 때문에 영원히 나의 눈을 떠나야 한다. 그러나 시적 화자는 그 찰나의 거짓된 님의 얼굴이라도 눈에 새기려고 환상에 집착하면서 그것이 떠날 때의 슬픔은 우는 것보다도 아플 것이라고 한다. 시 「어디라도」에서는 그런 미련한 '나'를 조롱하는 님의 모습이 묘사된다.

> 어디라도 눈에 보이는 데마다 당신이 계시기에 눈을 감고
> 구름 위와 바다 밑을 찾아 보았읍니다.
> 당신은 미소가 되어서 나의 마음에 숨었다가 나의 감은 눈에
> 입 맞추고 「네가 나를 보느냐」고 조롱합니다. (「어디라도」, 71쪽)

님은 '나의 마음' 속에 존재하고 있다. 그러나 '나'는 그 님을 볼 수 없다. 내가 님을 떠나보냈기 때문이고 '나'는 '눈을 감고' 있기 때문이다.

「네가 나를 보느냐」라는 님의 말은 너는 너의 감은 눈 때문에 나를 보지 않고 있다는, '그러고도 너는 나를 본다 하는구나'라는 님의 질책이다. 이 시의 눈을 감는 행위와 켄지 시에 나타난 눈을 돌리는 행위는 동일한 의미구조를 가지고 있다. 켄지 시에서 '나'가 '두 개의 마음'에 집착하므로 토시코는 눈을 돌리는 것이다. 이와 같은 상태에서 '님'과 '갸륵한 누이'는 '나'에게 보이지 않는다.

'마음-눈'은 '눈은 마음의 창이다'라고 일반적으로 이야기되어 오고 있듯이 눈은 마음을 반영하고 마음은 눈으로 나타나는 것이기 때문에 이들 시에서도 그와 같은 구조로 이루어지고 있다.

나는 마음이 아프고 쓰린 때에 주머니에 수를 놓으려면

나의 마음은 수놓는 금실을 따라서 바늘구멍으로 들어가고

주머니 속에서 맑은 노래가 나와서 나의 마음이 됩니다.

그리고 아직 이 세상에는 그 주머니에 넣을 만한 무슨 보물이 없습니다.

이 작은 주머니는 짓기 싫어서 짓지 못하는 것이 아니라

짓고 싶어서 다 짓지 않는 것입니다. (「繡의 秘密」, 73쪽)

이 시에서 '주머니'는 마음 주머니이다. 『님의 침묵』의 전편의 시들이 여성 화자에 의해 이끌어지고 있는데 특히 「수의 비밀」에서는 여성화자 특유의 '수놓기'가 모티브가 되고 있다. 여기에서 수놓기란 님을 기다리는 한 방법임과 동시에 그에 대한 애정 표시의 상관물[66]이라고 서준섭은 말하고 있다. 그리고 '작은 주머니'는 수놓는 공간인데 '나의 마음은 수놓는 금실을 따라서 바늘구멍으로 들어가고 주머니 속에서 맑은 노래가 나와서 나의 마음이 됩니다'라는 표현에서 알 수 있듯이 주머니는 나의 마음이 꿰매어지는 곳, 즉 마음이 교직되는 곳이므로 주머니는 마음으로 만들어진 주머니이다. 그런데 이 주머니에 넣을 보물이 세상에 없다고 하므로 주머니가 아주 고귀한 것의 상징물이 된다.

즉 아프고 쓰린 마음이 수놓아져서 지어진 주머니는 내 마음이 끊임없이 걸러져서 정화된 마음의 통장이다. 그런 마음이 저축되어 쌓이는 곳이므로 이 세상 가치의 보물은 감히 넣을 수가 없다. 그런데 시적 화자는 이 작은 주머니를 '짓고 싶어서 다 짓지 않는 것'이라고 역설적 어법을 쓰면서 미완성으로 놓아두는 이유를 설명한다. 즉 주체의 마음 주머니 완성에의 욕망은 미완성에서 끊임없이 생성된다. 그리고 아프고 쓰린 마음이 바늘구멍과 같은 좁은 문으로 들어가 단련되어서 주머니 속에서 맑은 노래로 나의 마음이 다시 된

---

66 서준섭, 「한용운의 심상 세계와 〈繡의 秘密〉」, 『한용운 연구』, 1982. 새문사. 28쪽.

다는 것은 수를 놓는 주체가 아니면 인식할 수 없는 비밀이 되는 것이다. 이 때의 '아프고 쓰린' 마음은 님과 이별하여서 오는 나의 분열 속에서 생기는 고통을 의미한다.

이상에서 살펴본 바와 같이 분열의 실상에서 나타나는 핵심어는 '마음'이다. 이 마음은 켄지의 시 「무성통곡」에서 '두 마음', 한용운의 시 「하나가 되어 주세요」에서 나타나는 마음의 교환은 '눈'이라는 시선의 문제를 대두시키고 있다. 「무성통곡」에서 토시코와 나의 눈을 통한 바라봄(마주 보기)의 결렬은 주체가 두 마음을 응시하기 때문이다. '토시코'-'나' 관계와 '나'-내 안의 '나' 관계의 이중분열은 현실에서 토시코라는 타자와 마주 보기를 불가능하게 하는 원인으로 작용한다. 그리고 한용운의 시 「어디라도」에서 당신이 '네가 나를 보느냐'라고 조롱하는 것은 이미 시적 화자인 나의 눈이 감긴 상태, 즉 님과 나의 마주 보기가 되고 있지 않음을 방증하는 부분이다. 이것은 믿음이 완전하지 못함을 의미하기도 한다. 이처럼 바라보기가 결렬된 비극성은 타고르가 말하는 자아가 신과 분리된 상태이며, 그러므로 이 분리는 극복되어야 할 과제로 남게 된다. P. 네메셰기[67]는 창조주와 인간의 관계를 태양과 해바라기에 비유하고 있는데 이 경우 바라보기는 중요한 의미를 지닌다. 나의 님에 대한 바라봄은 이와 같다. 눈과 마음은 소통의 역할을 함으로 분열의 실상에서 드러나는 것은 주체와 타자의 관계에서 소통이 이루어지지 않고 있음을 의미한다. 즉, 「아오모리 만가」의 두드러진 환상성은 분리의 과정에서 나타나는 마야(Maya) 곧 환상에 지나지 않는다.

---

67 P. 네메셰기, 최명화 옮김, 『주님의 발자취를 따라서』, 신학 총서 제4권, 분도출판사, 32쪽.

4) 분열의 결과 — '솔침'과 '얼음 바늘'

주체와 타자의 분리는 주체를 불완전한 상태에 함몰시킨다. 이 불완전성은 주체에게 고통이다. 고통을 표상하는 것으로 켄지의 시 「솔침」에서 '솔침'과 한용운의 시 「차라리」의 '얼음 바늘'을 들 수 있다. 침과 바늘이라는 견고한 금속 이미지는 주체가 겪는 고통을 단적으로 드러내고 있기 때문이다.

'솔침'과 '얼음 바늘'은 켄지와 한용운 시에서 표현되는 시적 화자인 '나'가 겪는 아픔을 비유하는 말이다. 즉 켄지의 경우 토시코와 사별하는 아픔과 수라로서의 고뇌를 드러낸 시어라 할 수 있겠다. '얼음 바늘'은 '님'과 이별하여 님이 부재하는 슬픔과 님과의 재회를 이루기 위해 주체가 겪어야 하는 기나긴 인고의 과정을 대변하는 시어이다. '솔침'의 경우에는 솔잎이 모티브가 되고 '얼음 바늘'의 경우는 바늘이다. 솔잎이 가진 식물성과 침이라는 금속성의 두 개의 이미지가 한 덩어리가 되어있다. 이와 같은 예들은 주제시 「봄과 수라」의 심상의 회색 강철-찔레 덤불, 초지의 황금(草地の黃金), 「할미꽃(おきなぐさ)」의 '황금 열매(金のあかご)', 「풍경(風景)」의 '황금 풀(黃金の草)', 「푸른 창 잎(青い槍の葉)」의 '푸른 창 잎' 등이다. 하타케(畑 英理)는 켄지 시의 비유 표현이 물질의 단순한 이미지가 풍부하게 쓰이고 있는 점이며 그것이 단순히 시각적이기만 한 것이 아니라 촉감적인 것을 동반하여 그의 문학에 독특한 투명감을 연출하고 있다[68]고 언급하고 있다. '물질의 단단한 이미지'란 광물적 이미지를 의미하고 '촉감적인 것'은 질감을 나타냄으로써 표현에 있어 투명성을 확보하는 것으로 해석된다. 이와 같은 광물적 이미지는 켄지의 시와 동화에서 무수히 쓰이고 있는 것으로 그가 소년기부터 광물에 깊은 관심을 보여온

---

68 畑 英理, 「宮澤賢治研究-比喩的性格をめぐって(二)-」, 『立教大學日本文學』 제47호, 立教大學 國語國文學會, 1981. 12. 28쪽.

것과 밀접한 관계가 있다. 그리고 한용운의 시 「님의 침묵」의 '황금의 꽃'도 이와 같은 예가 된다.

'얼음 바늘'은 얼음이 물의 결정체이므로 물 이미지와 광물 이미지의 결합으로 봄이 타당하다고 하겠다. 이 두 시어가 가지는 것은 식물 이미지와 대치적 이미지의 결합이라는 점이다. 켄지의 시에서 풀이나 꽃, 벼, 나무는 많이 쓰이는 식물 이미지이며 '황금의 풀'과 벼의 잎을 은유적으로 비유한 '푸른 창 잎'이 대표적이다. 그중 '황금의 풀'은 황금의 견고성, 불멸성, 고귀성, 물질성과 대응되는 은유적 등가물(metaphorical equivalence)[69]이며, 풀은 유연성, 생명성, 정신성, 심미성 등을 암시한다. 식물적 이미지와 밀접한 관련을 맺는 것은 광물적 이미지이다. 황금으로 대표되는 광물적 이미지는 그 견고함의 이미지로 해서 다분히 인위적이고 공격적이며 저항적인 의미를 내포한다. 그러므로 표상하는 식물적 상상력의 전원적, 순응적, 수동적 세계와 대응이 되며 그런 점에서 식물적 상상력과 광물적 상상력은 자연스럽게 은유적 결합을 성취한다. '황금의 풀'은 켄지의 고향 이와테현이 전원적 생활의 토대를 가지고 있다는 점에서 그러한 전원의 가치를 황금이 갖는 이미지에 부여함으로써 그가 농촌활동에 투신한 것과 관련성이 있다고 하겠다. '푸른 창 잎'에 오면 '창'이라는 비유에 의해 풀은 예리한 의지의 표상이자 최상의 단단한 도구로서 공격적 무력과 권위를 가진다.

그러나 '푸른 창 잎'인 벼는 광물적 견고함과 식물적인 부드러움의 변증법적 갈등과 화해를 조성하여 등가적 병치 혹은 대응 관계를 형성하게 한다. 그러므로 창의 비유인 벼에 대해 시인은 '누구를 찌르려는 창이 아니다(たれを刺さうの槍ちやなし)'라고 말하는 것이다. 그리고 그 바로 앞 행에 '늠름히 서

---

69   B. H. Smith, *Poetic closure* (chicago: The University of chicago press), 1974, 137쪽.

라, 서라 푸른 창 잎이여(りんと立て立て青い槍の葉)'라 하여 식물적 상상력이 가진 순응적 수동적 성격으로부터 극복되어 광물적 견고성을 통해 능동적, 저항적 가치를 획득한다. 이 구절에서 '벼'는 이와테현 사람들의 생계 기반임을 생각할 때, 시인은 거기에 사는 농민들이 현실의 어려운 조건들과 굳게 싸워나가길 바라는 간절한 소망을 표현하고 있다. 그리고 이 시도 '(mental sketch modified)'라는 부제가 달린 것을 볼 때, 주체 정신세계의 표상으로서 '벼'이기도 하며 이와테현의 농민과 주체인 켄지 자신의 관계를 의미한다고도 볼 수 있겠다.

여기에서는 '늠름히 서라 푸른 창 잎이여'라는 행과 '(흔들린다, 흔들린다, 버들은 흔들린다)'의 두 행이 대립되는 계열체로서 작용하고 있다.

다음으로 켄지의 「솔침」을 보기로 하자.

아까 진눈깨비를 떠온
그 어여쁜 소나무 가지란다
오오, 너는 마치 달려들 듯
그 녹색 잎에 뜨거운 볼을 대는구나
그런 식물성의 푸른 침 속으로
격렬히 볼을 찔리게 하는 건
탐내듯이조차 하는 건
얼마나 우릴 놀라게 하는 일인가
그렇게까지 넌 숲으로 가고팠던 거야
네가 그렇게 열로 불타고
땀과 고통으로 신음할 때
난 양지에서 즐겁게 일하거나
타인의 일을 생각하며 숲을 거닐었다
((아아, 좋아 상쾌해

마치 숲속에 온 것 같아))

새처럼 다람쥐처럼

너는 숲을 그리워하고 있었지

얼마나 내가 부러웠을까

아아, 오늘 중에 멀리 떠나려는 누이여

진정 넌 홀로 가려는 거냐

내게 함께 가자고 부탁하려무나

울며 내게 그리 말해주렴

　　네 볼이 그러나

　　정말로 오늘은 아름답구나

　　나는 녹빛 모기장 위에도

　　이 신선한 솔가지를 놓자

　　곧 물방울도 떨어지겠지

　　자

　　상큼한

　　terpentine[70] 향내도 나겠지

〔さつきみぞれをとつてきた

あのきれいな松のえだだよ

おお おまへはまるでとびつくやうに

　そのみどりの葉にあつい頬をあてる

　そんな植物性の青い針のなかに

　はげしく頬を刺させることは

　むさぼるやうにさへすることは

　どんなにわたくしたちをおどろかすことか

　そんなにまでもおまへは林へ行きたかつたのだ

---

70 소나무의 액기스인 송진으로 소나무 특유의 향기를 내게 하는 것이며 이것으로 관솔불도 만들 수 있다. 송진
　 향기라는 후각 이미지가 「무성통곡」에서는 흰 꽃향기로 변화되고 있다.

おまえがあんなにねつに燃され

あせやいたみでもだえてゐるとき

わたくしは日のてるとこでたのしくはたらいたり

ほかのひとのことをかんがへながら森をあるいてゐた

((ああいい さっぱりした

まるで林のながさ来たよだ))

鳥のやうに栗鼠のやうに

おまへは林をしたっていた

どんなにわたくしがうらやましかったらう

ああけふのうちにとほくへさらうとするいもうとよ

ほんたうにおまへはひとりでいかうとするか

わたくしにいっしょに行けとたのんでくれ

泣いてわたくしにさう言ってくれ

おまへの頬のけれども

なんといふけふのうつくしさよ

わたくしは緑のかやのうへにも

この新鮮な松のえだをおかう

いまに零もおちるだらうし

そら

さわやかな

terpentine の匂もするだらう)

(139-140쪽)

이 시에서 시적 화자는 토시코의 모습을 묘사하고 있다. 오랜 병상 생활과 죽음을 목전에 둔 토시코의 행동은 식물이 가진 생명성을 탐한다. '우리들'인 가족들은 토시코의 그런 모습에 놀라게 되는데 그와 같은 토시코의 심정을 '우리들'은 이해를 하지 못한다. 생명을 갈구하는 토시코의 모습에서 시적 화자의 마음은 '푸른 침'에 격렬히 찔리는 것과 같은 아픔을 겪는다. 왜냐하면, 토시코가 '땀과 고통으로 신음할 때' '나'는 양지에서 즐겁게 지내고 다른 사람들의 일만 생각했기 때문이다. 그러므로 여기에서 주체는 자학적일 정도로 자신의 과오에 대해 푸른 침에 찔리는 것으로 표현하고 있다. 또한, 토시코가 삶-생명에 대해 심하게 갈구할수록 죽음의 세계로 보내야 하는 '나'의 고통은 배가된다. 즉 '솔침'에 찔리는 것은 토시코가 아닌 주체인 '나'의 마음이 된다. 왜냐하면, 토시코와 나는 하나였기 때문이다. 이와 같은 식물성에 생명을 구하는 토시코의 모습은 오히려 죽음을 적극적으로 받아들이지 못하는 식물적 상상력의 수동성과도 맞물려 있다. 즉 죽음 앞에서 그 누구도 끌려가지 않을 수 없다. 적극적 죽음이 아니라 순응적 수동적 죽음이다. 대개의 죽음이 이와 같은 성격을 띠고 있듯이 토시코를 통해 인간의 일반적인 죽음의 모습을 그려내고 있다. 인간은 태어남도 죽음도 결정하지 못하는 한계에 부딪히는 것이다.

다음은 한용운의 시 「차라리」에서 나타난 '얼음 바늘'을 살펴보기로 한다.

> 님이여, 오셔요. 오시지 아니하려면 차라리 가셔요.
> 가려다 오고 오려다 가는 것은 나에게 목숨을 빼앗고
> 죽음도 주지 않는 것입니다.
> 님이여, 나를 책망하려거든 차라리 큰 소리로 말씀하여 주셔요,
> 침묵으로 책망하지 말고. 침묵으로 책망하는 것은
> 아픈 마음을 얼음 바늘로 찌르는 것입니다.
> 님이여, 나를 아니 보려거든 차라리 눈을 돌려서 감으셔요.
> 흐르는 곁눈으로 흘겨보지 마셔요. 곁눈으로 흘겨보는 것은
> 사랑의 보(褓)에 가시의 선물을 싸서 주는 것입니다. (49쪽)

'나'를 떠난 님이 오시지 아니하려면 차라리 가라는 의미는 체념 섞인 심정에서 나온 것 같지만 오히려 기다려도 오지 않는 님에 대한 원망일 수도 있다. 시적 화자의 인고의 기다림을 잘 표현하는 시구이다. 가려다 오고 오려다 가는 것은 님과 합일하기 위해 죽음마저도 불사르는 '나'에게는 더 큰 고통이다. 왜냐하면, 그 죽음마저도 빼앗아 가는 것이기 때문이다.

님을 기다리고 합일을 원하는 것은 주체의 자유의지이다. 즉 주체의 욕망이다. 이것을 빼앗는 것, 그 욕망을 거세하는 것이야말로 주체에게는 더 할 수 없는 고통이 된다. 님을 향한 의지를 빼앗기는 것보다 지금 이대로의 부재 상황이 시적 화자에게는 견딜 만한 것이 된다. 그런데 두 번째 단락에 오면 '침묵으로 책망하는 것은 아픈 마음을 얼음 바늘'로 찌르는 것이라고 진술하고 있다.

즉 '나'의 잘못으로 님이 떠났다면 말없이 훌쩍 가지 말고 '큰 소리'로 '나'의 부당성을 추궁하여 달라는 것이다. 오히려 그편이 시적 화자에게는 견딜 만한 것이지만 '침묵으로 책망하는 것'이 아픈 마음을 얼음 바늘로 찌르는 것이므로 그 고통이 배가된다. 그러므로 님의 일방적 침묵이 '나'를 더 고통의 궁지로 밀어 넣는 것이 된다. 이처럼 '나'의 부당함 때문에 침묵하는 님은 나를 바라보지도 않는다. 즉 님과 나의 관계가 깨어졌으므로 님은 더 이상 나를 응시하지 않게 된다. '곁눈으로 흘겨보는' 님의 행위는 '나'가 마음에 들지 않고 경멸하는 태도이다. 그러므로 시적 화자는 경멸을 담은 시선으로 흘겨볼 바에야 '나'에게서 시선을 돌리라고 말한다.

왜냐하면 '곁눈으로 흘겨보는 것'은 사랑의 보자기에 가시를 싸서 선물이라고 주는 것과 같기 때문이다. 즉 가시로 가득 찬 보는 사랑의 보로서의 가치를 갖지 못한다. 오히려 그것은 주체의 가슴에다 가시를 박는 것이기 때문이다.

그러므로 '얼음 바늘'이나 '가시'는 동일한 의미의 계열체이다. 이것은 또한, 주체인 '나'가 타자인 님에게 일방적 떠남을 원망하고 그 부당성을 말하여 님의 마음에 얼음 바늘을 찌르는 것이기도 하다. 그리고 그와 같은 미운 님을 경멸의 눈, 눈엣가시처럼 '나'는 여기기도 하는 것이다.

한용운의 시가 시적 화자의 오롯한 님에 대한 사랑으로 일관한다고 보는 것이 일반론이라면 이 시에서의 '나'는 님의 가슴에 가시를 박기도 하는 존재이다. 「後悔」에서 '나'는 '가난에 쫓겨서 병들어 누운 당신'에게 냉담하고 소홀하게 대접했다고 표현되고 있다. 그러므로 아무 말 없이 떠나고 전갈 하나 보내오지 않는 님은 나에게 원망의 대상이고 그와 같은 원망하는 마음을 가진 주체는 가시이기도 한 것이다. 즉 완전하지 못한 것에서 오는 비뚤어짐과 남의 탓으로 돌리는 마음속에는 가시가 존재한다. 가시를 가진 자도 가시에 찔리는 자도 모두 고통이다.

한용운은 고통에 대해 다음과 같이 말하고 있다.

> 자유를 잃어서 고통이라 합니다.
> 그래서 밥을 구하며 옷을 주기를 기다립니다.
> 자유를 빼앗은 자를 원망합니다.
> 고통을 주는 모든 것에 대하여 반항도 하고
> 애원도 합니다. 그러나 그 고통을 주는 고통 그것이 또한,
> 저(彼)라는 자리에 있어서 나(我)에게 요구합니다.
> 나와 같이 겨룹니다.
>
> (「조선 및 조선인의 번민」, 378쪽)

그는 모든 고통이 밖으로부터 들어오는 것이라고 보고 그것을 받아서 느낄 때의 그 느낌이 고통이라 한다. 그리고 고통을 반항하고 원망할 때 고통은

더 큰 고통을 요구하게 되고 '나'와 싸우게 된다. 그러므로 고통으로부터의 극복은 '들어오는 고통을 받지 말고 느끼지 말고 스스로 나아가, 기쁘게 영적 활동으로 나아가면 고통이란 없을 것이외다'라고 피력하고 있다. 즉 고통을 고통으로 여기지 말고 적극적으로 기쁘게 영적 활동을 함으로써 극복된다는 의미이다. 같은 의미로 켄지도 '고통을 향락할 수 있는 사람은 진정한 시인입니다'[71]라고 말하고 있다. 그러므로 켄지와 한용운은 고통을 '법락(法樂)'[72]함으로써 극복되는 것으로 인식하는 점이 특징적이라 할 수 있겠다.

이상으로 제1장에서는 주체의 분열을 1) 분열의식 2) 분열의 표상 3) 분열의 실상 4) 분열의 결과의 네 영역으로 나누어 고찰하였다. 1) 분열의식에서 토시코와 님은 주체가 욕망하는 대상으로서 타자이다. 여기에서 중요한 것은 주체가 타자의 부재에 의한 결핍 때문에 욕망하게 된다는 것이다. 또한, 토시코와 님은 타자이지만 주체 내에 존재하는 타자성의 의미를 지닐 때 주체에게는 잃어버린 자신의 정체성이다. 서론에서 언급한 파스의 말을 빌리자면 주체가 자신의 정체성을 기억할 때 바로 그 자신인 타자가 나타난다는 의미는 토시코와 님이 주체에게 투사물로서 타자의 역할을 수행하고 있음을 두 시인의 시에서 읽어낼 수 있었다.

켄지의 시에서 토시코가 천인(天人)으로 표현되는 것은 '진리(まこと)'에 도달하려는 주체의 염원을 타자인 토시코를 통해서 드러내고 있기 때문이다. 또한, 켄지는 토시코를 천인으로 설정함으로써 토시코의 부재로 인한 슬픔의 하강적 정서를 상승 지향성으로 끌어올리고 있다. 한용운의 시에서 님 또한, '나'가 합일해야 할 대상으로서 초월적 존재이다. 그러나 님과의 이별이라는

---

71 宮澤賢治,「宮沢清六あて封書」,『全集』16권, 199쪽, (1925년 9월 21일 남동생 세이로쿠에게 보낸 편지.)

72 법락이란 믿음 안에서 생기는 모든 고난을 부처의 자비심으로 견디고 기쁘게 받아들인다는 것을 의미한다.

극한 상황은 주체와 타자가 가진 거리이며 이와 같은 분리는 주체가 주체 안에 존재하는 자기인 타자를 통해 '보이기'를 하게 된다.

2) 분열의 표상에서는 '수라의 눈물'과 '진주 눈물'을 중심으로 그 상징성을 해명하였다. 시 「봄과 수라」에 나타난 '수라의 눈물'은 진리의 말이 부재하는 내면 의식이 가진 고뇌에 기인하며 「아오모리 만가」에서 물 이미지의 하위 범주인 눈물 이미지가 물로 변화되어 수라의 내면 공간은 물로 충만하였다. 그것은 곧 켄지의 상처받은 내면이 치유되고 재생하는 계기로써 작용하고 있었다. 한용운의 시에서 눈물은 진주 눈물과 수정의 눈물로 대표되며 진주, 수정과 같은 광물 이미지와 물 이미지의 결합은 고체와 액체의 두 영역이 서로 넘나들면서 물 이미지의 부정적 측면인 눈물이 지닌 나약함을 견고성으로 끌어올려 역설적 가치를 획득하게 한다. '한숨과 눈물'을 '아름다운 생의 예술'로 인식함은 눈물의 긍정성을 뒷받침한다. 진주 눈물은 님과의 재회-사랑의 완성(즉 자아 완성)을 지향하는 시적 화자의 기다림의 적극성을 나타낸다. 수정의 눈물은 시적 화자의 투명하고 견고한 의식의 결정체를 상징한다. 그러므로 두 시인의 시에 나타난 눈물의 상징성은 눈물의 부정성을 넘어 긍정성을 획득하여 재생과 극복의 가치를 지니고 있다.

3) 분열의 실상에서 나타나는 핵심어는 '마음'으로서 「무성통곡」에서 '두 마음', 「하나가 되어 주세요」에서 나타나는 마음의 교환은 눈이라는 시선의 문제와 함께 님과 나의 관계가 분리되어 있음을 알 수 있었다. 「무성통곡」에서 토시코와 나의 눈을 통한 바라봄(마주 보기)의 결렬은 주체가 두 마음을 응시하였기 때문이다. 즉 토시코-나의 관계와 나-나 안의 나의 관계의 이중 분열은 현실에서 토시코라는 타자와 마주 보기를 불가능하게 하는 원인이었다. 한용운의 시 「어디라도」에서 당신이 '네가 나를 보느냐'라고 조롱하는 것은 시적 화자인 나의 눈이 감긴 상태 즉 님과 나의 마주 보기가 되고 있지 않

음을 방증하는 부분이었다. 눈과 마음은 소통의 역할을 함으로 분열의 실상에서 드러나는 것은 주체와 타자의 관계에서 소통이 이루어지지 않고 있음을 의미하였다. 「아오모리 만가」에서 나타나는 환상성은 분리의 과정에 나타나는 마야이고 이것은 극복되어야 할 과제임을 타고르도 역설하고 있다.

4) 분열의 결과에서 주체의 고통은 '솔침'과 '얼음 바늘'로 표상되고 있다. 켄지의 시 「솔침」에서 임종을 앞둔 토시코가 솔잎에서 생명력을 탐하는 행위는 지켜보는 켄지에게 고통이었다. 즉 솔침에 찔리는 것은 주체인 나의 마음이 된다. 그 이유는 토시코가 땀과 고통으로 신음할 때 나는 양지에서 즐겁게 지냈다는 산 자의 자책이 자학적으로 그려지고 있기 때문이다. 토시코의 죽음이라는 사건은 켄지가 가진 수라성이 폭발하는 계기가 되고 있다. 즉, 그 고통의 극한은 '솔침'과 '얼음 바늘'이라는 금속 이미지가 가진 위협성으로 표현되기 때문이다. 한용운의 시 「차라리」는 나의 잘못에 대해 침묵으로 책망하는 님으로 인해 주체의 고통은 얼음 바늘에 찔리는 것과 같다. 여기에서 중요한 것은 주체의 부족함이 타자에 의해 투사되고 있다는 점이다. 주체의 분열 원인은 곧 주체가 가진 부족함을 직면할 때 오는 위기감이며 이는 주체가 스스로를 타자화해서 보이는 주체일 때 생긴다. 이때 주체가 스스로 타자화한다는 것은 존재의 영역이기보다 소유의 영역이 된다. 그러므로 부재하는 님과 임종을 맞는 토시코를 통해 주체는 거기에 존재하기보다 타자에 의해 소유되는 것이며 이는 주체가 스스로를 타자화하는 과정이기도 하다.

2 | 주체의 소멸

본장(本章)에서는 켄지와 한용운의 시에 나타난 자기 부정과 자기희생에
초점을 맞추어 그 의미를 파악하려고 한다. 자기 부정과 자기희생은 타고르
에 의하면 더 큰 사랑을 획득하기 위해 자아가 선택하는 것이다. 정신이 더
큰 사랑-완전한 합일, 완전한 사랑-을 획득할 수 있다는 신념은 종교의 역설
적 진리로서 설명될 수 있다. 휠라이트(P. Wheelwright)는 역설을 크게 표층
적 역설(surface paradox)과 심층적 역설(depth paradox)로 나누고 심층적 역
설(the paradox of depth)을 다시 존재론적 역설과 시적 역설(poetic paradox)
로 나누고 있다.[73] 존재론적 역설이란 삶의 초월적 진리를 내포한 것으로써 종
교적 진리를 표현하는 데에서 발견된다. 이 점은 두 시인의 시 속에서 자기 부
정과 자기희생이 분신과 體刑의 형식을 취하고 있기 때문에 그것을 본고는 주
체가 소멸하는 과정이라고 본다. 파스는 이 과정을 '상대적인 대립물로 구성
되어 설명과 까닭과 이유의 왕국인 피안이라고 불리는 대상의 세계를 벗어나
는 것을 의미하고 그것은 곧 생사윤회로부터 탈피함을 의미한다고 했다. 그리

---

73 P. Wheelwright, *The Burning Fountain* (Indiana Univ. Press, 1954) 70-73쪽.

고 이 치명적인 도약의 모든 의례들은 우리를 변화시켜서 타자로 만드는 공통
된 목적을 가지고 있다'[74]라고 진술하고 있다. 또한, 파스는 같은 책에서 '타인
이 되는 것은 스스로에게서 떨어져 나옴으로써 가능한 것이며, 이 스스로에게
서 떨어져 나오는 과정은 소멸의 과정이고, 이때의 모든 제의는 하나의 공연
(representacion)'[75]이라고 한다.

송욱은 만해 시의 역설적 특징에 관해 '동일과 모순을 융합한 논리'[76]로 평
하고 있고, 오세영은 만해 시의 역설을 '불교 존재론에 입각한 존재론적 역
설'[77]이라고 지적한다.

한편 하라는 켄지 시에 나타나는 이(二)에 대해 '천상도와 지상도로 갈라
지는 二者(켄지와 토시코)의 모순을 상극'[78]이라고 언급하면서 그러한 세계가
'마지막 눈 한 그릇'과 같이 일(一)의 세계를 지향하고 있음으로 역설적 어법
을 취한다고 분석하였다. 그리고 오카니와(岡庭昇)는 켄지 시에 나타난 이미
지의 최대의 특징은 역전의 계기라고 언급하면서 '상실과 희망의 강한 변증법
이 어느 정도의 분노와 절망에 의해 이루어질 수 있었는가'[79]에 주목하면서 연
구되어야 한다고 주장하고 있다. 켄지와 한용운 시에서 나타나는 불교의 역설
적 세계관은 불일불이(不一不二), 상즉상입설(相卽相入說), 색즉시공(色卽是
空), 윤회전생 혹은 연기론으로 귀결되고 있다. 이와 같은 역설은 단지 수사법
의 차원에서 머무는 표층적 역설과는 다른 존재론적 역설이며 그러한 것은 모

---

74 옥타비오 파스, 앞의 책, 160-161쪽.

75 옥타비오 파스, 앞의 책, 168쪽.

76 송욱, 전편해설 『님의 沈黙』, 일조각, 1974, 398쪽.

77 오세영, 「沈黙하는 님의 逆說」, 『국어국문학』 65, 66 합병호, 1974, 26쪽.

78 原子朗, 『宮沢賢治』, 鑑賞日本現代文學 13, 角川書店, 1981, 175쪽.

79 岡庭昇, 「賢治の詩法と想像力-修羅からのことば-」, 『宮沢賢治 II』, 日本文學研究資料叢書, 有精堂, 1983, 93쪽.

112   미야자와 켄지(宮沢賢治)와 한용운의 시 비교연구

순되는 세계관을 초월해 보다 높은 진리 즉 구원의 진리를 작품 속에 구현해 내고 있다.

본장(本章)에서는 가타리의 '일관성 없는 주체' 개념을 도입하여 그 소멸마 저도 주체의 욕망 지향에 의해 수행되므로 다시 복권을 이루어 나갈 수 있는 '구멍'을 만드는 것이다. 즉 주체의 소멸과 주체의 복권 사이에는 존재론적 역 설관이 지배하기 때문이다. 그들의 시에서 발견되는 역설적 세계관은 그들의 타고르 수용에서 일단을 볼 수 있는 바, 타고르는 자아 포기가 우주적 생명이 며 진리인 브라흐마와 합일하기 위해서라고 역설한다. 이는 분리와 차별을 넘 어 신과의 합일에 이르게 됨으로써 자기 구제와 완전한 사랑 즉 주체의 복권 이 이루어짐을 의미한다.

1) 소멸의식 – 자기 부정과 자기희생

본절(本節)에서는 주체의 소멸의식을 자기 부정과 자기희생의 정신을 중 심으로 살펴보고자 한다. 자기 부정과 자기희생에 관한 타고르의 사상을 『생 의 實現』에서 인용하면 다음과 같다.

> 등불이 곧 우리의 자아다. 등이 자기의 소유물을 저장만 하고 있는 한 에는 등불은 어둠을 지속하고 등의 행동은 진정한 목적과는 배치되는 것 이다. 등이 광명을 발견할 때에 등은 일순간에 그 자체를 잊어버리고, 빛 을 높이 올려 등이 관계되는 온갖 것에 대하여 봉사한다.
>
> 왜냐하면, 거기에 등의 계시(啓示)가 있기 때문이다. 이 계시가 바로 불 타가 설교한 자유다. 불타는 등불에 기름을 버리기를 요청하였다. 그러나 목적이 없는 포기는 더욱더 어두운 궁핍을 초래할 뿐이니 이런 것을 불타 는 뜻할 리가 없었다. 등불은 광명을 향하여 기름을 포기하여야 한다. 그

리하여 등이 기름을 저장하던 목적을 해방하는 것이다. 이것이 해탈(解脫)
이다. 불타가 지적한 길은 다만 자아 포기뿐만 아니라 그리고 여기에 불타
의 가르침의 참다운 뜻이 있다.[80]

타고르의 자아는 서구의 근대적 자아와는 다르다. 그는 자기를 아는 일이
일생에서 중요한 영적 목표라고 역설하면서 자기를 모르는 무지, 아비드야
(Avidya)로부터 해방되어야 한다고 한다. 위의 인용에서 등불은 자아의 표상
으로서 광명, 즉 빛의 세계이며, 자아와 신과의 완전한 사랑을 위하여 기름을
포기하여야 한다. 그 의미는 등불인 자아, 자기를 포기하여야 하는 것이다.
이처럼 자아 포기의 당위성은 이기심을 초월하여 전체와 친화성을 갖는 데
에 목적이 있음을 타고르는 언급하고 있다.

> 그리고 우리는 이런 의식의 자유를 얻는 것에 대하여 대가를 지불할 필
> 요가 있다. 그 대가란 무엇인가? 그것은 인간의 자아를 포기하는 일이다.
>
> (138쪽)

> 우리의 모든 이기적인 충동과 자기중심적인 욕망은 우리의 진정한 영
> 혼의 투시력을 흐리게 한다. 왜냐하면, 그러한 것들은 우리 자신의 좁은
> 자아를 암시하는 것뿐이니까 말이다. 우리가 우리의 영혼을 의식할 때에
> 우리는 우리의 이기(利己)를 초월하는 내적 존재를 깨닫고 〈전체〉와의 보
> 다 깊은 친화성을 갖는 것이다. (142쪽)

인간의 궁극적인 지표로서 '하나'인 영혼을 아는 일은 우파니샤드에서 강
력히 이야기되는 것이다. 그리고 그 '하나'인 영혼이 '전체'와의 친화성을 갖

---

80 R. 타고르, 류영 옮김, 『타골 전집 6』, 評論集, 정음사, 1974, 165쪽.

기 위해서는 이기심과 좁은 자아로부터 벗어나는 길이다. 그리고 인도의 전형적인 사상에서 사람의 구원은 아비드야(Avidya) 즉, 무지로부터의 해방을 의미한다. 그러므로 자아가 진실이고 자아 자체로서 완전한 뜻을 지니고 있다고 생각하는 것은 무지에 불과하다. 왜냐하면, 자아에는 우리를 억제하는 방법이 존재하지 않기 때문이다. 우주적 의식, 신의 의식에 도달하기 위해 자아는 억제되어야 하는 것에 지나지 않는다. 이때 타고르의 자아는 서구의 근대적 자아와는 분명히 성격을 달리하고 있고 그 지향점이 다름에 주의를 요한다. 그러나 『생의 실현』 165쪽에서 자아의 부정 내지 포기에 관하여 이야기되는 부분에서 중요한 점은 '목적이 없는 포기는 더욱더 어두운 궁핍을 초래'하므로 어디까지나 자아 포기가 '사랑의 확대'일 때 그 의의가 있음을 역설하고 있다. 그것은 불타가 설한 니르바나와 동일하고 니르바나는 곧 사랑의 극치를 의미한다고 하겠다.

그러므로 『님의 침묵』의 세계는 님과 내가 갈라진 모순된 상황에서의 노래이며 켄지의 시에서 '수라(修羅)'는 'まこと'와 대립하는 내면 의식으로 '두 개의 마음'이라는 레토릭에 응축되어 있었다. 이러한 자아의 분리된 상태를 마야 즉, 환상이라고 보고 있고 그 성격을 외부로부터 보면 갑자기 파열되어 반역적이고 파괴적인 국면을 가지며 교만하고 사나우며 고집이 세다[8]고 말하고 있다. 이것은 육도(六道)에서 수라가 가진 투쟁적 성격과도 동일하다. 그러므로 이것은 극복되어야 하며 켄지도 「코이와이 농장 파트 9」에서 '환상이 저편에서 다가올 때는/ 이미 인간이 파괴되는 때다'라고 말하고 있는 것이다. 여기에서의 환상의 성격이 곧 마야(Maya)의 상태이다. 이러한 상태에서 자아는 「영결의 아침」에서 토시코의 입을 통하여 켄지가 말하는 '다시 태어나면/

---

81 R. 타고르, 유영 옮김, 앞의 책, 167쪽.

이번엔 내 일만으로/ 괴로워하지 않도록 태어날 거야' 하는 고백으로 이어진다. 나만을 생각지 않겠다는 각오는 〈모두〉를 전제로 한 표현이며 시적 화자는 자신이 떠다 준 '눈 한 그릇'이 모든 이들의 '성스러운 양식'이 되기를 자신의 행복을 걸고 염원한다고 다짐한다. 결국 두 마음과 토시코의 죽음이라는 모순된 상태를 극복하는 일은 자기를 버리고 생명의 상징인 은하 우주와 진리로 대변되는 큰 힘과 자아가 분리의 간극을 메우는 일이 필연적으로 대두된다고 볼 수 있겠다.

한용운의 시에서 시적 화자인 주체가 자기를 철저히 부정하고 님에게 복종하고자 하는 것은 분리된 주체가 님과 합일을 이루기 위해서이다.

> 남들은 자유를 사랑한다지만 나는 복종을 좋아하여요.
> 자유를 모르는 것은 아니지만 당신에게는 복종만 하고 싶어요.
> 복종하고 싶은데 복종하는 것은 아름다운 자유보다도 달콤합니다.
> 그것이 나의 행복입니다.   (「服從」, 58쪽)

님과 합일하려는 주체는 복종함으로써 자기를 부정하고 있다. 이것은 일면 노예적 성격을 드러내고 있으나 어디까지나 주체의 자발적 의지에서 복종을 하려고 한다. 그러므로 님과 합일을 욕망하는 주체의 적극적인 의지로서 자기부정이다.

타고르는 신으로부터 자아를 분리하는 것은 '자아 이기주의의 한계'[82]라고 지적하고 있고 한용운의 시에서 님과 일체가 되고 그것으로 '하나'의 세계를 지향하기 위해서 자아 이기주의는 철저히 초극해야 할 것이었다. 그러므로 「나룻배와 행인」에서는 이 자아 이기주의의 한계를 뛰어넘으려는 자기희생의 의식을 드러내고 있다.

---

82 R. 타고르, 유영 옮김, 앞의 책, 170쪽.

나는 나룻배
당신은 행인

당신은 흙발로 나를 짓밟습니다
나는 당신을 안고 물을 건너갑니다
나는 당신을 안으면 깊으나 얕으나 급한 여울이나 건너갑니다

만일 당신이 아니 오시면 나는 바람을 쐬고 눈비를 맞으며
밤에서 낮까지 당신을 기다리고 있습니다.
당신은 물만 건너면 나를 돌아보지도 않고 가십니다 그려

（「나룻배와 行人」, 49쪽）

오세영이 이 시에서 드러나는 주체의 자기 부정과 희생을 '종교적 고행'[83]
으로 해석하고 있는 점에서도 알 수 있듯이 신의 사랑은 분리를 통하여 우리
자아와 신의 분리를 결합한다. 그 신의 사랑과 일체화하고자 하는 시적 화자
에게 자기희생은 존재의 어두움을 드리우는 것이 아니라 사랑의 확대를 위한
것이므로 희생의 범주를 넘어 있다고 할 수 있다. 이러한 구속과 해방의 문제
가 사랑에서는 상극이 아니며 그것은 사랑이 하나이며 동시에 둘이 되는 一도
二도 아닌 완전한 상태에 놓여 있는 까닭이다. 그 희생을 통해서 이원(二元)
의 존재는 '하나'를 이루며 이것은 역설로 설명될 수 있는 진리라 할 수 있겠
다. 이와 같은 타고르의 사상은 신과 인간 존재와의 결합에 그 의의를 두고 있
으며 '사람이 시장에서 다만 고기 값에 팔리고 사게 되는'[84] 자본주의 문명의

---

83 오세영, 「마쏘히즘과 사랑의 실체-〈나룻배와 行人〉을 중심으로」-, 『한용운 연구』, 한국문학연구총서 현대문
    학 편 5, 새문사, 1982, 3장 28쪽.

84 R 타고르, 유영 옮김, 앞의 책, 180쪽.

인간 존재에 대한 관점과는 대립하며 그는 그러한 서구 문명을 날카롭게 비판하고 있다.

켄지 문학의 자기희생적 정신에 관한 선행연구를 살펴보면 다음과 같다.

시인은 상승하는 분명한 힘을 얻기 위해, 자기를 희생한다. 시인의 과거와 미래를—지나간 정복(淨福)의 유년시절에 대한 집착, 어머니의 태내에서 어머니와의 교합, 자신의 고유한 고양에 대한 사랑, 천상(미래)에 눈부신 신에 대한 끝없는 동경. 과거와 미래, 즉 시인인 자기 바로 그 자체를 말이다. 이 자기 희생은 지하로 하강함에 의해 이루어지는 것이다. 자기의 심층을 바라봄에 의해 가능해지는 것이다.[85]

'죽음'='무(無)'로의 지향은 생(生)으로 봐서는 그 부정에 다름 없으나 '선'은 당위로서 살아가는 지표가 될 수 있다. 그런데 자기무화(自己無化)라는 생의 평면에서 투영으로서의 자기희생은 또한, 죽음을 동반하는 것이다. 그러나 이 '죽음'은 '무(無)'가 아니다. 자기의 인간존재로서의 확정성이 부동의 것이 된 증거이다. '산다'는 것이 인간존재의 자기확정을 향한 시공간 상의 운동이라고 한다면 절대적 자기 확정은 그 운동의 종국, 즉, 운동이 정지하는 것=죽음을 의미하기 때문이다. 바꾸어 말하면, 자기희생이란 자기확정(=죽음)을 결과로 하는 '삶의 방식'인 것이다.[86]

전갈이나 죠반니, 길다 등을 자기희생으로 몰아넣는 배경에는 사실은 그들이 무의식에 '죽음'을 구하고 있다는 사실이 숨겨져 있을 지도 모른다. 즉 살아있는 것으로 생기는 죄악감이나 고뇌에서 놓여나기 위한 탈출구로서의 '죽음'이다. (중략)

---

85 松田司郎, 『宮沢賢治の童話論-深層の原風景』, 国土社, 1986, 215쪽.

86 山内 修, 「宮沢賢治ノート(2)-存在の悪と自己犠牲」, 『風狂』, 1980. 7월호, 風狂社, 79쪽.

켄지 동화에는 쏙독새를 죽음으로 이끄는 듯한 강력한 부력이, 다른 한 편에 인간을 포함한 모든 생의 영위를 긍정하려고 하는 강한 지향이 존재한다. 또는 이쪽이 중요하여 죽음으로 향하는 의식은 그(자연계의 여러 가지 생의 영위인) 공존에 대한 소망이 이루어지지 않는 현 상태에서 오는 절망감에서 발생하는 것일지도 모른다. 여하튼 켄지 동화에는 마치 반대 급부적 성질을 가진 두 개의 강력한 구심력이 작용하고 있다고 말할 수 있을 것이다. 그 자장에 휩쓸려 흔들리는 자들이 자기희생적 정신에 지배되는 것이 아닌가. (중략) 켄지 동화에서 자기희생적 정신은 순수한 봉사 정신 등에 의해 지탱되고 있지 않음을 알 수 있다.[87]

마츠다의 의견은 자기희생이 자기의 심층을 바라봄에 의해 가능해지고 상승하는 힘을 얻기 위함이라고 지적함으로써 본고와 관련하여 동일한 접근이라 볼 수 있다. 그러나 야마우치와 와다의 경우, 각각 죽음을 결과로 하는 삶의 방식, 절망감에서 비롯된 것으로 순수한 봉사 정신에 기인하지 않은 것이라고 지적하고 있어 부정적인 견해를 내놓고 있다. 특히 야마우치가 자기희생이 죽음을 결과로 하는 삶의 방식이란 지적은 옳으나 그것이 무아의 경지로 설명되고 있지 않음은 본고와 입장을 달리하는 주장임을 알 수 있다.

켄지 문학이 선의의 문학 또는 견자(見者)의 문학이라고 일컬어질 때는 이 영역의 연구에서 비롯된 것이다. 또한, 자기희생이 논해질 경우 그 덕성을 긍정할 것인가 비판할 것인가에 논점을 두기도 하는데 이 경우에 작품 속에서 자기희생적 정신이 어떻게 발현되고 기능하고 있으며 또 그것을 받아들여야 할 것인가 아닌가 하는 문제로 쟁점이 되고 있다. 이처럼 켄지 문학에서 자기 부정과 자기희생이라는 모티브는 중요한 부분을 차지하고 있고 대부분의 논

87   和田康友,「宮沢賢治と自己犠牲」,『日本文学誌要』제54호, 法政大学文学会, 1996. 7, 54쪽.

자들은 자기희생이라는 덕성을 긍정적으로 평가해 왔고 종교적 테마로까지 확산시켜 왔다.

만가 시편에서 켄지는 토시코에 대한 집착을 벗어나고자 하는데 이 집착은 스스로 비판의 대상이 되고 있다. 즉 토시코 한 사람에게만 얽매여 있는 자신을 부정해야만 한다.

> 바다가 이렇게 푸른데
> 내가 아직 토시코의 일을 생각하고 있으니
> 왜 너는 그렇게 한 사람만의 여동생을
> 애도하고 있어 하고 멀리서 사람들의 표정이 말하고
> 또 내 안에서 말한다.
> (엉터리 관찰자! 쭉정이 여행자!)
> 〔海がこんなに青いのに
> わたくしがまだとし子のことを考えていると
> なぜおまへはそんなにひとりばかりの妹を
> 悼んでいるかと遠いひとびとの表情が言ひ
> またわたくしのなかでいふ
> (casual observer! superficial traveler!)〕
>
> 「오오츠크 만가」 172쪽)

토시코의 중유와 환생처, 환생물인 새를 추적한 것은 켄지에게 있어 집착이었다. 이처럼 집착하는 자신의 모습을 부정하는 것이다. '사람들의 표정'과 '내 안'에서 주체를 부정하고 비판하고 있다. 그러므로 '엉터리 관찰자' '쭉정이 여행자'라 규정짓는다. 「봄과 수라」에서 '나는 한 사람의 수라다'라고 주체가 자기를 부정했던 것은 수라, 즉 인간도 아닌 인간보다 못한 덕성의 단계가 '수라'임을 떠올릴 때 비인간, 비존재로서의 수라였다.

그러므로 '비옷을 입고 나를 보는 그 농부/ 진정 내가 보이는가'라고 수라로서의 주체는 비인간이므로 인간인 - '틀림없이 사람 모습을 한 자' 농부에 대해 '나'의 모습이 보이는가 하고 반문하는 것이다.

　　비인간, 비존재로서의 수라는 주체의 자기 부정적인 규정이지만 인간, 천의 단계로 덕성을 쌓아가야 하는 출발점이기도 하다. 이 인간, 천의 단계로 옮아가기 위해서 주체는 자신이 수라임을 고백해야 한다. 수라는 신으로부터 분리된 인간의 불완전성에서 오는 것임으로 자신의 '보기 흉함(見にくき)'이다. 「봄과 수라」는 이러한 인간으로서의 불완전성에 고뇌하고 슬픈 수라의 비애를 표현한 것이지만 '보기 흉함'을 인정하는 행위도 자기 내면, 자기를 알아가는 과정의 하나이고 켄지는 이 시에서 인간으로 몸을 받아 지상에 태어난 자로서의 한계, '보기 흉함'을 이미 인식하고 있다. 그러므로 자기 부정은 결코 자학과 자괴가 아닌 '날아오르는 까마귀'와 '노송나무도 조용히 하늘에 설 무렵'과 같은 까마귀와 노송나무가 갖는 천상계의 지향으로 이어지는 초석이 된다. 인간은 자기의 '보기 흉함(見にくき)'과 직면할 때 정신적 분열을 겪게 되고 그것과 투쟁하여 이김으로써 인간으로서의 불완전성을 극복한다. 그러므로 「코이와이 농장(小岩井農場)」 파트 九에서 '모든 외로움과 슬픈 상처를 불태워/ 사람은 투명한 궤도를 나아간다'[88]라고 진술한다. 여기에서 주체는 불완전한 인간 존재로서의 고독과 슬픈 상처를 불태워서 '투명한 궤도' 즉 우주적 생명의 세계로 나아가려는 욕망을 지향한다.

　　한편 '님과의 사랑- 이별- 다시 만남'이라는 한용운 시의 기본 구도는 인식의 특성과 구조화의 원리와도 밀접한 관련성을 갖는다. 시적 화자는 이별 전에 느꼈던 님과의 완전한 사랑에서 오는 희열을 꿈꾸는 열정을 보여준다. 상

88　宮澤賢治,『전집』제2권, 104쪽.

상 세계의 사랑은 현실의 장(場)인 상징세계에서는 실현 불가능함으로 주체는 합일의 욕망을 드러낸다. 타자를 통한 결여의 충족으로 완전성에 도달하고자 하는 합일의 욕망이 상상 세계의 거울 단계에서 경험했던 완성의 기억과 결합하면서 동일시의 경향을 나타낸다. 한용운 시에서 님이란 '나'의 사랑의 대상이자 동일시의 대상이다. 이때 주체의 사랑은 님에 대한 합일의 욕망이다. 한용운 시에 자주 나타나는 시적 화자의 종속적 태도는 자기 부정을 통해 욕망을 충족시키고자 한다. 욕망은 자아를 지우고 남을 통하여 자기를 다시 보려는 인간 심리의 원초적 성향을 가리킨다. 그러므로 사랑의 완성에 도달하려는 욕망에는 자기 부정을 초월의 계기로 삼는 모순의 역동성이 작동하고 존재론적 역설의 진리를 현시한다.

> 남들은 자유를 사랑한다지만 나는 복종을 좋아하여요.
> 자유를 모르는 것은 아니지만 당신에게는 복종만 하고 싶어요.
> 복종하고 싶은데 복종하는 것은 아름다운 자유보다도 달콤합니다.
> 그것이 나의 행복입니다.
> 그러나 당신이 나더러 다른 사람을 복종하라면 그것만은
> 복종할 수가 없습니다.
> 다른 사람을 복종하려면 당신에게 복종할 수가 없는 까닭입니다.
>
> （「服從」, 58쪽）

님에 대한 나의 종속적 자세는 자발성이 전제된 주체적 행위이며 자기완성의 방편이다. 복종하고 싶은데 복종하는 것은 아름다운 자유보다 달콤하다 하여 님에 대한 복종을 하는 것이 아름다운 자유보다 우위에 있다고 한다. 복종은 '나'의 님에 대한 사랑의 증명이며 나의 행복이다.

여기에서 중요한 것은 복종은 주체의 자기 부정 즉 자기 포기인 것이다. 그

러므로 당신의 명령에 노예적으로 복종해야 한다. 그러나 그 복종이 주체의 선택이며 욕망일 때 노예적인 복종이 아니다. 왜냐하면, 그 복종으로 주체는 해방되고 자유로워진다. 즉, 종교적 차원의 복종이다. 그러므로 자기 부정 즉 자아의 포기는 종교적인 복종(가톨릭에서는 이를 순명이라 부른다)을 통하여 이루어지는 것이기 때문이다. 오세영은 '그의 마쏘히즘적인 사랑은 때로 노예 의식에 가까운 자기 부정의 행위로 표현된다'[89]라고 논하고 있으며, 여기에서 의 마조히즘을 '성적 쾌락이라는 의미를 떠나 자기 부정을 통한 정신의 고양 이라는 의미로 받아들인다면 그것은 마조히즘이라는 용어보다는 종교적 고행 이라는 용어로 부르는 것이 더욱 적절하다'[90]라고 지적하고 있다. 오세영의 지 적은 자기 부정이 종교적 고행의 한 과정으로서 정신적으로 고양됨으로써 님 과의 동일성을 획득해 가는 과정에 나타나는 수행자의 정신 수련의 한 단계로 서 파악하였다. 본고는 이 종교적 고행을 '비움'의 과정으로 이해하고자 한다. 주체의 이와 같은 자기 부정은 '나'가 원래 님과 하나였기 때문에 사랑의 줄에 묶여 있으므로 그 줄을 끊는 것보다 님에 대한 철저한 복종에 의해 대해탈 즉 자기 포기, 즉 자기를 버림(또는 비움)으로써 님과 재회할 수 있기 때문이다. 그러므로 주체에게 자기 부정은 님과 재회를 위한 더 적극적이고 능동적인 자 기 구제이며 님과의 사랑을 회복하면서 불완전한 주체를 완전하게 만드는 일 이다. '님'이라는 타자에 의해 사랑을 획득하려는 욕망이 충족되지 못할 경우 에 주체는 스스로 자기 부정할 수밖에 없는 필연성과 직면하게 된다.

나는 선사의 설법을 들었읍니다.
「너는 사랑의 쇠사슬에 묶여서 고통을 받지 말고 사랑의 줄을 끊어라.

---

89 오세영, 앞의 책, 25쪽.

90 오세영, 앞의 책, 27쪽.

그러면 너의 마음이 즐거우리라」고 선사는 큰 소리로 말하였읍니다.

그 선사는 어지간히 어리석습니다.
사랑의 줄에 묶인 것이 아프기는 아프지만 사랑의 줄을 끊으면
죽는 것보다도 더 아픈 줄을 모르는 말입니다.
사랑의 속박은 단단히 얽어매는 것이 풀어주는 것입니다.
그러므로 대해탈(大解脫)은 속박에서 얻는 것입니다.
님이여, 나를 얽은 님의 사랑의 줄이 약할까 봐서
나의 님을 사랑하는 줄을 곱드렸읍니다. (「禪師의 說法」, 61쪽)

'사랑의 속박은 단단히 얽어매는 것이 풀어주는 것입니다'라는 역설적인
어법에서도 알 수 있듯이 님과 합일하기 위해서 시적 화자인 나는 자기를 부
정함으로써 얽어매어질 수 있다. 자기 부정과 자기희생이 완전한 사랑을 획득
하는 데 선결 조건인 것은 '境界 지어짐'에 의해 생겨난 분리된 자아가 부정되
어야 하기 때문이다. 즉, 無我를 이룰 때 사랑의 속박은 풀어주는 것이 된다는
의미이고 그러기 위해서 단단히 얽어매는 것으로써 자기 부정과 자기희생이
작용한다고 하겠다.

이 시에서 '사랑의 줄'은 곧 생명의 줄이다. 이 줄을 끊는 것은 '나'에게는
의미 없는 죽음에 지나지 않는다. '나'는 스스로의 자유의지를 버리고 님에게
복종할 길을 선택하였다. 그러므로 '님'과 '나'의 관계는 사랑의 줄로 이어져
있는 것이다. 시적 화자 '나'의 운명선은 님과 연결되어 있으므로 - 나의 운명
의 지침 - 그것을 끊는 것은 '나'에게 더 큰 절망이다. 그러므로 선사의 설법
대로 한다면 '나'에게는 '죽는 것보다도 더 아픈' 것이다.

선사의 설법이 상징계를 움직이는 이법이라면 그 세계를 초월해야 하는
'나'에게 상징계의 이법은 부정되어야 한다. 왜냐하면, '나'의 '자기 부정' 행

위가 상징계의 가치 체계로 담지 할 수 없는 초월적 가치이기 때문이다. 그러므로 '사랑의 속박은 단단히 얽어매는 것이 풀어주는 것'과 같이 오히려 '님'에게 더 철저히 다가가는 방법을 통하여 속박으로부터 해탈되는 것이다. 즉 님에게 다가가는 것, 님과 동일시되기 위해서 자아는 포기되어야 한다. 즉 '나'를 부정하여 비운 자리에 님이 들어오는 것이다. '단단히 얽어매는' 것으로서 자기 부정과 자기희생이 놓인다고 할 수 있겠다.

이상에서 살펴본 바와 같이 자기 부정과 자기희생은 타고르가 말하는 자아 이기주의의 한계를 넘기 위한 주체의 적극적인 의지에서 비롯된다. 켄지 시에서 자기 부정은 수라 의식에서 나온 것으로 자기 내면의 부족함을 의미하는 '보기 흉함'으로 표현되고 있다. 그리고 토시코가 죽은 후 그녀에게 끊임없이 집착하는 자신을 부정한다. 이것은 '엉터리 관찰자' '쭉정이 여행자'라고 '내 안'의 '나'에 의해 비판되고 있다.

한용운 시에서 자기 부정과 자기희생은 「나룻배와 行人」과 「服從」에서 명백히 드러나고 있다. 「나룻배와 行人」에서 나룻배의 행인에 대한 희생은 이미 자기 부정이 전제되어 있음을 알 수 있다. 이때 자기희생은 희생으로 끝나는 것이 아니라 『님의 沈默』에서 님이 점하는 위치를 고려할 때 주체의 님과 합일하기 위한 자기희생으로서 타고르가 말하는 더 큰 사랑의 확대를 위한 길이다. 「服從」에서 시적 화자는 님에 대한 철저한 복종에 의해 대해탈, 즉 자아 포기를 이루고 있다. 복종은 님과 일치하고자 하는 주체의 적극적인 의지에서 비롯되는 행위 양식이다.

2) 소멸의 표상 − 분신(分身)과 '體刑'

앞에서 고찰된 바, 주체의 고통은 한용운의 경우 '얼음 바늘'에 켄지의 경우에는 '솔침'으로 비유함으로써 고통의 극한 상황을 표현하였다. 그러므로 슬픔과 번뇌로 인한 고통의 극한은 주체로 하여금 자기 부정과 자기희생의 형태로 나아가게 하며 그에 대한 시적 표현은 '(이 몸 하늘의 티끌로 흩어져라)'와 '體刑'이라는 시어에서 찾을 수 있다. 본절(本節)에서는 소멸의 표상으로서 '분신'과 '體刑'의 의미를 살펴보고자 한다.

시 「봄과 수라」의 대미 부분에 '(이 몸 하늘의 티끌로 흩어져라)'라는 시행이 있다. '이 몸'이라는 것은 수라로서의 주체를 의미하고 수라로서 겪는 고통의 극한을 '미진'이라는 아주 작은 먼지로 되어서 하늘에 흩어지길 욕망한다. 이것은 수라로서의 '분노', 슬픔, 비애가 폭발하길 희구하는 외침인 것이다. 또 같은 시의 '이 갈고 불타 오가는 / 나는 한 사람의 수라다'에서는 '불타(서)'라는 진술이 작은 먼지로 흩어지는 것과 같은 몸이 불타는 것을 의미함으로써 분신(焚身)의 선상에 있다고 생각된다. 「구름의 신호(雲の信號)」에서도 '금욕의 하늘(禁慾のそら)'이라는 표현이 있다. '금욕' 역시 정신적 육체적 욕망을 끊는 것이므로 분신 의식의 바탕에 있다고 할 수 있다. 이와 같은 분신 의식은 정신과 신체 모두 표현되고 있으며 자연물을 대상으로 하기도 한다. 시 「코발트 산지(コバルト山地)」에는,

코발트 산지의 빙무 속에서
이상한 아침의 불이 타고 있습니다
케나시모리산 벌목 터 근처인 듯합니다
분명히 정신적인 흰 불이
물보다 강하게 활 활 활 활 타고 있읍니다
〔コバルト山地の氷霧のなかで
あやしい朝の火が燃えています
毛無森のきり跡あたりの見当です

たしかにせいしんてきの白い火が

水より強くどしどしどしどし燃えてゐます〕(17쪽)

라고 아침 해가 빙무 속에서 빨갛게 떠오르는 모습을 묘사하면서 아침에 새롭게 떠오르는 신선한 태양을 '정신적인 흰 불'에 비유하고 있다. 여기에서 중요한 점은 신체가 아닌 정신적 세계를 불타오르는 모양에 비유하고 있다는 점이다. 이처럼 불타오르는 모습은 장엄함과 숭고함을 표상하면서 정신세계의 역동성을 상징하고 있다. '활 활 활 활'이라는 의태어의 반복은 태양의 생명성 즉 물활성(物活性)을 상승시키고 있다.

데리다(Jacques Derrida)의 태양의 은유에 관한 견해를 살펴보자.

> 태양의 눈부시도록 현란한 빛은 감각적 태양의 인식을 마멸시킬 수 있고, 동시에 태양의 빛의 현존은 모든 진리의 비은폐성이라는 가치 창출에 이바지할 수 있다. 그래서 감각적 태양이 형이상학적 빛의 원천으로 은유에 의한 변형이 이루어지게 되었다. 이런 변형과 함께 태양의 빛은 〈관념화〉와 〈유사성〉의 모범이 된다.[91]

데리다는 절대불변의 영원성을 상징하여 온 태양의 은유를 통해 서구 문학에 나타난 백색신화의 기원을 추적하여 그것이 근대성과 연결되었을 때 나타난 서구 몰락의 원인을 파악하여 해체하려 시도했다. 그러나 켄지의 시에서 태양은 관념적인 정신적 세계의 빛에서 물활성으로 변형되고 있음을 알 수 있다.

태양이 불타오르는 이미지와 죽음을 앞둔 토시코가 현실적으로는 생명이 꺼져가지만 '부드럽고 창백하게 불타고 있는' 모습으로 표현되고 있는 것은

---

91 김형효,『데리다의 해체철학』, 민음사, 1993, 303쪽, 재인용.

동일한 이미지 연쇄라 할 수 있다. 창백하게 불타는 토시코의 몸은 거룩한 모습을 연상시킨다. 그래서 시적 화자는 '내 갸륵한 누이여'라고 다음 행에서 토시코를 거룩한 여성, 그레이트 마더(Great Mather, 여신)의 모습으로 한층 끌어올리고 있다. 이 부분은 촛불 이미지의 고요함과 어울려 고요함과 숭고함의 분위기를 만들고 있다. 그러므로 제 몸을 거룩히 불사르는 촛불의 모습과 토시코는 일치가 됨을 알 수 있다.

켄지 시에 나타난 분신 의식은 하늘을 나는 새의 상징성과도 관련을 갖는다. 새는 사람이 죽으면 새로 환생한다는 동서고금의 전통적 사상에 의해 표현되는 상징물이다.

> 두 마리 큰 흰 새가
> 날카롭게 슬피 서로 울며
> 눅눅한 아침 햇빛 속을 날고 있다
> 그것은 내 누이다.
> (二疋の大きな白い鳥が
> 鋭くかなしく啼きかはしながら
> しめつた朝の日光を飛んでゐる
> それはわたくしのいもうとだ) (「흰 새(白い鳥)」, 148쪽)

촛불의 이미지로 '닫힌 병실'에서 조용히 마지막 생명을 불태우고 있었던 토시코는 '흰 새'로 환생하여 하늘을 날고 있다. 그러므로 분신 의식에서 추측되는 것은 이 분신이 주체의 자기희생의 극적인 단면이 구원을 상징하는 새의 모습으로 나타나고 있다고 하겠다. 켄지의 동화 「쏙독새 별(よだかの星)」에서도 쏙독새의 비상이 천상계에서 별로 다시 태어남으로써 구원을 획득하고 있다.

'자신의 몸이 지금 인광처럼 푸르고 아름다운 빛이 되어 조용히 타고 있는 것을 보았읍니다'에서와 같이 쏙독새의 몸이 불에 타 별이 된 숭고한 모습은 고요히 불타는 촛불의 이미지와 동일하게 그려지고 있다. 분신은 죽음을 전제로 하고 그 정신의 숭고함이 신체로 표현되는 죽음의 한 양태로서 적극적인 죽음이다. 그러므로 수동적인 죽음과는 변별성을 가지고 있음을 알 수 있다.

다음으로 한용운의 시를 살펴보기로 하겠다. 먼저 분신 의식이 드러나는 시를 인용하면 다음과 같다.

> 님이여, 님에게 바치는 이 작은 생명을 힘껏 껴안아 주셔요.
> 이 작은 생명이 님의 품에서 으서진다 하여도 환희의 영지(靈地)에서
> 순정(殉情)한 생명의 파편은 최귀(最貴)한 보석이 되어서
> 조각조각이 적당히 이어져서 님의 가슴에 사랑의 휘장(徽章)을
> 걸겠습니다.
> 님이여, 끝없는 사막의 한 가지의 깃들일 나무도 없는 작은 새인 나의
> 생명을 님의 가슴에 으서지도록 껴안아 주셔요.
> 그러고 부서진 생명의 조각조각에 입 맞춰 주셔요. (「生命」, 51쪽)

'으서진다', '순정한 생명의 파편', '조각조각 적당히 이어져서'라는 구절에서와같이 시적 화자의 의식이 分身 지향으로 나아가고 있다.

그 이유는 '나는 곧 당신이어요(「당신이 아니더면」, 50쪽)'라고 고백하는 것처럼 그것을 통해 님과 일체가 되기 때문이다. 분신 의식은 「의심하지 마셔요」에서 더 적극적인 자세로 나아가고 있다.

> 당신의 명령이라면 생명의 옷까지도 벗겠습니다.
> 나에게 죄가 있다면 당신을 그리워하는 나의 「슬픔」입니다.
> 당신이 가실 때에 나의 입술에 수없이 입 맞추고

「부디 나에 대하여 슬퍼하지 말고 잘 있으라」고
한 당신의 간절한 부탁에 위반되는 까닭입니다.

그러나 그것만은 용서하여 주서요.
당신을 그리워하는 슬픔은 곧 나의 생명인 까닭입니다. (52-53쪽)

님의 명령이라면 '생명의 옷'까지도 벗겠다고 다짐하는 시적 화자의 의지
는 죽음마저도 불사하겠다는 적극성을 드러낸다. 님을 기다리는 시간이 주체
에게는 슬픔의 시간이지만 님은 곧 '나'이므로 님의 명령에 절대적으로 복종
하겠다는 의지를 담고 있고 그것은 죽음마저도 가벼이 할 수 있을 정도로 주
체는 타자인 님과 합일을 욕망하는 것이다. 왜 주체는 타자에게 이렇듯 매혹
되는 것인가, 왜 타자를 지향하는가. 그것은 타자가 지닌 어떤 속성 때문일까,
이 정체불명의 타자에 대한 파스의 의견을 보자.

'타자'는 우리의 머리칼을 주뼛주뼛 서게 만든다. 심연, 뱀, 환희, 아름
다우면서도 끔찍한 괴물. 그리고 이 물러섬에 이어 반대의 동작이 이어진
다. 우리는 현현으로부터 눈을 뗄 수가 없다. 단애의 저 깊은 바닥을 향하
여 몸을 숙인다. 거부와 매혹. 그리고 현기증. 몸을 던져, 자아를 벗고 타자
와 하나가 된다. 비우는 것, 무가 되는 것, 전체가 되는 것, 존재하는 것, 죽
음의 중력, 자아의 망각, 포기 그리고 동시에 그 이상한 현현이 바로 우리
자신이라는 것을 갑자기 깨닫는다. 나의 털을 곤두세우는 것이 나를 잡아
끈다. 그 타자는 나다.[92]

타자란 바로 나라는 파스의 의견은 타자가 결국 내 안에 내재한 것이며, 그

___

92 옥타비오 파스, 앞의 책, 175쪽.

것은 자아 포기에 의해 이루어짐을 말하고 있다. 이 주체가 곧 타자라는 역설은 상징세계의 언어로 설명되지 않는다. 이와 같은 타자의 경험은 일치의 경험에서 정점에 달하고 이때 반대되는 두 운동이 서로 합쳐진다. 타자 속으로 뛰어드는 것은 우리가 떨어져 나온 무엇으로 돌아가는 것이며, 이중성은 그치고 피안에 도달하는 치명적인 도약을 하는 것이다. 즉, 우리는 자신과 화해를 하는 것이다.

내 안의 타자인 님을 위해서라면 몸을 던져서라도 님과의 사랑을 얻고 싶은 이와 같은 주체의 님 지향성은 體刑과 自由刑으로 표현되고 있다.

> 만일 용서하지 아니하면 후일에 그에 대한 벌(罰)을 풍우(風雨)의
> 봄 새벽의 낙화(洛花)의 수(數) 만치라도 받겠습니다.
> 당신의 사랑의 동아줄에 휘감기는 체형(體刑)도
> 사양치 않겠읍니다.
> 당신의 사랑의 혹법(酷法) 아래에 일만 가지로 복종하는
> 자유형(自由刑)도 받겠읍니다. (「의심하지 마셔요」, 52쪽)

시적 화자는 당신에게 자신의 님에 대한 사랑을 의심하지 말라고 한다. 그러나 '의심'은 님에게 '고통의 숫자'만을 더하는 것이라는 진술은 님도 나의 사랑을 완전히 믿지 못하는 것을 의미한다. 왜냐하면, '나'의 사랑은 현재의 조건으로 불완전한 사랑이기 때문이다. 님에게서 분리된 나의 사랑은 반쪽을 결한 사랑인 것이다. 물론 '님'이야 완전하지만 '나'는 나의 한계로 인해 님이 자신을 의심할 것이라고 불안해한다. 그러므로 불안한 주체는 님에게 '님'에 대한 자신의 사랑을 증명하는 방법으로 '체형'과 '자유형'을 당하겠다는 의미이다. 이 시에서는 님의 의심과 '나'의 당신을 그리워하는 '슬픔'이 시를 이루는 중요한 모티브가 되는데 당신을 그리는 슬픔이 생명인 까닭은 주제시 「님

의 침묵」에서도 말하고 있듯이 '슬픔의 힘'으로 님을 다시 만날 '새 희망'을 가질 수 있기 때문이다. 시적 화자는 님과의 거리를 메울 수 없는 상황에서 의심하지 말기를 바라고 있다.

그러므로 '체형'과 '자유형'은 역으로 '슬퍼하지 말고'라는 님의 부탁이자 명령을 위반한 주체가 당하는 채찍인 셈이다. 이 채찍은 어디까지나 주체가 님과의 합일을 위해 스스로를 단련시키는 도구로서의 역할을 하고 있다고 할 수 있다. 그러므로 본절(本節에) 나타난 '분신', '산화', '체형', '자유형'은 적극적 형태로서의 죽음과 그에 준하는 것들이다. 이와 같은 것은 십자가상의 그리스도가 아버지에게, 자신의 아버지에 대한 사랑을 증거 하는 행위와 동일하다. 십자가는 고난이지만 그 죽음은 부활의 영광에 이르기 위한 필연적 과정이다. 그러므로 '파스카(pascha)'라는 것은 '뛰어넘어 건너가다', 즉 이와 같은 고난의 극치인 죽음을 뛰어넘는 과정이다. 켄지와 한용운은 불교에 몸담고 있었고 불교적 진리를 문학의 장에서 구현하고 있지만 한편으로 그리스도교적 상상력을 작품에서 동원하기도 한다. 켄지의 경우, 그의 문학의 최고봉인 『은하철도의 밤』에서 십자가, 찬송가 306번(원제목, 주여 임하소서(Nearer My God)), 신, 천국 등을 동원하여 기독교적 상상력을 극대화하고 있다. 켄지와 기독교의 관련성에 대해 사토(佐藤泰正)는 은하철도의 밤을 분석하면서 '켄지의 평범하지 않은 크리스트교에 대한 관심의 깊이를 축으로 한 열린 종교성에 대한 뜨거운 희구이고, 물음의 핵심은 종교에서 진정한 윤리의 소재이다'[93]라고 밝히고 있다. 불교의 수행자인 켄지가 기독교적 상상력을 이 작품에서 뚜렷이 보여주고 있다는 사토의 의견에 동감한다. 그리고 우에다(上田哲)도 켄지 문학과 종교와의 관계에 관해 다음과 같이 지적하고 있다.

---

93 佐藤泰正, 『國文學 解釋と鑑賞』, 제65권 2호, 至文堂, 2000. 2월호, 26쪽.

켄지의 시 작품에는 가톨릭시즘의 투영이 보이는 것이 적지 않다. 가톨릭교회는 제2차 바티칸공의회 이후 상당히 근대적 변모를 이루었으나, 켄지가 살았던 당시에는, 중세, 또는 16세기 스페인의 크리스트교 신비주의의 영향이 짙게 남아있었다. 그와 같은 가톨릭시즘과의 신크레티즘(종교혼합주의)적 색채가 「시그널과 시그나레스(シグナルとシグナレス)」, 「오츠베루와 코끼리(オツベルと象)」, 「은하철도의 밤」 등에서 보인다. 특히, 「은하철도의 밤」은 불교사상과 크리스트교의 융합이 의도적으로 된 것처럼 생각된다.[94]

켄지의 시 작품에 가톨릭시즘이 투영되어있다는 우에다의 의견에는 동감하지만 불교사상과 크리스트교의 융합을 의도적으로 작품에 구현하고 있다는 그의 입론은 재고되어야 한다. 1921년 세키(關德彌)에게 보낸 서간에서 켄지는 '문단이라는 각기(병) 같은 것으로부터 초월하여 확고하게 여래를 표현하십시오'[95]라고 강한 어조로 쓰고 있는 걸로 보아 그가 어디까지나 불교의 법화경을 중심에 두고 가톨리시즘이나 기독교가 지닌 보편적 진리를 작품에 반영한 것이지 이 두 영역의 종교를 혼합 내지는 융합한 것으로 보기는 어렵다. 종교 혼합주의란 현재의 종교 다원화와 뉴에이지 운동과 같은 방향으로 진행되고 있다. '여래를 표현하라'라는 켄지의 권유를 볼 때, 그의 문학이 이미 직업적인 문학자를 넘어서 불교적 진리를 문학의 장에서 구현하려 했고 그의 문학이 중생구제 또는 호교적 차원에 이르고 있음을 알 수 있다. 그러므로 기독교적 상상력의 동원은 종교적 진리의 보편성에 바탕을 두면서 표현을 풍부하게 하고 있지만 어디까지나 '법화문학'의 구현이라는 명제를 중심에 두고 있음을 알 수 있다. 시 「오호츠크 만가」에 나타난 십자가의 표현을 보자.

94 上田 哲, 「賢治文学の宗教的考察 ≪試論≫」 「宮沢賢治」 第二号, 洋々社, 1982, 78쪽.

95 校本 『全集』 十三卷, 1974, 218쪽.

여기에서 오늘 아침 배가 미끄러져 갔던 것이다

모래에 새겨진 그 배 밑바닥 자국과

커다란 받침대의 팬 곳

그것은 하나의 구부러진 십자가다

몇 조각인가 작은 나무 조각으로

HELL이라 쓰고 그것을 LOVE라고 고치고

하나의 십자가를 세우는 건

자주 아무나 하는 기술이어서

토시코가 그걸 나란히 놓았을 때

나는 차갑게 웃었다

　　（조개가 한 개 모래에 파묻혀

　　　흰 그 가장자리만 나와 있다

이윽고 막 마른 잔 모래가

이 십자가 새겨진 곳 안으로 흘러 들어가

지금은 벌써 자꾸 흐르고 있다

〔ここから今朝船が滑って行ったのだ

砂に刻まれたその船底の痕と

大きな横の台木のくぼみ

それはひとつの十字架だ

幾本かの小さな木片で

HELLと書きそれをLOVEとなほし

ひとつの十字架をたてることは

よくだれでもがやる技術なので

とし子がそれをならべたとき

わたくしはつめたくわらった

　　（貝がひときれ砂にうづもれ

　　　白いそのふちばかり出てゐる

やうやく乾いたばかりのこまかな砂が

この十字架の刻みのなかをながれ
いまはもうどんどん流れてゐる （171쪽）

　위의 시에서 배와 조개는 여성 상징이다. 배가 바다로 갔다는 것과 이 시의 앞 행에서 '녹청의 수평선' '하늘의 푸르름'에서 나타나는 청색(靑)은 '토시코가 가진 특성'이라 했듯이 바다, 배, 조개는 여성 상징으로 토시코를 의미한다. 시적 화자는 배 바닥 자국과 횡대목이 움푹 팬 형상에서 십자가를 떠올린다. 그리고 나무 조각으로 HELL(지옥)을 써보고 LOVE(사랑)라 고친다. 시적 화자의 이 단순한 행위는 주체의 의식을 드러내는 산물이다. HELL은 지옥 또는 지옥과 같은 고통으로서 십자가가 지닌 수난의 죽음과 같은 이미지이다. 그리고 십자가는 사랑이기도 하다. 아들인 성자가 성부인 아버지에 대한 사랑을 십자가상의 죽음으로써 증명한다. 또한, 성자의 인류에 대한 사랑이기도 하다. 그러나 십자가형으로서의 십자가는 곧 죽음으로 산화나 분신과 같은 의미를 형성한다. 사랑은 죽음을 전제로 하는 것임을 여기에서 알 수 있다. 잔모래가 십자가가 새겨진 곳으로 들어가 흐른다는 묘사는 십자가상에서 예수가 피를 흘리는 모습을 연상하게 한다. 토시코가 십자가를 나란히 놓았을 때 시적 화자는 냉소한다. 그 이유는 켄지에게 토시코는 고통을 의미하기 때문이다. 그녀의 죽음과 충격, 슬픔이라는 고뇌와 토시코에게 집착하게 하는 것은 켄지에게 번뇌이기 때문이다. 이것은 고뇌를 겪는 주체가 십자가상의 피 흘리는 예수의 모습과 동일시되고 있다.

　고난의 극치이며 죽음의 상징인 십자가는 「은하철도의 밤」에서 북십자와 남십자로 죠반니가 은하 여행을 하는 출발점과 목적지이다. 이 십자가에 대해 마츠다(松田司郞)는 다음과 같이 파악하고 있다.

신은 십자가에 자기를 내어놓는 자에게 축복을 주고, 죽은 자의 나라로 초대하는 것이다. 스스로 나아가 희생제물이 된 죽음은 생의 종언을 의미하지 않는다. 예수 그리스도와 같이 자기희생을 완성한 죽음은 반드시 되살아나서 부활한다. (중략) 시인의 내계의 어둠 속에서 희고 눈부시게 떠오른 십자가는 강렬한 이미지를 준다. 지중(무의식계)에 깊은 뿌리를 가지고 기립하는 '나무'로서의 이미지. 나무는 어머니이고 '어머니'는 생명의 나무임과 동시에 죽음의 기둥이다.[96]

자기희생으로서의 십자가는 죽음을 상징하고 또한, 부활을 의미한다. 그 죽음이 죽음에서 끝나지 않고 재생을 위한 것으로 기능하고 이것은 종교적 진리로서 설명될 수 있는 것이다. 식물적 수직 상승의 표상인 십자가는 천상계와 지상계를 잇는 역할을 한다. 즉, 예수 그리스도의 죽음과 십자가로 부활의 영광을 드러내고 성부와 인간의 대표 격인 성자가 합일하는 장이 된다.

『님의 침묵』에서도 '어린양', '십자가', '천국', '포도주', '성탄', '부활' 등의 시어를 쓰고 있으므로 기독교적 상상력을 동원하고 있음을 알 수 있다. 이 중에서 수사적 차원에서 머무르지 않고 『님의 沈黙』의 전체 주제와 관련지었을 때 중요한 기독교적 상상력은 '어린양'과 '葡萄酒'이다. '어린양'은 『님의 沈黙』의 군말에서 '나는 해 저문 벌판에서 돌아가는 길을 잃고 헤매는 어린양(羊)이 기루어서 이 시를 쓴다'라고 집필 동기를 밝히는 부분에서이다. 이 구절에서 어린양은 '하느님의 어린양(Agnus Dei)'에서 온 것으로 예수 그리스도를 의미한다. 그러나 요한복음에 보면 하느님과 인간의 관계를 목자와 양의 관계에 비유하고 있어 한용운이 그것을 염두에 두고 썼음을 알 수 있다. 김학동은 어린양에 대해 '불타에 대한 중생도 되고 그리고 이와 아울러 당시 조국을 빼

---

96 松田司郎, 『宮沢賢治の童話論-深層の原風景』, 国土社, 1986, 249쪽.

앗겼던 우리 민족을 상징하기도 한다[97]라고 주장하고 있다. 중요한 것은 어린 양과 목자의 관계가 사랑으로 맺어진 관계라는 점이다. 이것은 목자의 비유인 성부와 어린양의 비유인 예수 그리스도인 성자가 사랑의 관계로 맺어져 있고 예수와 그를 따르는 믿는 이들의 관계 또한, 사랑의 관계로 되어있음을 의미하는 것이다. 불타와 중생의 관계 역시 자비 즉 사랑의 관계이다. 어린양을 민족적 주체로 볼 때는 식민지 조선의 민중이고 아(我)의 문제로서 볼 때는 불타 또는 신과 결합해야 할 주체이다.

다음으로 『葡萄酒』라는 시를 보자.

> 가을바람과 아침 볕에 마치 맞게 익은 향기로운 포도를
> 따서 술을 빚었습니다. 그 술 괴는 향기는 가을 하늘을 물들입니다.
> 님이여, 그 술을 연잎 잔에 가득히 부어서 님에게 드리겠읍니다.
> 님이여, 떨리는 손을 거쳐서 타오르는 입술을 축이셔요.
> 님이여, 그 술은 한 밤을 지나면 눈물이 됩니다.
> 아아, 한 밤을 지나면 포도주가 됩니다. 오오, 님이여. (55-56쪽)

이 시에서 포도주는 눈물이 되고 눈물이 다시 포도주가 된다고 한다. 서준섭은 이를 지속·순환하는 초월적 세계라고 보고 있다.

> 시인이 만나게 되기를 열망하는 님이란 이미 부단한 변신에 의해 완성된 존재이기에, 시인 또는 동사"-되다"로 표현되는 적극적인 자기 수정의 의지와 변신의 변증법을 통과하지 않고서는 그를 만날 수 없는 것이다. 유동 속에 있는 님에 도달할 수 있기 위해서는, 이들 시에서 보듯 역동적 상

---

97 김학동, 「한용운의 시세계」, 『한용운 연구』, 새문사, 1982. 3쪽.

상력이 이끌어 가는 부단한 자기 갱신 과정을 겪어야 하는 것이다.[98]

서준섭의 논에서 중요한 점은 '적극적인 자기 수정의 의지와 변신의 변증법' 그리고 '자기 갱신 과정'이다. 이것은 주체가 님이라는 타자와 일치하기 위해서 내지는 주체 안에 내재한 타자성을 드러내기 위해 자기 수정과 자기 갱신의 과정이 필수불가결한 요소임을 지적하고 있다. 예수 그리스도가 최후의 만찬에서 포도주를 들어 '이것은 나의 피다. 죄를 용서해주려고 많은 사람을 위하여 내가 흘리는 계약의 피'[99]라고 규정하였던 것과 마찬가지로 시「포도주」의 포도주는 주체의 피이다. 이 피는 술이 익기 위해 반드시 거쳐야 하는 숙성과정이 필요하듯 주체가 자기완성에 이르기 위해 '죄 사함'과 같은 부족함을 채워야 한다. 피는 적포도주라는 이미지와도 결부되고 이 시에서 눈물은 곧 주체가 흘리는 피의 다른 표현이다. 그러므로 '길을 잃고 헤매는 어린양'이 사회구제 또는 중생구제를 지향한다면 포도주는 주체의 님과의 합일을 위한 자기완성을 지향하는 알레고리이다. 이것은 시집『님의 沈黙』을 떠받치는 두 개의 기둥이라 할 수 있겠다. 한용운 시에서 '천국(天國)'이란 이 두 개가 완성된 이상의 공간을 상징하고 있다.

주체의 부정과 자기희생 정신이 신체로 표현되었을 때, 켄지의 경우는 分身(焚身, 散華 등)으로 한용운의 경우는 體刑으로 표현되고 있었다. 분신은 죽음을 전제로 하고 그 정신의 숭고함이 신체로 표현되는 죽음의 한 양태로서 적극적인 죽음이다. 이것은 쏙독새가 천상세계를 획득하기 위해 焚身한 것과 일맥상통한다. 켄지가 토시코의 환생물을 '새'로 설정한 것은 새가 구원의 상징물이기 때문이다. 자기완성은 주체의 죽음을 전제로 한 것임을 쏙독새의 비

---

98 서준섭,「한용운의 상상 세계와 〈繡의 秘密〉」,『한용운 연구』, 새문사, 1982, 19쪽.

99 『성서』국제가톨릭성서공회 편찬, 일과 놀이, 1995, 신약성서 64쪽.

상에서 알 수 있었다.

한용운 시에서 주체의 님 지향성은 「의심하지 마셔요」에서 體刑과 自由刑
으로 표상되고 있다. 님의 명령이라면 '생명의 옷'까지도 벗겠다는 주체의 적
극적 의지는 죽음마저도 가벼이 하겠다는 결연한 태도에서 비롯되고 있다. 그
리고 두 시인은 주체의 소멸 의지를 십자가에 비유함으로써 기독교적 상상력
을 동원하고 있고 이는 종교적 진리의 보편성에 바탕을 두면서 그들 문학의
토양을 풍부하게 하고 있다. 「오오츠크 만가」에 표현된 십자가는 켄지가 겪는
고통의 극한 상태를 의미하고 한용운 시의 「葡萄酒」는 십자가상의 예수가 흘
리는 피로서 자기 수정과 완성을 위한 것이다. 켄지의 분신이나 한용운의 體
刑 둘 다 죽음을 전제로 한 주체의 소멸 의지가 행위 양식으로 표현된 것을 의
미한다.

3) 소멸의 실상 ― 쏙독새의 비상과 나룻배

자기 부정과 자기희생은 주체의 소멸을 의미한다. 물론 켄지나 한용운 문
학에서 이와 같은 덕성이 종교적 고행의 과정으로 이해되고 주체의 욕망에 의
해서 수행되는 것일지라도 '나'를 부정하고 희생을 함으로써 '나'라는 주체는
죽음을 맞이한다. 이것은 불교에서 니르바나라고 하는 것이며 '니르바나나 기
독교 신비주의의 무는 부정적이면서도 긍정적인 개념으로 타자성을 밝히는
진정으로 신성한 상형문자'[100]라고 파스는 말하고 있다. 이와 같은 신성의 경
험은 우리 내부에 숨어 있던 그 타자가 드러나기 위해 우리의 마음과 내면을
여는 것에 다름 아니다. 그러므로 신성한 대상은 항상 내부에 있고 모든 신비

---

100 옥타비오 파스. 앞의 책. 185쪽.

적 경험이 시작하는 텅 빔의 다른 얼굴, 즉 긍정적인 면으로 주어진다. 이 장
엄하고 숭고한 주체의 죽음, 니르바나는 또 다른 주체(=타자)의 출현을 예기
하는 것이고 자기 부정과 자기희생이라는 극한 과정을 겪기 전의 주체와 그
이후 복권되는 주체는 다른 주체라 할 수 있다. 이처럼 상징계의 법칙이나 가
치를 초월하기 위해서 주체는 분신과 체형 등의 해체되는 신체를 표상하고 있
고 상징계의 질서를 부정하지 않으면 안 된다. 본절(本節)에서는 소멸의 실상
으로 쏙독새의 비상과 나룻배를 통하여 고찰하고자 한다.

켄지의 시 「과거 정념(過去情炎)」에서는 상징계인 현상의 세계를 다음과
같이 표현하고 있다.

> 무엇이나 모두 의지가 되지 않고
> 무엇이나 모두 믿을 수 없다.
> 이들 현상의 세계 속에서
> 그 믿을 수 없는 성질이
> 이런 깨끗한 이슬이 되기도 하고
> 축 늘어진 작은 참빗살나무를
> 주홍색에서 부드러운 달빛 색으로
> 화려한 직물로 물들이기도 한다.
> 〔なにもかもみんなたよりなく
> なにもかもみんなあてにならない
> これらげんしやうのせかいのなかで
> そのたよりない性質が
> こんなきれいな露になつたり
> いぢけたちひさなまゆみの木を
> 紅からやさしい月光いろまで
> 豪奢な織物に染めたりする〕(210쪽)

현상계는 믿을 수도 의지할 수도 없다. 현상의 성질은 작고 볼품없는 참빗
살나무를 실체와는 다른 화려한 모습으로 물들인다. 거짓된 화려함은 이슬처
럼 덧없는 것이어서 인간의 눈을 현혹한다. 불완전함이 아름답게 보여 거짓된
진·선·미에 자아를 잃고 있어서는 절대적 가치나 신의 경지에 접근할 수가
없다. 그러나 켄지는 「쿠라카케 산의 눈(くらかけの雪)」에서

　　　　　　　　의지가 되는 건
　　　　　　　　쿠라카케 산 능선의 눈뿐
　　　　　　　　들판도 숲도
　　　　　　　　황량하고 거무칙칙하여
　　　　　　　　조금도 의지가 되지 않아서
　　　　　　　　정말 그런 효모 같은
　　　　　　　　몽롱한 눈보라지만
　　　　　　　　아련한 소망을 보내오는 건
　　　　　　　　쿠라카케 산의 눈뿐
　　　　　　　　　　(하나의 고풍스러운 신앙입니다)
　　　　　　　　〔たよりになるのは
　　　　　　　　　くらかけつづきの雪ばかり
　　　　　　　　　野はらもはやしも
　　　　　　　　　ぼしやぼしやしたりくすんだりして
　　　　　　　　　すこしもあてにならない
　　　　　　　　　ほんたうにそんな酵母のふうの
　　　　　　　　　朧ろなふぶきですけれども
　　　　　　　　　ほのかなのぞみを送るのは
　　　　　　　　　くらかけ山の雪ばかり
　　　　　　　　　　(ひとつの古風な信仰です)〕〕(12쪽)

라고 진술하면서 '아련한 소망을 보내오는 건/ 쿠라카케 산의 눈뿐/ (하나의 고풍스러운 신앙입니다)'라고 반복하여 강조하고 있다. 또한, 「영결의 아침」에서 순백색의 눈이 '천상의 아이스크림'이라 하여 토시코의 덕성과 영원한 천상적 가치의 상징물로 쓰였듯이 이는 현상계의 가치와는 대립하는 것이었다. 이처럼 흰색이 켄지의 시에서 덕성과 영원한 천상적 가치를 지칭하는 것이라면 토시코가 죽은 지 6개월 후에 쓰인 「흰 새」는 새가 가지는 구원의 상징이라는 테마와 연관되고 있다. 켄지가 토시코의 환생물을 흰 새로 설정하는 것은 「영결의 아침」의 '천상의 아이스크림'인 눈과 동일한 의미 구조를 지니고 있다. 켄지의 시 중에서 새를 소재로 하는 것들과 동화 「쏙독새 별」은 관련이 깊다. 하타케(畑 英理)는 켄지의 시와 동화의 상관성을 다음과 같이 지적하고 있다.

> R. 야콥슨이 산문의 환유적 구조·시의 은유적 구조를 본질적인 것으로 이론화한 이래, 이것은 이미 정설에 가까워진 듯 보인다. 그러나 아이러니하게도 미야자와 켄지는 자신의 문학 속에 그것과 오히려 반대되는 구도를 구사하였다. 시 속에 이야기의 싹을 가지고, 이야기 속에 시적 모티브를 가지는 그의 문학은, 서로 나선형으로 얽어지면서, 하나의 테마를 지속적으로 쫓아가듯이 보인다. 켄지의 시가 때로 '장황'하고, 동화가 시 이상으로 '시적'이라고 평가되는 하나의 이유는 이 구조의 상이함에 있다고 생각된다.
>
> 환유적인 이미지를 자유롭게 구사하면서 운동을 계속하는 그의 시는, 그 진폭의 크기에 있어 충분히 시적일 것이므로, 나는 반드시 그렇게 생각지 않는다. 그러나 일반적으로 '시적' '산문적'이라는 구별은 켄지 작품의 경우 꼭 들어맞지 않고 의미가 없는 듯하다.[101]

101　畑 英理,「宮沢賢治研究-比喩的性格をめぐって(二)-」,『立教大学日本文学』第四十七号, 1981. 12, 33쪽.

하타케의 논에서 중요한 점은 켄지의 시나 동화가 산문·운문의 영역을 넘나들면서 하나의 테마를 지속적으로 쫓아간다는 점이다. 시 「아오모리 만가」가 「은하철도의 밤」을 이루는 모티브가 되었듯이 「흰 새」는 동화 「쏙독새 별」과 같은 맥락이라 할 수 있다. 토시코의 사후 중유가 천인(天人)에서 새로 환생해 가는 과정에서 쏙독새의 비상은 중요한 의미를 띠고 있기 때문이다.

천상의 세계에 비상하는 쏙독새의 의지는 주체가 존재악과 스스로 직면한 위기로부터 자기 부정과 자기희생, 즉 죽음을 거쳐 도약하는 계기가 된다.

> 쏙독새는 정말 보기 흉한 새입니다. 얼굴은 여기저기 된장을 찍어 바른 듯이 얼룩덜룩하고 입은 넓적하고 귀까지 찢어져 있습니다. 다리는 비틀비틀해서 한 발자국도 걸을 수 없습니다. 다른 새들도 이제 쏙독새의 얼굴을 보는 것만으로도 싫어지는 모양이었습니다.
>
> (よだかは、実にみにくい鳥です。顔は、ところどころ、味噌をつけたやうにまだらで、くちばしは、ひらたくて、耳までさけてゐます。足は、まるでよぼよぼで、一間とも歩けません。ほかの鳥は、もう、よだかの顔を見たゞけでも、いやになつてしまふといふ工合でした。)
>
> (『전집』제7권, 83쪽)

위의 인용문은 쏙독새가 가진 '보기 흉함(見にくさ)'을 진술한 것으로 이것은 쏙독새가 지닌 운명적 단절임과 동시에 부정적 측면이다. 즉 인간 존재의 불완전성을 쏙독새라는 겉모습이 보기 흉한 새에다 비유한 것이다.

이와 같은 불완전성은 다른 새들로부터 놀림당하고 급기야 매에게 잡아먹힐 운명에까지 처하게 된다. 존재의 불완전성은 자신과 타인과의 관계에 균열을 생성하게 된다. 또 쏙독새는 존재악에 고뇌하는 모습에 비유되기도 한다.

아아, 투구 풍뎅이가, 많은 날벌레가 매일 밤 나에게 잡아먹혀. 그리고 그 하나인 내가 이번에는 매에게 잡아먹힐 거야. 그게 이렇게도 괴로운 거야. 아, 괴로워, 괴로워. 난 이제 벌레를 먹지 않고 굶어 죽어야지. 아니 그 전에 이미 매가 날 죽이겠지. 아니 그 전에 난 멀고 먼 하늘 저편에 날아가야지.

(あゝ、かぶとむしや、たくさんの羽虫が、每晚僕に殺される。そしてそのたゞ一つの僕がこんどは鷹に 殺される。それがこんなにつらいのだ。あゝ、つらい、つらい。僕はもう虫をたべないで餓えて死なう。

いやその前にもう鷹が僕を殺すだらう。いや、その前、僕は遠くの遠くの空の向ふに行つてしまはう。)

(「전집」7권, 86쪽)

쏙독새가 가진 현실적 고뇌는 동물들의 먹이사슬에서 그 자신도 벌레들을 잡아먹어야 살아가는 생물체로서의 존재악과 매로부터 '장돌뱅이(市藏)'로 개명하라는 위협 속에서 그것을 따르지 않을 경우 매에게 잡아먹힐 운명에 처해 있음을 의미한다. 이러한 쏙독새에게 자기 구제의 길은 '하늘 저편'으로 비상하는 것 외에는 없다. '하늘 저편'은 현실 세계와 대립하는 세계로서 천상적 질서가 지배하는 곳이다. 그리고 쏙독새는 야조(夜鳥)로서 부정적인 이미지를 가지며, 그것은 나쁜 상승, 곧, 침묵의 상승, 검은 상승, 낮은 상승의 현실화와 같은 가벼운 상승에 대립하는 상승이다. 쏙독새의 비상이 비상임에는 틀림없지만 그 비상에 실린 무게는 비장미가 있을 수밖에 없다. 그 이유는 야조로서 존재하는 쏙독새의 운명과도 같은 것이다. 켄지의 시 세계가 무거운 것은 쏙독새적 고뇌가 작품화 되어있기 때문이기도 하다. 그러나 인간의 비상을 재현하는 문제에서 날개는 역동적 암시를 하고 있고 암시는 그려내는 것보다 더 효과적이다. 즉, 쏙독새는 자기 부정성-보기 흉함', '존재악'으로부터 천상으로 비상하려는 주체의 탈주의 욕망을 의미한다. 여기에서 보기 흉함은 잘

못에서가 아니라 근원적인 결핍에 의해서다. 이 결핍은 도덕적인 것이 아니라 근원적인 불충분함이며, 파스는 원죄를 부족한 존재에서 비롯되는 것으로 보았다.[102]

켄지의 자기 부정성을 마성적 수라의 어두운 의식에서 기인하는 것으로 기존의 연구들은 파악하고 있으나 이것은 어디까지나 완전한 진리의 세계인 신과 대면하였을 때 느끼는 부족함이지 죄로 인한 장애에서 오는 것은 아니라고 판단된다. 그러므로 천의 세계에 비상하려는 쏙독새는 이 부족함을 채우고 자기를 완성하려는 의지의 표상인 셈이다. 이 천상의 의지는 신성에서 비롯되는 것이다. 그러나 주체는 상징세계에 발을 딛고 있는 만큼 이미 분리된 타자에게 의존하여 완전성에 도달할 수밖에 없으므로 스스로 자기완성을 해야 한다. 상징세계의 주체로서 타자와 분리되어 온전히 스스로의 힘으로 완성에 도달하는 것은 고독과 고통을 담보로 해야 하며 이러한 주체 역사의 각 단계는 하나의 초월이고 파괴하는 과정이다. 초월과 파괴가 인간 전체에게는 유익할지 모르지만, 상징세계에서 굴복한 주체의 역사는 자기중심에서 끊임없이 이탈하면서 자기를 찾는 탐구의 변증법으로 역할을 한다.

한용운의 시 「나룻배와 行人」은 주체의 자기 부정과 자기희생을 나룻배와 행인의 구조로 표현하고 있고, 여기서 나룻배는 주체를 의미한다.

> 나는 나룻배,
> 당신은 행인.
>
> 당신은 흙발로 나를 짓밟습니다.
> 나는 당신을 안고 물을 건너갑니다.

---

102 옥타비오 파스, 앞의 책, 192쪽.

나는 당신을 안으면 깊으나 얕으나 급한 여울이나 건너갑니다.

만일 당신이 아니 오시면 나는 바람을 쐬고 눈비를 맞으며
밤에서 낮까지 당신을 기다리고 있습니다.
당신은 물만 건너면 나를 돌아보지도 않고 가십니다 그려.

그러나 당신이 언제든지 오실 줄만은 알아요.
나는 당신을 기다리면서 날마다 날마다 낡아 갑니다.

나는 나룻배
당신은 행인. (49쪽)

　　한용운의 시들에서 시적 화자 '나'는 '땅'이 없는 자, 인격이 없는 '거지', '집과 인권'이 없으므로 '정조'도 없는 자, '나룻배' 등으로 표현되고 있다. 이처럼 시적 화자가 가진 현실의 부정적 조건들은 '님'과의 사랑을 얻으면 회복될 수 있는 것들이다. 그러나 시적 화자는 그와 같은 부정적 조건 속에-주체로서의 불완전한 상징체계-던져져 있는 것을 고통스럽게 인내하고 있다. 그러므로 시적 화자는 '나는 님을 기다리면서 괴로움을 먹고 살이 찝니다. 어려움을 입고 키가 큽니다'(「自由貞操」)라고 고백하는 것이다. '괴로움'과 '어려움'은 역경을 의미한다. 한용운은 「역경과 순경」이라는 글에서

　　역경이라는 것은 자기의 마음대로 되지 않는 것을 이름이요, 순경이라
　는 것은 마음대로 되는 것을 말함이니, 사람들은 역경에서 울고 순경에서
　웃는 것이거니와, 역경과 순경에 일정한 표준이 있는 것은 아니다. (중략)
　사람은 마땅히 역경을 극복하고 순경으로 장엄(莊嚴)할 것이다.

(「전집」1권, 215쪽)

라고 역설하고 있다. 여기에서 역경은 마음대로 되지 않는 것으로 극복되어야
할 것이다. 이와 같은 부정적인 역경은 인간을 계박하는 것으로 거기에서 해
탈해야 함을 한용운은 「自我를 解脫하라」라는 글에서 말하고 있다.

> 사람은 온갖 사물에 계박(繫縛)되기 쉬운 것이니, 눈으로 색을 보매 색에
> 계박 되기 쉽고, 귀로 소리를 들으매 소리에 계박되기 쉬우며, 정(情)은 연
> 애에 계박 되기 쉽고 의(意)는 치구(馳求)에 계박되기 쉬워 육체나 정신이
> 나 모두 일체 사물에 대하여 계박되기 쉬운 고로 사람은 계박으로 생하여
> 계박으로 생활하다가 계박으로 죽는다 하여도 변호할 말이 없을 만큼 계
> 박적이니, (중략) 역경에 처한 자가 다수가 되느니 역경에 처한 자는 촉처
> (觸處)에 계박이요 만사가 부자유다. (중략) 계박과 해탈은 다른 것에 있
> 음이 아니라 나에게 있고, 사물에 있는 것이 아니라 마음에 있다. (중략)
> 일체의 해탈을 얻고자 하는 자는 먼저 자아를 해탈할지라. 자아를 해탈하
> 면 만사 만물의 거래존망(去來存亡)은 모두 나의 명령에 일임할 뿐이니 어
> 찌 나에 대하여 일호의 계박을 주리요. (275-277쪽)

자아를 해탈한다 함은 자아에 계박되어 있는 것을 벗어나는 일이다. 그러
므로 역경은 인간을 계박하는 것이므로 극복되어야 한다.

시 「나룻배와 행인」에서 양자의 관계가 시적 화자의 일방적인 희생과 기다
림으로써 점철되는 것은 나룻배로서 주체는 철저히 희생하는 데에서 그 역할
이 완수되는 것이다. 나룻배는 행인에 대한 기다림과 헌신에서 존재 이유를
발견할 수 있다.

배가 지니는 여성 상징성은 물의 이미지와 결합하여 자기 부정과 자기희생
그 후에 올 재생의 의미도 내포하고 있음을 이 시에서 읽을 수 있다.

왜냐하면 '물만 건너면 나를 돌아보지도 않고' 냉정히 가는 행인인 당신과
그 행인인 당신을 태워주기 위해 존재하는 '나'는 서로 상호의존적이다.

나룻배에도 행인이, 행인에게도 나룻배가 날마다 기다리며 몸이 낡아 가는 것은 오랜 기간의 자기희생을 예고한다. 그러나 자기희생은 누군가의 강요에 의해서가 아니라 자발적인 헌신이다. 그러므로 한용운 시에서 주체의 고통을 마조히즘적 성격으로 이해하여 종교적 고행으로 해석하는 오세영의 입장을 일면 수용하면서도 이 고행의 과정이 주체의 자발적 수행이라는 면에서 법락(法樂)으로 이해함이 옳을 듯하다. 왜냐하면, 자기 부정에 의한 자기희생의 과정에서 비로소 님과 재회할 가능성을 열어놓기 때문이다. 즉 자기 부정과 자기희생, 그리고 타고르가 역설하는 자아 포기는 무아(無我)의 경지이고, 소아(小我)를 버린 경지에 있기 때문이다. 무아(無我)가 곧 진아(眞我)인 것은 분리 상태의 가아(仮我)를 극복한 것이기 때문이다. 이와 같은 주체의 변신은 '님'이라는 도달해야 할 영원한 가치를 따르기 때문이고 분리된 상태의 국면은 주체에게 죽음과 다름없으므로 죽음을 넘어가는 과정이 '나'를 버리는 행위이다. 그러므로 『님의 침묵』 전편의 시들 중, 처음의 주제시 「님의 침묵」과 대미를 장식하는 「오셔요」를 제외한 나머지 시들은 님과의 분리를 극복하고 합일로 가려는 과정이다. 시적 화자인 '나'의 입을 통하여 끊임없이 진술되는 분리에 해당하는 이별은 미의 창조라는 의미를 가지고 있다. 그러므로 시집 『님의 침묵』은 분리를 극복하고 합일을 지향하기 위해 얼마 동안 쓰이는 화성(化城)[103]에 다름 아니다. 즉, 침묵하는 님은 방편의 진리로서 존재한다고 하겠다.

　『님의 침묵』의 시편들이 비유 구조를 중점적으로 드러내고 동일 계열체와 대립적 계열체를 가지고 있는 것도 이 구조의 그물 속에 있기 때문이다.

---

103 법화경 제3의 끝에 화성의 비유를 설한 化城喩品. 여러 사람이 보물이 있는 곳을 찾아가다가 그 길이 험해 지쳤을 때 인도자가 신통력으로 임시로 큰 성을 만들어 쉬게 한다. 인도자는 사람들의 피로가 회복되자 화성을 없애고 보물이 있는 곳에 이르게 했다는 내용. 이 화성은 방편교의 깨달음에, 보물이 있는 곳은 진리교의 깨달음에 비유하고 있다.

이별은 미의 창조입니다.

이별의 미는 아침의 바탕(質) 없는 황금과 밤의 올(絲) 없는

검은 비단과 죽음 없는 영원의 생명과 시들지 않는 하늘의

푸른 꽃에도 없읍니다.

님이여, 이별이 아니면 나는 눈물에서 죽었다가 웃음에서

다시 살아날 수가 없읍니다. 오오, 이별이여.

미는 이별의 창조입니다. (「離別은 美의 創造」, 43쪽)

이 시는 제1행에서 '이별은 미의 창조'라는 은유에 의해 이별의 의미를 말해주고 있다. 이별의 아름다움을 '아침의 바탕 없는 황금', '밤의 올 없는 검은 비단', '죽음 없는 영원의 생명', '하늘의 푸른 꽃'으로 찬미한다.

이별이라는 부정적인 상황이 현상계 최대의 아름다움과 신비를 나타내는 것에 비유됨은 '이별의 미'가 상징세계의 언어와 이법으로 설명되지 않는 아름다움을 지니고 있고 현상계에 속한 것이 아님을 암시한다. 그러므로 시적 화자는 그 뚜렷한 의미를 '이별이 아니면 나는 눈물에서 죽었다가 웃음에서 다시 살아날 수가 없읍니다'라고 하여 이별은 주체에게 눈물-죽음을 초래하면서도 '웃음-삶'으로 전도되는 동기이다. 그러므로 이별의 일반적 의미인 '눈물-죽음'이 '웃음-삶'으로 전환되는 모순적 은유가 이별의 정당성을 획득하게 하고 이별이 가지고 있는 일반적 의미를 뛰어넘는다고 할 수 있다.

그러므로 '눈물에서 죽음-웃음에서 다시 살아남'이라는 대립적 계열체의 전환은 곧 '창조'를 의미한다. 이와 같은 이별의 역동적 전이는 '슬픔의 힘'이 분리의 상황을 초극하는 정신작용으로서 역할 하는 것과 동일한 선상에 있다고 하겠다. 그러므로 이별의 창조적 가치와 미라는 절대적 가치는 등가적 가치에 놓이게 된다.

그러나 늙고 병들고 죽기까지라도 당신 때문이라면 나는
싫지 않아요.
나에게 생명을 주든지 죽음을 주든지 당신의 뜻대로만 하셔요.
나는 곧 당신이어요. (「당신이 아니더면」, 56쪽)

늙고 병들고 죽어도 당신으로 인한 것이면 싫지 않는 것은 당신 곧 님은 나
의 존재의 목적이고 이상이기 때문이다. 즉 내 안에서 당신을 실현하는 것은
사랑의 완성이므로 위대한 사랑을 이루기 위해 삶과 죽음을 불사하겠다는 주
체의 의지는 불완전한 자아를 해탈하여 무아(無我)의 열반으로 들어가려는
것을 의미한다. 니르바나는 불완전한 자아, 즉 가아(假我)의 죽음이며 무아
(無我), 진아(眞我)의 획득이다.

> '니르바나(nirvana)'의 '니르'는 부정사이고, '바나'는 '불다'의 뜻이다.
> '니르바나'는 '불어서 끄다'라는 뜻이다. '니르바나'의 음역이 '열반(涅槃)'
> 과 '니원(泥洹)'이고 '니르바나'의 의역이 '멸(滅)' '적(寂)' '적멸(寂滅)' 등
> 이다. 원효는 공덕이 멸한다는 덕멸(德滅)을 '영영 여읜다는 뜻으로 모든
> 공덕이 모양(相)을 여의어, 자성(自性)을 지키지 않고 서로 일미(一味)가
> 됨을 이른다고 말하고 있다. 공덕이 멸하고 개성이 멸해서 한편으로는 자
> 아가 사라진다. 그리고 자신으로부터 벗어나 해탈을 하는 것이고, 이것이
> 온 그대로 여래이며, 열반이라는 것이다. 이때의 나는 '작은 나(小我)'가
> 아니고 '큰 나(人我)'이다. '작은 나'가 없어 '큰 나'라고 하지만, 여기 '나'
> 라는 것은 없다. 그래서 '없는 나(無我)'로 표현되기도 한다.[104]

104 김원명, 「원효의 열반론 소고-원효의 『열반종요』에서 열반의 이름과 의미를 중심으로-」, 「인문학연구」 제9집,
한국외대 외국학종합연구센터 인문과학연구소, 2005. 1. 136쪽.

'없음(Nichts)'은 '바탕 없이 깊은 곳(die abgruendige Tiefe)', 즉 우리가 그 속으로 떨어질 수 있고, 결국 떨어져야만 하는, 그러나 결코 어떠한 끝에도 다다를 수 없는 그러한 '깊은 곳'이다. '없음'은 결코 그치지 않는다. 그것은 모든 한계지음, 모든 규정지음을 거부한다. 그러므로 '아무것도 없음'의 부정성(Negativitaet)은, 모든 의미에서 끝없는(endolos), 따라서 '끝날 수 없는 것(un-endlich)'으로서 입증된다. (241-242쪽)

어떠한 이름도 명명되지 않는 곳에서 다만 침묵함(Schweigen)만이 남게 된다. 이러한 침묵함은 '아무것도 없음(das Nichts)'의 경험에 의해 상응한다. 그것도 그 없음이 말하지 않는다는 방식을 말이다. (264쪽)

여기서 우리들의 관심사는 불교의 다양한 역사적 현상들을 분석하는 것이 아니라 불교의 중심개념, 예컨대 니르바나의 개념을 지적하는 것이다. 니르바나(das Nirvana)는 '아무것도 없음(das Nichts)'이다. (264쪽)[105]

니르바나와 벨테의 '아무것도 없음'의 개념이 동일하게 다루어지고 있고 이 '아무것도 없음'이 침묵함을 의미할 때 상징계의 질서는 해체되어 공(空)으로 돌아가게 된다. 공(空)이란 말 그대로 '없는 것', '비어 있는 것'이기도 하고 없는 채로 있는 것이기도 하다. 「달을 보며」에서 '나는 곧 당신이어요'나 '아아, 당신의 얼굴이 달이기에 나의 얼굴도 달이 되었습니다'는, 원래 '나'와 '님'은 하나였고(一) 이별한 현재 상황(二)이지만, 결국 不一不二로 돌아가며 '당신의 얼굴' - '나의 얼굴'이 '달'이 되었듯이 둘로서 하나임을 나타내고 있다. 이는 '나'와 '님'의 동일시, 즉 '나'의 님에 대한 동일시이다. 이것이 가능하기 위해서는 '나'의 철저한 비움을 전제로 한다. 無我란 즉 '나'의 철저한 비움

---

105 B. 벨테, 구연상 옮김, 「'무(無)'의 빛」, 「인문학연구」 제8집, 한국외대 외국학종합연구센터 인문학연구소,
2003. 12, 241-241, 264, 266쪽.

을 의미하고 그 비운 자리에 '님'으로 꽉 차며 그때 나는 곧 님이 되고 님이 곧 내가 된다. 이러한 '비움'은 자기 부정과 자기희생을 필연적으로 필요로 한다.

한용운이 「心」이라는 시의 마지막 행에서 '심은 절대며 자유며 만능이니라'라고 진술할 때, 우리가 가진 마음이 미크로코스모스이면서도 마이크로코스모스이며, '비움'의 가능성은 心이 가진 자유와 만능성의 증거라고 할 수 있겠다. '님'이라는 영원한 존재는 자기 부정과 자기희생이라는 '비움'의 완전성에 도달할 때 '나'는 '님'을 닮은 모습으로 새로운 생명, 거룩한 변모를 하게 된다. 자기 부정과 자기희생은 비움의 과정이고 거기에 놓여 있는 주체의 죽음은 필연적으로 수반되며 '비움'의 극치에서 새로운 주체는 태어난다. 그때의 주체는 大我이다.

이상의 고찰에서 쏙독새는 켄지 문학에서 존재의 부족함을 암시하는 표상이다. 이 존재의 부족함은 쏙독새가 가진 외관의 추함으로 표현되고 있고 진리의 완전함에 비추어 보았을 때 오는 '보기 흉함'이다. 이 부족함과 그로 인해 주위의 관계 속에서 오는 균열이 쏙독새가 天의 세계를 비상하게 하는 원인이 된다. 쏙독새의 이름을 개명하라는 매의 위협은 쏙독새의 생존권을 위협하고 그런 의미에서 쏙독새에게 자유는 주어지지 않는다. 이름을 바꾼다는 것은 매의 권력의지에 의해 쏙독새라는 존재가 파국을 맞고 굴욕적 관계를 맺어야 하는 운명에 처한다. 이러한 외적인 요인과 쏙독새 내부의 먹이사슬의 법칙에 의해 다른 생물을 잡아먹고 살아야 하는 그가 이 법칙성으로부터 자유로울 수 있는 길은 존재로서의 무거움에서 가벼움을 획득하는 길밖에 없는 것이다. 새라는 모티브가 하늘과 지상을 매개하는 사물이며, 쏙독새의 비상은 죽음을 전제로 하고 있다. 여기에서 쏙독새의 비장하고 숭고한 죽음은 자기희생이다. 그 자기희생은 천상적 가치의 상징인 별로서 환생함으로써 더 큰 가치, 또는 사랑을 목적으로 하고 있다.

한용운의 시집 『님의 침묵』에서도 시적 화자인 나는 님과 일체가 되고자 「나룻배와 行人」, 「복종」 등에서 나타난 바와 같이 자기 부정과 희생의 모습으로 표현되고 있다. 이때의 자기희생은 불완전한 자아를 해탈하는 무아(無我)의 니르바나이다. 그러므로 무아란 주체의 철저한 비움이다. 또한, 니르바나는 번뇌를 불어서 끈다는 의미이므로 시적 화자인 '나'의 님으로부터 겪는 분리의 고뇌가 가아(假我)를 버림으로써 적멸에 들었다고 할 수 있다.

4) 소멸의 결과 – '天' 지향과 주체의 죽음

주체의 죽음이란 자기 부정과 자기희생의 극점에서 '나'를 포기하는 것을 의미한다. 본절(本節)에서는 켄지 문학에서 나타나는 '天' 지향과 한용운 시에서 표현된 주체의 죽음을 중심으로 살펴보고자 한다.

한용운은 「自我를 解脫하라」(276-277쪽)에서 '일체의 해탈을 얻고자 하는 자는 먼저 자아를 해탈할지라'라고 하면서 이 길이 '수양의 한 길'에 의하여 가능함을 역설하는데 그것이 모두 나와 마음에 달렸다고 한다. 이는 자아를 포기함을 의미한다.

이와 같은 자아 포기는 완전한 사랑을 위해서 필연적으로 거쳐야 하는 단계이다. 한용운과 켄지의 시에서 드러나는 내적 투쟁은 죽음마저도 긍정적인 가치로 전환하고 있다. 한용운의 시에서 죽음의 개념은 이별의 하위 개념으로 나타나고 있다. 그 이유는 이별의 분리로부터 합일에 도달해야 하므로 그 도상에 있는 자기 부정과 자기희생은 합일을 위한 과정에 지나지 않기 때문이다.

켄지의 동화 「쏙독새 별」에서 쏙독새는 자기 자신의 '흉함'과 존재악이라는 내면적 고뇌와 외부적 고뇌인 매로부터의 위협에서 벗어날 수 있는 길을 '하늘 저편'으로 비상하는 것이라 여겼다. 이것은 지상의 생물인 쏙독새가 천상계의 별로 재생하는 것이며 여기에 반드시 죽음의 과정이 있다는 점이다.

지상의 생물로서 쏙독새의 죽음은 주체의 죽음에 다름 아니다. 그러나 이 죽음은 쏙독새 자신의 선택에 의한다. 물론 거기에는 내부와 외부의 압박이 있었지만, 천상계를 향한 비상은 자발적이고 적극적인 선택이었다.

> 그리고 얼마 지나 쏙독새는 분명히 눈을 떴습니다. 그리고 자신의 몸이 지금 인광처럼 푸르고 아름다운 빛이 되어 타고 있는 것을 보았습니다. 바로 옆은 카시오페이아자리였습니다. 은하수의 푸르고 하얀 빛이 바로 뒤에 있었습니다. 그리고 쏙독새 별은 계속 불탔습니다. 언제까지나 언제까지나 계속 불탔습니다.
>
> (それからしばらくたつてよだかははつきりまなこをひらきました。そしてじぶんのからだがいま燐の火のやうに青い美しい光になつて、しづかに燃えてゐるのを見ました。
> すぐとなりは、カシオピア座でした。天の川の青じろいひかりが、すぐうしろになつてゐました。そしてよだかの星は燃えつづけました。)
>
> (『전집』 제7권, 89쪽)

쏙독새는 지상에서 비상하여 죽음으로써 천상계의 별로 다시 태어났으며, 물론 이러한 환생은 불교적 요소와 밀접한 관련을 맺고 있다.

이는 만가군의 시들에서 토시코의 사후 환생처를 찾는데 주력하는 켄지의 모습에서도 동일하게 나타난다. 여기에서 주목되는 것은 별이 갖는 이미지로, 별은 천상적 질서의 상징으로써 아름다움을 의미하는 정신의 빛으로 구상화된 것이고 도달하고자 하는 이상적 가치에 대해 지향을 지시한다고 하겠다. 쏙독새의 이상적 가치를 지향하기 위한 분신은 필연적으로 죽음을 동반한다. 그래서 쏙독새는 별, 태양 등에게 '제발 나를 당신이 있는 곳으로 데려가 주세요. 타 죽어도 상관없어요'라고 애원하는 것이다. 생김새가 다른 새들보다도

보기 흉하여 멸시를 받는 쏙독새의 이미지는 불경보살[106]과 데쿠노보(テクノ
ボ_)[107] 사상과도 관련이 있다 하겠다. 쏙독새가 자신의 몸을 태우고 별로 환
생하는 것은 주체의 죽음이 가져온 새로운 주체의 출현을 의미한다고 하겠다.
『은하철도의 밤』에서 캄파넬라가 주인공 죠반니에게 해준 전갈좌에 얽힌 이
야기도 쏙독새의 죽음을 전제로 한 천상 지향과 일맥상통하고 있다.

  아아, 나는 지금까지 얼마나 많은 목숨을 빼앗았는지 몰라. 그리고 바
로 그 내가 이번에는 족제비에게 잡힐 뻔했을 때는 그렇게도 열심히 도망
쳤어. 하지만 드디어 이렇게 되고 말았어. 아아, 아무것도 의지할 수 없구
나. 왜 난 내 몸을 멈추어서 족제비에게 주지 않았을까. 그랬다면 족제비
도 하루 더 살았을 텐데. 부디 신이여, 제 마음을 보십시오. 이렇게 허무하
게 목숨을 버리지 않고 부디 이 다음에는 진정한 모두의 행복을 위해 제
몸을 써 주세요. 라고 했대. 그랬더니 어느샌가 전갈이 새빨갛고 아름다운
불이 되어 타올라서 밤의 어둠을 비추고 있는 것을 보았대. 지금도 불타고
있다고 아버지가 말씀하셨어. 정말 저게 바로 그 불이야.

  〔ああ、わたしはいままでいくつのものの命をとったかわからな
い、そしてその私がこんどいたちにとられやうとしたときはあんなに
一生けん命ににげた。それでもたうたうこんなになってしまった。あ
あなんにもあてにならない。どうしてわたしはわたしのからだをだま
っていたちに呉れてやらなかったらう。そしたらいたちも一日いきの
びたらうに。どうか神さま。私の心をごらん下さい。って云ったとい

---

106 不輕菩薩은 거지승의 모습으로 중생들에게 다가가, 굳이 설교를 하지 않고 사람들에게 합장 예비하고「我
    敢へて汝等を輕しめず 汝等皆 当に作佛すべきが故に」라고 중생의 마음에 있는 불심을 눈뜨게 하려 했다.
    사람들이 막대기로 때리고, 돌을 던지며 욕설을 하면 피해 도망가지만. 또한, 멀리서 예비하기를 그만두지
    않는다는 보살.
107 법화경의 不輕菩薩品에 나오는 불경보살의 이미지를「土偶坊」라는 희곡과 시「不輕菩薩」에 쓰고 있으며 시「비에
    도 지지 않고(雨ニモマケズ)」의 시구에 '모두에게 바보라 불리고(ミンナニデクノボ_トヨバレ)'가 있다.

ふの。 そしたらいつか蠍はじぶんのからだがまっ赤なうつくしい火に
なって燃えてよるのやみを照らしてゐるのを見たって。 いまでも燃え
てるってお父さん仰ったわ。 ほんたうにあの火それだわ。）

（『전집』 제10권, 163쪽）

　이 이야기는 한 마리의 전갈이 족제비에게 쫓겨서 죽게 되었을 때, 우물에
빠져 죽는 순간에 신에게 바치는 기도의 일부이다. '다음엔 진정한 모두의 행
복을 위해 제 몸을 써 주세요'라고 하는 전갈의 소망은 이루어져서 밤의 어둠
을 비추는 별로서 다시 태어난다. 전갈의 이 말은 모든 이들의 행복을 위해 자
기희생을 함으로써 소아(小我)를 버리고 대아(大我)를 성취하고 있다. 그러므
로 쏙독새와 전갈의 자기희생은 어디까지나 천상세계를 지향하고 있고, 그 죽
음은 몸이 불타는 분신(焚身)의 형태를 띠고 있다. 그리고 「영결의 아침」에서
토시코가 '보드랍고 창백하게 불타고 있는/ 나의 갸륵한 누이'라고 지칭되었
듯이 쏙독새와 전갈과 같이 연소되는 이미지로 그려지고 있다. 이것은 촛불의
연소와 동일한 이미지이다.

　쏙독새의 자기 구제를 위한 죽음과 다른 자기희생으로 타인을 구하는 이타
성의 죽음은 『은하철도의 밤』에서 그려지고 있다.

　　그렇지만 저는 아무래도 이분들을 돕는 것이 의무라고 생각했기 때문에
　　앞에 있는 아이들을 밀치려 했습니다. 하지만 또한, 그렇게 하여 도와드리
　　는 것보다는 이대로 신의 앞으로 모두 가는 편이 정말로 이분들의 행복일
　　것이라고도 생각했지요. 그리고 또한, 그 신을 등지는 죄는 저 혼자 지고
　　꼭 도와주려고 생각했습니다.
　　(それでもわたくしはどうしてもこの方たちをお助けするのが私の義
　　務だと思いましたから前にゐる子供らを押しのけやうとしました。 け
　　れどもまたそんなにして助けてあげるよりはこのまゝ神のお前にみん

なで行く方がほんたうにこの方たちの幸福だとも思ひました。それか
らまたその神にそむく罪はわたくしひとりでしょってぜひとも助けて
あげやうと思ひました。)(『전집』제10권, 153쪽)

　위의 인용은 죠반니와 캄파넬라가 은하 여행 중 기차 안에서 만난 청년과 남매의 이야기이다. 여기서 '저'는 아이들의 가정교사 청년이며 이 청년의 헌신성이 드러나는 부분이다. 침몰해 가는 타이타닉호에서 보트를 타려고 몰려 있는 아이들을 밀쳐내고 자신이 맡은 남매를 보트에 태우려 하지만 그러기 위해서는 다른 아이들의 차례를 빼앗아야 하는 비겁함을 전제로 해야 한다. 그래서 청년은 그렇게 해서 그들의 목숨을 구하는 것보다 자신이 두 아이들과 함께 신의 앞으로 가는 쪽으로 정한다. 이와 같은 결심에서 신을 등지는 죄를 자기 혼자 다 진다는 희생정신을 보여준다. 그리고 아이들만 탄 보트는 거기에 탄 아이들의 생명을 그 누구도 보장할 수 없기 때문에 청년의 입장에서는 자신의 결정을 신을 등지는 죄라고 생각한다. 여기서 중요한 점은 청년이 '죄는 저 혼자 지고 꼭 아이들을 도와주려 했다'라는 자기희생의 실천적 측면을 보여주고 있다는 점이다.

　'신'은 여기에서 기독교의 신이다. '신의 앞'에 나아간다 함의 기독교의 천국, 즉 천상의 세계이다. 그러므로 주체가 죽어서 도달하려는 천상적 가치는 주체가 고뇌로부터 해방되기 위한 지향점이며 옹색한 자아를 초월하는 비전 내지는 상징이다. 이와 같은 天 지향은 「무성통곡」에서 '부디 고운 얼굴을 하고 / 새롭게 하늘에 태어나줘'라고 하는 시적 화자의 소망과 일맥상통하고 있다.

　온다(恩田逸夫)는 「봄과 수라」에 나타난 天의 의미를 분석한 논문에서 다음과 같이 말하고 있다.

〈천공〉은 훌륭한 가치를 가진 것으로 생각된다. 그리고 〈사람〉이 어떻게
살아야 하는가의 의지처를 가리키는 것으로 되어있다.
(「天空」は、すぐれた価値を有するものと考えられている。そして「人」
がいかに生きるべきかの拠り所を示すものとされているのである。)[108]

인간의 정신적 지주로서 天은 자리매김하고 있고 이러한 天 지향적 의식은
시「영결의 아침」에서도 나타나고 있다.

> 부디 이것이 천상의 아이스크림이 되어
> 너와 모두에게 성스러운 양식이 되도록
> 내 모든 행복을 바쳐 빌겠다.
> (どうかこれが天上のアイスクリームになつて
> おまへとみんなとに聖い資糧をもたらすやうに
> わたくしのすべてのさひはひをかけてねがふ)

(138쪽)

'이것'이 지시하는 것은 시적 화자인 '나'가 누이동생 토시코를 위해 떠 온
'두 그릇 눈'을 말한다. 그리고 두 그릇 눈이 '천상의 아이스크림'이 되어 토시
코를 포함한 모든 사람에게 '성스러운 양식'이 되도록 시적 화자는 소망하고
있다. '내 모든 행복을 바쳐서'는 피안의 세계로 가는 토시코를 향해 시적 화
자의 다짐을 보여주는 부분으로 천의 세계를 지향하기 위해서는 내 모든 행
복을 바쳐야 이루어지는 것임을 의미한다고 하겠다. 그러므로 시「봄과 수라」
와 「영결의 아침」에 나타난 주체의 분열은 내적 외적 고뇌부터 초월하는 쏙독
새적인 죽음과 「은하철도의 밤」의 청년과 캄파넬라의 타인을 위한 희생적 죽

---

108 恩田逸夫,「宮沢賢治における「天」の意識」,『武蔵野女子大學紀要』3권, 武蔵野女子大学文化学會, 1968, 12쪽.

음, 어느 것이나 주체의 죽음으로 얻어지는 천상적 세계의 지향이다. 이와 같은 주체의 죽음은 상징계에서 불가능하며 상징계의 갈라진 틈으로 언뜻 보이는 초월세계의 가치들이라 할 수 있다.

한편 이인복은 한용운의 『님의 침묵』의 시 88편 가운데 직접 「죽음」 또는 「죽다(死)」의 활용형이 나오는 시는 24편이고 죽음의 이미지가 분명하게 드러난 것은 그보다 훨씬 많다[109]라고 언급하고 있다. 또한, 한용운이 『죽음』이라는 소설을 집필한 것을 보아도 그가 사랑과 이별 이외에 죽음의 문제를 해명하고자 애썼다는 점을 알 수 있겠다.

한용운의 시에서 여러 가지 의미로 읽히는 죽음 중에서 본고와 관련되는 주체의 자기 부정 또는 희생의 의미로서 쓰인 부분을 살펴보기로 한다.

나의 가슴은 당신이 만질 때에는 물같이 보드랍지마는 당
신의 위험을 위하여는 황금의 칼도 되고 강철의 방패도 됩니다.
나의 가슴은 말굽에 밟힌 낙화가 될지언정 당신의 머리가
나의 가슴에서 떨어질 수는 없습니다.
그러면 쫓아오는 사람이 당신에게 손을 댈 수는 없습니다.

오셔요, 당신은 오실 때가 되었습니다. 어서 오셔요.

당신은 나의 죽음 속으로 오셔요. 죽음은 당신을 위하여는
준비가 언제든지 되어 있습니다.
만일 당신을 쫓아오는 사람이 있으면 당신은 나의 죽음의
뒤에 서십시오.

---

109 이인복, 「韓國文學에 나타난 죽음意識 硏究 - 素月과 萬海의 比較硏究를 中心으로 하여 -」, 숙명여대 대학
    원 박사학위 논문, 1978. 8. 131쪽.

죽음은 허무와 만능(萬能)이 하나입니다.

죽음의 사랑은 무한인 동시에 무궁입니다.

죽음 앞에는 군함(軍艦)과 포대(砲臺)가 티끌이 됩니다.

죽음의 앞에는 강자(强者)와 약자(弱者)가 벗이 됩니다.

(「오셔요」, 80쪽)

이 시는 오랜 기다림 끝에 님과의 재회를 재촉하는 '나'의 주문과도 같은 시이다. 그러므로 시적 화자는 얼마 안 있으면 맞이할 재회를 격앙된 모습으로 주문을 거는 것이다. '당신을 쫓아오는 사람'의 존재는 님과 나의 만남을 방해하는 자로서 님과 나의 만남에 따르는 역경을 암시한다. '당신의 위험'을 위해서는 '황금의 칼'과 '강철의 방패'와 같은 강한 물질적 이미지를 통하여 저항하려는 나의 님에 대한 희생정신을 표현한다. 그리하여 '나의 가슴'이 '말굽에 밟힌 낙화'가 될지라도 '당신의 머리'와 '내 가슴'은 '나비와 꽃(나–당신)'의 관계의 역전인 걸로 보아 나–님은 님–나도 될 수 있음을 의미함으로써 님과 나는 하나임을 의미한다. 그러므로 나는 언제든지 당신을 위해 죽을 준비가 되어있다고 말함으로써 당신과의 만남을 위해 죽음까지도 불사하겠다고 한다. 이와 같은 나의 태도에 대해 이혜원은 '죽음을 각오하는 희생의 결단은 님과의 만남이라는 희망과 일견 모순되어 보이지만 만남의 진정한 주체가 '나'이고 님과의 만남이 궁극적으로는 나의 완성을 지향한다는 관점에서 이해할 수 있다'[110]라고 언급하고 있다. 즉 진정한 사랑을 위해서는 죽음이라는 자기 부정과 자기희생의 행위는 필연적으로 요구되는 것이다. 왜냐하면, '죽음의 사랑'은 만능, 무한, 무궁이기 때문이다. 이와 같은 죽음의 힘 앞에서 군함과 포대와 같은 무력은 티끌이 된다. 님에 대한 나의 기다림이 고통과 인욕의

---

110 이혜원, 「한용운·김소월 시의 비유 구조와 욕망의 존재 방식」, 고려대 박사 논문, 1996. 7, 102쪽.

세월이었고 그 세월을 견디게 해 준 것은 '나'의 님에 대한 철저한 헌신이었다. 그것은 죽음, 즉 나의 죽음을 전제로 하는 것에 다름 아니다.

불완전한 자아를 가진 '나'가 썩지 않으면 '나'는 님을 닮을 수 없는 것과 같은 논리이다. '나'가 죽음으로써 님은 어느새 '나'가 되어있고, '나' 또한, 님이 되어있는 것이다. 이 죽음을 통과한 사랑의 극치가 곧 무아(無我 또는 니르바나)이며 여기에서 가아(假我)는 죽고 진아(眞我)가 생성되고 있다고 하겠다. 자아 포기로써 나를 완성하여 완전한 사랑을 획득하게 하는 역설적 진리야말로 한용운의 『님의 침묵』에 작동하는 원리이다. 이 자기 비움의 과정이 전편의 시에 수놓아져 있다. 그의 시집은 이별의 아픔과 눈물과 기다림의 탄식이 있는 반면, 그것을 초극하려는 '황금의 칼'과 '강철의 방패'와 같은 유연성과 견고성의 두 정서가 서로 교차하면서 짜낸 한 필의 비단이라 할 수 있겠다. 그와 같은 죽음을 통과한 '나'의 사랑은 「冥想」과 「七夕」에서, 전자의 시에서는 '그의 가슴에 천국(天國)을 꾸미려고 돌아왔읍니다'라고 진술되고 있다. 후자의 시에서는 견우와 직녀의 사랑이 표현임을 비판하면서 '사랑의 신성(神聖)은 표현에 있지 않고 비밀에 있읍니다'라고 함으로써 그들의 사랑을 부정하고 있다. '비밀에 있읍니다'라는 의미는 앞에서 다룬 '아무것도 없음(das Nichts)'에 대한 종교적 경험의 증언이라고 할 수 있다. 그것은 님이 침묵하는 상태가 곧 '아무것도 없음'을 의미하기 때문이다.

이상으로 제2장에서는 주체의 소멸을 1) 소멸의식 2) 소멸의 표상 3) 소멸의 실상 4) 소멸의 결과의 네 영역으로 나누어 살펴보았다. 이 장에서 중요한 개념은 불교 사상의 핵심인 니르바나이다. 본고에서는 니르바나를 주체의 소멸로 파악하였다. 그것은 사랑의 극치로서 주체의 완전한 자기희생, 즉 자기비움에 의해 성취된다. 이 경우에 주체는 곧 타자가 됨으로써, 주체 안의 타자와 일치하게 된다. 불교적 어법을 빌리면 인간에게 내재한 불성(佛性), 또는 가톨릭시즘의 신성(神性)을 발견하여 드러내는 것이다. 주체와 타자의 분리가 극복된 이 일치 속에서 번뇌는 사라지고 완전한 사랑만이 존재한다. 주체와 타자의 일치는 라캉적 구조가 절단되는 것을 말한다. 1) 소멸의식에서는 자기 부정과 자기희생을 중심으로 고찰하였다. 자기 부정과 자기희생은 타고르가 말하는 자아 이기주의의 한계를 넘기 위한 주체의 적극적인 의지에서 비롯된다. 켄지 시에서 이 자기 부정은 긍정적 수라 의식에서 나온 것으로 자기 내면의 부족함을 가리키는 '보기 흉함'으로 표현되고 있다. 이와 같은 자기 부정 정신은 '엉터리 관찰자' '쭉정이 여행자'라고 '내 안'의 나에 의해 비판된다.

한용운의 시에서 자기 부정과 자기희생은 「나룻배와 行人」과 「服從」에서 명백히 표현되고 있다. 전자에서 나룻배의 행인에 대한 희생은 『님의 沈黙』에서 님이 점하는 위치를 고려할 때 주체의 님과 합일하기 위한 자기희생으로서 타고르가 말하는 더 큰 사랑의 확대를 위한 길이다. 후자에서 시적 화자는 님에 대한 철저한 복종에 의해 대해탈, 즉 자아 포기를 이루고 있다. 복종은 님과 일치하고자 하는 주체의 적극적인 의지에서 비롯되는 행위 양식이다. 2) 소멸의 표상으로 분신과 '體刑'을 들 수 있다. 켄지 시에서 주체의 자기 부정과 자기희생 정신이 신체로 표현되었을 때 분신(焚身)으로, 분신을 지향하는 원인이 토시코와 같은 덕성을 닮아가고자 할 때, 토시코는 시적 화자의 분신(分身)으로써 표현되고 있다. 또한, 긍정적인 수라와 부정적인 수라가 분열하여 대립하는 내면의 압력이 폭발할 때는 산체(散体) 지향으로 가고 있다. 이것은 의식에서 해체 지향으로 흐르는 것과 맥을 같이하고 있다.

한용운 시에서 주체의 님 지향성은 「의심하지 마셔요」에서 체형(體刑)과 자유형(自由刑)으로 표상되고 있다. 님의 명령이라면 '생명의 옷'까지도 벗겠다는 주체의 적극적인 의지는 죽음마저도 가벼이 하겠다는 결연한 태도에서 비롯된다. 그리고 두 시인은 주체의 소멸 의지를 십자가에 비유함으로써 기독교적 상상력을 동원하고 있고 이는 종교적 진리의 보편성에 바탕을 두면서 그들 문학의 토양을 풍부하게 하고 있다. 「오오츠크 만가」에 표현된 십자가는 켄지가 겪는 고통의 극한 상태를 의미하고 있다. 한용운의 시 「葡萄酒」는 십자가 상의 예수가 흘리는 피로써 자기 수정과 완성을 내포하는 알레고리로 쓰였다. 켄지의 분신이나 한용운의 체형(體刑)이 모두 죽음을 전제로 하는 주체의 소멸 의지이다.

3) 소멸의 실상으로서 쏙독새의 비상과 나룻배를 설정하였다. 쏙독새는 켄지의 동화에서 존재의 부족함을 표상하는 것이다. 켄지의 시와 동화가 시에서 동화로 즉, 운문에서 산문으로 표현되는 것을 염두에 둘 때 이 쏙독새는 「흰 새」와 「아오모리 만가」의 새를 다루는 만가들과 같은 맥을 잇고 있다. 「흰 새」가 토시코의 환생물이고, 토시코를 시적 화자가 닮아가야 할 덕성을 갖춘 천인으로 표현하고 있는 점에서 쏙독새의 죽음을 전제로 한 천상세계로의 비상은 새가 지니는 원형상징으로까지 발전한다. 천상의 세계에 비상하려는 쏙독새는 '보기 흉함' '존재악'으로부터 탈주하려는 주체의 욕망을 대변하기도 한다. 주체는 상징세계에 발을 딛고 있는 만큼 이미 분리된 타자에게 의존하여 완전성에 도달할 수밖에 없으므로 스스로 자기를 완성해야 한다. 상징세계의 주체로서 타자와 분리되어 온전히 스스로의 힘으로 완성에 도달하는 것은 고독과 고통을 담보로 해야 한다. 이러한 주체의 역사의 각 단계는 하나의 초월이고 파괴하는 과정이다. 상징세계에서 굴복한 주체의 역사는 끊임없이 이탈하면서 자기를 찾는 탐구의 변증법으로서 역할을 한다.

한용운 시에서 나룻배는 행인에 대한 기다림과 헌신에서 존재 이유를 발견할 수 있다. 나룻배의 자기희생은 누군가의 강요에 의해 이루어지는 것이 아니라 자발적인 헌신이다. 나룻배의 자기희생은 종교적 고행이며, 자기희생의 극치는 니르바나, 즉 무아(無我)이다. 무아(無我)란 분리 상태의 가아(假我)를 극복한 것이다. 『님의 沈默』에서 이별이 주체에게 눈물-죽음을 초래하면서도 웃음-삶으로 전환될 수 있는 것은 이별이 가지고 있는 일반적인 의미를 뛰어넘고 있기 때문이다. 님과의 이별로 인한 님의 부재는 곧 '아무것도 없음(das Nichts)', 즉 니르바나에 의해 극복된다. '아무것도 없음'이 완전한 있음이 될 수 있는 이유는 여기에 있다. 완전한 있음이란 타고르가 말하는 사랑의 극치인 것이다. 무아(無我)란 철저한 '비움'이며 그 완전한 비움이 완전한 있음이 되기도 한다. 그래서 니르바나는 있는 것이기도 하고 없는 것이기도 한 것이다. 이것을 불교에서는 진공묘유(眞空妙有)라 한다.

4) 소멸의 결과로서 '天' 지향과 주체의 죽음을 다루었다. 천상을 지향한 쏙독새의 죽음이 자기 구제를 위한 죽음을 전제로 했다면 「은하철도의 밤」에서 자기희생으로 타인을 구하는 이타성의 죽음은 가정교사 청년을 통하여 표현되고 있다. 이 두 죽음이 모두 천상세계에 지향점을 두고 있고 전자가 소승에서 벗어나 대승을 향한 것이었다면 후자는 대승 정신의 실천으로 그려지고 있다는 점이다. 쏙독새적 죽음은 개인의 '보기 흉함'이나 존재악과 같은 번뇌로부터 탈주하는 것이며, 가정교사 청년의 죽음은 쏙독새적 단계를 지나 타인을 위해서 자기 목숨을 버리는 태도에서 비롯된다. 이와 같은 천상 지향은 「무성통곡」의 '부디 고운 얼굴을 하고/ 새롭게 하늘에 태어나줘'와 「영결의 아침」의 '천상의 아이스크림'으로 표현되고 있다.

한용운의 시 「오셔요」에서 '죽음의 사랑'은 만능, 무한, 무궁이다. 이는 자기 부정과 자기희생을 거쳐야 하며 시적 화자인 나의 님에 대한 철저한 헌신의 결과 이루어질 수 있는 것이다. 시집 『님의 沈黙』은 이별의 아픔, 눈물과 기다림의 탄식이 있는 반면 그것을 초극하려는 '황금의 칼'과 '강철의 방패'와 같은 두 정서가 서로 교차하고 있다. 또한, 한용운의 시에서 표현되는 죽음은 부재하는 님과의 재회를 하기 위해 주체가 선택할 수밖에 없는 필연적인 삶의 형식이다. 그러나 이 죽음은 죽음으로 끝나지 않고 새로운 주체를 창출하기 위한 데 지나지 않는다.

3 | 주체의 복권

불교의 세계관에서 모순의 초극을 무(無) 또는 공(空)이라는 말로 함축하고 있으며 연기(緣起)의 이법 그 자체도 불일불이(不一不二)의 법으로써, 생이 있으면 사가 있고 사가 있으면 생이 있다는 논리를 가지고 있다. 이때 不一이란 개별적(차별상)인 존재를 의미하고 그것은 궁극적으로 동일한 존재(不二)라는 뜻이다. 이것은 대승불교의 교조 용수(龍樹, Nagarjuna)의 이체설(二諦說)과도 그 맥을 같이하고 있다. 용수의 이체설은 속체(俗諦)와 제일의체(第一義諦)로 나누고 있다. 전자는 현상계에 입각하여 제법을 관찰할 때 우주만물은 하나도 부정할 것 없이 실상 그대로 존재함을 의미한다. 후자의 경우는 본체계에 입각하여 볼 때 모든 만유는 무자성(無自性)한 것으로 결국 공하지 않는 것은 하나도 없다는 인식이다. 즉 속체는 有이며 제일의체는 공(空)이다.

자기 부정과 자기희생이 주체의 모순을 초극하는 '무' 또는 '공'이라고 불교의 가르침은 이야기하고 있다. 이와 같은 '무'와 '공'은 불이(不一)의 분리된 세계가 통합된 세계 불이(不二)임을 나타내는 것이다. 즉 주체의 복권은 불일불이(不一不二)의 통합된 세계로써 일(一)로 귀의 되는 세계이다.

타고르는 인간의 궁극적인 목적을 '신과의 결합을 통하여 만유에 침투하고 전체와의 연관을 실현하는'(136쪽) 것이라고 했다.

여기에서 신이란 그의 말에 의하면 '전체의 생명이요, 빛이 되는 존재요, 세계의식이 되는 존재로서 브라흐마'(138쪽)라고 하고 있다. 이처럼 그의 사상의 뿌리는 힌두적 전통과 불타의 가르침에 기반을 두고 있음을 알 수 있다.

> 필자에게는 우파니샤드의 시편들과 불타의 가르침이 항상 영적인 것이었으며, 따라서 무한한 생명의 성장을 힘입어 왔다. (130쪽)

인용된 내용에서 타고르는 힌두교의 경전인 우파니샤드와 불교적 진리를 체현하여 육화했음을 알 수 있다. 그러므로 타고르 사상은 신, 개인 전체라는 세 가지의 틀에 의해서 구조되고 있고 그 점에 대해 타고르는 다음과 같이 언급하고 있다.

> 인도의 관점은 사람과 더불어 이 세계를 하나의 위대한 진리로서 포괄하였다. 인도는 개적(個的)인 것과 보편적인 것과의 사이에 존재하는 조화에다 모든 중점을 두어 강조하였다. (132쪽)

이 부분은 타고르가 서구의 문명을 도시성벽의 습관과 정신훈련에서 기인하는 분리와 정복적인 성향과 자연이나 숲의 문명에서 발생한 인도적 정신문화의 차이점을 이야기하면서 인도의 정신을 언급하는 부분이다. 개적인 것과 보편적인 것의 조화란 서구적 분리와는 대별되는 이념이다. 왜냐하면, 서구적 개인의 자아란 신으로부터 분리되어 나온 자아이지만 타고르의 철학에서 말하는 자아란 신과 합일을 지향하는 자아이기 때문이다. 그것은 자아가 신과 원래 하나였으나 자아의 자유의지로 일시적 분리 상태에 있지만 종국에는 신과 합일을 이루어야 할 자아에 지나지 않기 때문이다. 개적인 것과 보편적인 것의 조화 내지는 통합이라는 이념은 분리된 개인과 보편적 진리의 현현인 신과의 합일에 다름 아니다. 그러므로 타고르는 "'하나'를 찾아내는 것이 '전체'를 소유하는 것'이라 하여 개인 속에 내재한 영혼인 자아를 탐구하여 그 자아로부터 해탈-자아 포기-을 함으로써 '전체'를 획득한다고 주장하고 있다. 본장에서는 불교의 불일불이의 세계관과 타고르의 '하나'와 '전체'라는 사상적 명제 아래에서 주체가 복권되는 것을 고찰하고자 한다.

1) 복권의식 − '不一不二'와 '님'과의 合一

본절(本節)에서 복권의식을 켄지 시에서는 '불일불이' 사상과 한용운의 시에서는 님과의 합일(合一)을 중심으로 살펴보고자 한다.

켄지의 시 「영결의 아침」은 '이들 두 개의 이 빠진 그릇'과 '눈 한 그릇'이 대립되는 구조를 형성하고 있다. 전자의 '이(二)'는 켄지-토시코라는 불이(不二)의 세계의 표현이다. 왜냐하면, '이들 두 개의 이 빠진 그릇'이 켄지와 토시코라는 두 사람이 지상에서 동일한 존재로 살아온 세월을 의미하기 때문이다. 즉 현상계인 지상에서 '오빠-누이'라는 육친적 사랑 속에 놓여 있었던 것을 의미한다. 그러나 '눈 한 그릇'은 토시코가 천상계로 홀로 감으로써 불일(不一)의 차별적 개별자가 되는 것이다. 즉, 천상계와 지상계로 이분되는 것이다.

이와 같은 구도는 『은하철도의 밤』에 나타난 죠반니와 캄파넬라의 관계에서도 찾을 수 있다. 죠반니에게 유일한 마음의 친구인 캄파넬라가 죠반니의 꿈속 은하 여행 전에 보여준 모습은 친구 관계가 어느 정도 균열된 상태였다. 그러나 은하 여행에서는 줄곧 둘이서 함께 여행을 하다가 꿈속에서 깨어나 현실의 세계로 돌아왔을 때 죠반니와 캄파넬라는 산 자와 죽은 자, 지상계와 천상계로 분리되고 만다. 죠반니가 북십자성에서 은하 기차를 타고 캄파넬라를 만난 시간에 캄파넬라는 이미 죽어서 천상계로 온 것이다. 그러므로 은하 기차에 탄 사람들은 죽은 영혼들이고 거기에서 죠반니만 유일하게 생자(生者)이다. 남십자성을 조금 지난 암흑성운(석탄 자루)에서 캄파넬라는 자취를 감춘다. '어디까지나 어디까지나 우리 같이 가자'라고 한 죠반니와 캄파넬라의 약속은 결렬되고 만다. 죠반니의 인간관계에서 오는 상실감과 상처는 은하 여행을 통해서 치유되고 있다. 그리고 현실에서 아버지의 귀가 소식과 캄파넬라의 죽음이라는 기쁨과 슬픔이 한꺼번에 죠반니에게 다가오는 것은 은하 여행 이후이다.

「영결의 아침」의 '네가 먹을 이 두 그릇 눈'은 '천상의 아이스크림'으로 '너와 모두'를 위한 양식이 되길 바람으로써 주체와 타자의 합일을 의미한다. '너와 모두'란 표현에서 '모두'는 너, 나, 타인이 '모두'라는 범주 속에 들어가고 있다. 이는 토시코-켄지라는 너-나의 분리에서 '모두'라는 범주 속으로 아우르게 됨으로써 '너와 나'는 '모두'에 포함되면서 하나가 되는 것이다. 쿠리하라는 이 하나가 되는 것과 여동생의 죽음을 극복하는 것과의 상관성에 대해 다음과 같이 밝히고 있다.

제1집의 단계에서는 생각은 이 정도로 고요한 것은 아니었겠지만, 여동생의 죽음 및 고난을 골똘히 생각하여, 그것을 '개(個)'에 집착하는 오류라고 의미를 부여하고 전체에 대한 자기 포기로 보상하려고 한 것이, "바르게 살아가겠다"라는 「영결의 아침」의 결의로서 매듭짓는다.

죽음에 임해서까지 '갸륵하고' '착한' 여동생의 이타 정신에 생각이 미쳤을 때, 거기에 따를 수 있는 염원은 자신의 "모든 행복을 거는" 각오 없이는 성립될 수 없음을 깨달았던 것이다. 그 각오를 다지고서야 비로소, 그는 죽은 여동생과 같은 길을 걷고 있다는 확신을 품을 수 있다고 생각했음에 틀림없다. 같은 길을 걷는 자는 생사를 달리해도 함께 있다고 하는 것이 최종적으로 여동생의 죽음을 극복하는 방법이 된 듯하다.[111]

　타자인 토시코를 천인으로 표현하고 있었던 「아오모리 만가」에서 주체의 의식은 주체의 타자되기라는 전제에서 이루어졌다. 이 타자되기는 토시코와 같은 갸륵하고 착한 덕성을 완성해갈 때에 가능한 것이다. 그러므로 그 덕성을 완성하는 길은 모든 행복을 거는 각오 없이는 불가능한 일이다. 주체의 타자 닮기는 곧 주체와 타자 간의 거리를 메우는 방법으로서 작용하고 켄지는 거기에서 토시코의 죽음을 극복할 수 있었다. 그리고 '(다시 태어나면/ 이번엔 내 일만으로/ 괴로워하지 않게 태어날 게요)'는 '모두'를 지향해 나가기 위해 토시코의 입을 빌려 진술하고 있고 '너-나'의 관계의 포기를 의미하기도 한다. 「아오모리 만가」에서 '나'가 토시코와의 통신을 하려고 사후세계를 끊임없이 추적하는 과정은 죽어서 현상계를 떠난 토시코에게 집착하는 것이다. 「바람 부는 숲(風林)」에서 '((아아, 난 이제 죽어도 좋아))/ ((나도 죽어도 좋아))'라고 시적 화자는 토시코의 뒤를 이어 자신도 죽어도 좋다고 한다. 이것은 시적 화자의 여동생을 잃은 슬픔으로 인한 자포자기의 심정이다. 그러나 토시코가 속한 사후세계는 '그곳은 우리들의 공간 쪽에서 잴 수 없다/ 느껴지지 않는 방향을 느끼려고 할 때는 / 누구라도 모두 빙빙 돈다(「아오모리 만가」 158쪽)'라고 '우리들의 공간'과 '느껴지지 않는 방향'이 대립하는 이승과 저승으로 구분되고 있다. 또한, 「소오야 만가(宗谷挽歌)」에서도 '내가 보이지 않는 다른 공간(248쪽)'이라고 토시코가 있는 사후의 세계를 표현하면서 '(네가 이쪽으로 오지 않는 것은/ 탄타지르의 문 때문일까)/ 그것은 나와 너를 조소하

111　栗原 敦, 『宮沢賢治-透明な軌道の上から』, 新宿書房, 1992, 87쪽.

겠지(251-252쪽)'라고 천상계와 지상계 사이에 놓인 벽을 탄타지르의 문[112]에 비유하고 있다. 이처럼 일련의 토시코에 대한 사후세계 추적은 '나와 너'의 분리된 관계 속에서 '통신'을 통해 '하나'가 되고자 했던 주체의 의지를 나타냄과 동시에 '나와 너'라는 관계에 얽매여 계박되어 있는 것이다. 이 계박은 집착이다. 그래서 '나와 너'의 분리는 넘어야 하는 과제이다. 넘어야 할 과제로써 '나와 너'(켄지-토시코)의 관계는 「코이와이 농장」 파트 9의 켄지의 연애관에서 살펴볼 수 있겠다.

이 신기하고 큰 심상 우주 속에서
만일 바른 희망에 불타
자신과 다른 사람들과 만상과 함께
지상 복지에 이르려 하는
그것을 어느 종교 정조라 한다면
그 희망에서 깨지고 지쳐
자신과 그리고 단 하나의 영혼과
완전 그리고 영구히 어디까지나 함께 가려 하는
그 변태를 연애라 한다.
〔この不可思議な大きな心象宇宙のなかで
もしも正しいねがひに燃えて
じぶんとひとと萬象といっしょに
至上福しにいたらうとする
それをある宗教情操とするならば
そのねがひから砕けまたは疲れ

---

112 메텔링크의 인형극을 위한 상징극 「탄타지르의 죽음」(1894년 출판. 불란서에서는 상연되지 않음)에서 온 말이다. 왕자 탄타지르는 조모인 여왕으로부터 언제 살해될지 모르는 운명으로 누나인 이글레느가 구하려고 한다. 그러나 왕자는 눈에 보이지 않는 손에 이끌려 인간의 힘으로는 열 수 없는 철문의 저편에서 숨을 거둔다. (原 子朗, 『宮澤賢治詩語辭典』, 『國文學』, 學燈社, 1984. 1.)

じぶんとそれからたつたもひとつのたましひと
完全そして永久にどこまでもいつしょに行かうとする
この變態を戀愛といふ) (85쪽)

'나'에게 연애는 일종의 변태이며 원래의 소원은 '자신' '다른 사람들' '만상'과 함께 지상 복지에 도달하는 것이다. 여기서 '자신(켄지)'-'단 하나의 영혼(토시코나 그 외의 현상계에 존재하는 것)'과 함께하려는 것은 종교 정조에서 이탈된 것으로 변태이다. 그러므로 나와 타인들과 만상이 곧 '모두'이다. 즉 '나와 너'는 연애이며 '나'는 그것을 부정하고 '모두'를 선택해야 한다. 즉 '나'를 부정함으로써 '모두'와 내가 동일시가 되고 하나가 될 수 있다.

그러므로 「아오모리 만가」에서 '((모두 옛날부터 형제이기 때문에/ 결코 한 사람을 기도해선 안 된다))'(166쪽)라고 한다. 켄지에게 토시코는 '신앙을 함께한 단 한 사람의 동행자'이면서도 정신적인 애인이기도 하였다. 그러므로 만가군의 시편들은 '나'와 '너'로 끊임없이 언표 되면서 '너'를 찾아 헤매는 '나'의 모습이 슬프고 애처롭고 우울하게 그려졌다. 이와 같은 '나'의 집착은 열정과 슬픔에서 비롯된 것이고 '나-너'의 관계를 부정하여 '모두'로 귀의하고 슬픔도 집착도 해소되면서 원래의 '바른 희망(소원)'으로 돌아온다. 여기에는 무엇보다 '나'의 부정이 선행된 것이었다. 그러므로 '나-너'(不一)는 '모두'(不二)로 되돌아오는 둘이 하나를 이루므로 '모두'가 하나인 세계를 의미한다 하겠다. 그러므로 주체인 '나'가 부정되고 '모두'가 됨으로써 새로운 주체가 생성된다. 대승불교에서 말하는 소아(小我)를 버리고 대아(大我)를 이루는 것은 이와 동일한 의미이며, 주체가 '나-너'의 관계를 버리고 '모두'를 택하는 데에는 대승 정신에 의해 추동되고 있음을 알 수 있다. 전체와 개(個)에 대해 타고르는 다음과 같이 이야기하고 있다.

우리의 정신은 이 전체 세계에서 더 큰 자아를 발견하고, 그것이 불멸한다
는 절대적인 확신으로 충만하게 된다. 정신은 정신의 자아의 울타리 안에
서 백 번도 더 죽는다. 왜냐하면, 분리는 죽어야 할 숙명을 지니고 있으며
영원한 것이 될 수 없기 때문이다. 그러나 이것은 전체와 하나가 되는 곳
에서는 결코 죽을 리가 없다. 왜냐하면, 거기에 그 진리가 있고 기쁨이 있
기 때문이다. (182쪽)

전체의 세계에서 발견된 큰 자아란 대아(大我)를 의미한다. 이것은 소아
(小我)를 버림으로써 가능한 것이며, 불교의 대승 정신과 일맥상통한다. 분리
가 죽어야 할 필연성에 놓이는 것이 그 분리된 상태로서는 진리가 아니기 때
문이다. 이것은 켄지가 그의 시 「봄과 수라」에서 '진리의 말'을 상실하고 '수
라의 눈물'이 흐르는 공간으로서 내면세계를 밝힌 것과 같다. 이때 수라란 어
디까지나 분리된 내면 의식을 말하고 또한, 존재가 가진 부족함, 즉, 자아의
불완전함으로 인해 생겨나는 분열이다. 그러므로 이때 자아는 스스로 자아 포
기를 하여 완전한 진리를 지향할 수밖에 없는 것이다. 수라의 세계를 초극한
다 함은 그러한 개적(個的) 차별상을 극복하고 보편적 진리를 따르는 것을 의
미한다고 하겠다.

한용운의 시 「苦待」는 '나의 「기다림」은 나를 찾다가 못 찾고 저의 자신까
지 잃어버렸읍니다'라는 행으로 끝맺음을 하고 있다. 님은 '나를 찾다가 못 찾
고 저의 자신까지' 잃어버릴 때 어느새 '나'에게 와 있다.

그러므로 「사랑의 끝판」에서 시적 화자는 님을 맞이하는 기쁨에 들떠 있다.

네 네 가요, 지금 곧 가요.
에그 등불을 켜려다가 초를 거꾸로 꽂았읍니다 그려. 저를
어쩌나, 저 사람들이 흉보겠네.

님이여, 나는 이렇게 바쁩니다. 님은 나를 게으르다고 꾸
짖습니다. 에그 저것 좀 보아. 「바쁜 것이 게으른 것이다」
하시네.
내가 님의 꾸지람을 듣기로 무엇이 싫겠읍니까. 다만 님의
거문고 줄이 완급(緩急)을 잃을까 저어합니다.
님이여, 하늘도 없는 바다를 거쳐서 느릅나무 그늘을 지워
버리는 것은 달빛이 아니라 새는 빛입니다.
홰를 탄 닭은 날개를 움직입니다.
마구에 매인 말은 굽을 칩니다.
네 네 가요, 이제 곧 가요. (81-82쪽)

이 시는 님이 '나'를 불러서 바삐 님을 맞이하려다 초를 거꾸로 꽂는 실수
를 저지르는 나의 모습을 그리고 있다. 이제까지의 시편들이 님을 애타게 기
다리면서 수행하는 나를 그리는 것이었다면 이 시는 님의 호명에 대답하는 형
식이 눈길을 끈다. 부르는 자와 불리는 자의 구도 속에서 님은 나에게 있어 여
전히 나를 이끄는 자로서 나타난다. 그러므로 '나'는 님의 꾸지람을 얼마든지
즐겨 받겠지만 '님의 거문고 줄이 완급(緩急)을 잃을까' 걱정한다. 님의 거문
고 줄의 완급은 나를 이끄는 님의 권능을 의미하고 그것이 님으로부터 없어질
까 봐 걱정을 하는 것이다. '나'가 님을 기다려 님과 재회하는 것도 모두 님의
전지전능함에 의하는 것임을 암시한다고 하겠다. 님의 부름도 님이 주재하는
것이지 '나'의 의지가 아니다.

수행자로서 그 득도에 이르기까지 누구도 그 시간을 알 수 없다. 그러므로
수행자인 '나'는 항상 바쁜 것이며 내가 부지런히 수행한다 해도 님이 보기에
내가 게으름을 피우고 있는 것일 수도 있다. 그러므로 님이 언제 나를 부를지
수행자로서는 예측할 수 없다. 그러므로 수행자는 항상 깨어 있어야 한다. 그

렇게 할 때 님은 부지불식간에 나를 부르러 올 것이기 때문이다. 그러므로 '녜 녜 가요, 지금 곧 가요'라고 시적 화자가 님의 부르심에 응답할 수 있었던 것은 '나'의 모든 것을 님을 위해 헌신하였기 때문에 즉각 응답할 수 있었다.

「꽃싸움」에서 시적 화자는 '꽃은 피어서 시들어 가는 데 당신은 옛 맹세를 잊으시고 아니 오십니까'라고 오지 않고 있는 님에 대해 반문을 한다. 그리고 「거문고 탈 때」에는 님을 기다리는 시름을 이야기하고 「오셔요」에서 '죽음은 당신을 위하여 준비가 언제든지 되어 있읍니다'라고 님을 맞이할 준비가 다 되었음을 이야기한다. 그러나 님은 시적 화자가 바라는 대로 언제든지 오는 것이 아니다.

그래서 「쾌락」과 「苦待」에서 당신이 가고 난 뒤의 '나'의 피폐해진 생활과 '세상에서 얻기 어려운 쾌락'으로 '실컷 우는 것(「쾌락」)'을 얻었다 한다.

오실 때가 되었는데도 오시지 않는 님으로 하여 '동무도 없고 노리개도 없읍니다'와 같이 고독하고 즐거움이 없어져 그 피폐한 심정을 '우는 것'으로 즐거움을 삼게 된 처지에 놓인 것이다. '우는 것'과 '쾌락'은 대립적인 의미를 가지지만 님을 기다리는 고통의 극한에 이른 시적 화자에게는 우는 것이 오히려 쾌락이 되고 있다. 그러나 이 기다림도 내가 기다리는 것이 아니라 '당신은 나로 하여금 날마다 날마다 당신을 기다리게 합니다'(「苦待」)에서와 같이 당신이 나를 기다리게 하는 것이다. 그리고 바로 다음 행에서 '일정한 보조(步調)로 걸어가는 사정(私情) 없는 시간이 모든 희망을 채찍질하여 밤과 함께 몰아갈 때에 나는 쓸쓸한 잠자리에 누워서 당신을 기다립니다'라고 하여 나의 기다림이 무상히 흘러가는 시간 속에서 내가 가진 님에 대한 모든 희망을 쓸어갈 때도 지속성을 가진다. 이와 같은 지속성은 냉정한 시간이 모든 희망을 빼앗을 때조차도 이어지는 것이며 그것은 당신이 나를 기다리게 하기 때문에 가능하다.

왜 당신은 나를 기다리게 하는 것인가, 역으로 왜 나는 당신을 기다려야 하는가. 그것은 이미 「꽃싸움」에서 진술되었듯이 님이 나에게 한 '옛 맹세' 때문이다. 이 '옛 맹세'는 주제시 「님의 침묵」에서 '황금의 꽃같이 굳고 빛나던 옛 맹세'이다. 님이 한 이 '옛 맹세'는 시간에 의해 지배되는 현상계, 즉 상징계에서는 이루어질 수 없는 맹세이다. 바꾸어 말하면 님의 맹세가 실현되는 세계는 현상을 초월하는 세계의 것이 된다. 그러므로 님은 침묵으로 존재할 수밖에 없다. 왜냐하면, 황금에 비유되는 님의 절대성과 위대성은 상징세계의 것이 아니기 때문이다. 그러므로 상징계의 언어로 드러날 수 있는 님의 참모습은 「알 수 없어요」에서처럼 다만 신비하고 알 수 없는 존재일 뿐이다. 침묵도 행위 양식의 하나이다. 님은 침묵으로서 '나'를 끊임없이 기다리게 하는 것이다. 이 기다림은 희망마저도 빼앗아 가기도 한다. 그와 같은 처절한 순간에도 님을 기다리는 힘은 無我 즉 나를 없이 하는 것, 기다리는 나 자신을 잊어버릴 때 생기는 에너지이다. 그러므로 「苦待」에서 '나의 「기다림」은 나를 찾다가 못 찾고 저의 자신까지 잃어버렸습니다'라고 그 기다림의 고된 과정을 한 행으로 진술하고 있다. 이렇게 '기약 없는 기대를 가지고' 기다리는 '나'는 동정과 조롱의 대상이 되기도 하고 스스로 '저의 숨에 질식' 되거나 하여 '우주(宇宙)와 인생의 근본 문제를 해결하는 대철학(大哲學)'도 해결하지 못하고 '눈물의 삼매(三昧)에 입정'되고 만다(「苦待」).

'님'에 대한 '나'의 기다림이 대철학으로도 해결하지 못한다는 의미는 이 기다림의 문제가 우리의 삶 속에서 삶과 죽음, 이별 이상의 무거운 과제임을 이야기하고 있다. 기다리는 주체가 동정과 조롱의 대상이 되거나 스스로 질식되는 것인 만큼 주체는 끊임없이 기다림과 내적 투쟁을 해야 한다. 거기에서 해탈하는 길은 기다리는 주체를 잊어버리는 것, 즉 주체를 부정함으로써 가능한 일인 셈이다. 여기에서 기다림으로 얻어지는 대가는 이미 포기된 지 오래이며 기다리는 과정 그 자체가 중요해진다.

한용운의『님의 침묵』은 이별한 님을 재회하기 위한 긴 기다림에서 생성된 시편들인 만큼 전체로써 기다리는 주체를 잊어가는 과정이다. 이 완전한 잊음 속에서 주체는 스스로를 해탈하여 새로운 주체를 창출해 낸다고 할 수 있다. 원래의 '나'로 그대로 돌려놓는 것, 님과 함께했던 완전한 자아, 완전한 사랑에로 귀의 시키는 것이 이 기다림의 과정이면서 또한 목표이다. 님으로부터 분리된 주체에서 님과 합일된 새로운 주체가 그것이며 그 과정에서 분리된 주체는 망각의 죽음으로 소멸해야 하는 필연성에 놓여 있다.

이상에서와 같이 켄지 시에 표현되는 '不一不二'는 '나-너(不一)'에서 '모두(不二)'로 되돌아오는 둘이 하나인 세계를 의미한다. 이때 주체인 나는 부정되고 모두가 됨으로써 새로운 주체가 생성된다. 대승불교에서 말하는 소아(小我)를 버리고 대아(大我)를 이루는 것은 이와 동일한 의미이며, 대아(大我)는 새로 복권되는 주체의 다른 이름이다. 한용운 시에서 복권의식은 님과의 합일을 이룸으로써 생성된다.『님의 沈默』이 이별한 님을 재회하기 위한 긴 기다림에서 생성된 시편들인 만큼 전체로서 기다리는 주체를 잊어가는 과정이다. 이 완전한 잊음에서 주체가 스스로 해탈하여 새로운 주체를 창출한다. 님과의 합일이란 명제는 분리된 주체가 소멸할 때 가능하며 그것은 시간성 속에서 지속적인 것이다. 주체는 기다림과 내적 투쟁을 해야 하는 필연성에 부딪친다.

2) 복권의 표상 – 구원의 새와 황금

본절(本節)에서는 복권의 표상으로 켄지의 경우, 구원의 새와 한용운의 경우 황금의 상징성을 중심으로 고찰하고자 한다.

아오에(靑江)는 그의 논문에서 타고르와 켄지에게는 두 가지 유사점이 있음을 지적하고 있는데 '그 하나는 양쪽 모두 그 지역에 이상사회를 건설하기 위해 먼저 젊은 세대의 교육을 인도하고 그 전 에너지와 사재(그것은 그들의 조부에 의해 된 것으로 그들의 행위는 아니었다)를 거기에 쏟아부었다는 점이고 다른 하나는 사랑하는 사람을 잃은 비통한 상심과 무상감'이라고 지적하고 있다.[113]

'사랑하는 사람'이란 타고르의 경우는 1902년 사망한 아내 무리나리니 데비와 딸 그리고 어머니이다. 그리고 켄지의 경우는 1922년 두 살 아래 여동생인 토시코의 죽음을 말한다. 그리고 전기적으로 켄지가 토시코의 죽음으로 인한 슬픔을 극복하면서 〈라스지인협회〉를 통한 농촌활동에 투신한 것처럼 타고르의 교육, 인도 독립운동에 따르는 외래품 거부, 자급자족의 입장을 구축하려고 투신했다. 그러나 켄지가 구체적으로 타고르의 어떤 작품을 읽었는지는 알 수 없으나 1924년까지 일본에 번역된 타고르의 작품은『고라』(소설),『원정』,「우체국」(희곡),『신월』,『기탄잘리』 등이다. 타고르의 시집 중 죽은 아내에 대한 것은『야생의 백조들』6, 7과, 같은 계열의『원정』을 들 수 있다. 다음은『야생의 백조들』6의 인용 부분이다.

①
그대는 한 인물화인가, 인물화에 지나지 않는가
빛을 데리고
암흑 속을 여행하며 많은 하늘에 무리 저 있는
멀리 별처럼 그대는 실재하지 않는가
저 별처럼 그대는 진실한 존재가 아닌가

---

113 青江舜二郎,「宮沢賢治とタゴール」,「四次元」, 200호 기념특집, 四次元社, 1968. 1, 158쪽.

아아, 한 인물화에 지나지 않고 그 이상의 것이 아닌가 〈중략〉

끊임없이 변해가는 것들 중에 왜 그대는 가만히 움직이지 않고

있는 것인가

여행자들 속에 들어가라

오오, 도중에 숨어 간 그대여

그대의 고요한 성소 속에 숨어서

왜 모두로부터 떨어져 있는가 (『야생의 백조들』 6)

②

오오, 날아가는 백조들이여,

이 밤 그대는 나를 위해 침묵의 문을 밀어젖혔다

침묵의 장막 저편에서 대지 하늘 물 속에 끝없이

날갯짓하는 소리가 들리네

풀은 그 날개를 지상의 하늘 위에서 흔들어 움직이게 하고

대지는 어두운 모태 속에서

싹트는 씨앗이 수없이

그들의 날개를 펼치고 있네 (『야생의 백조들』 1)

③

틀림없이 토시코는 이 새벽엔

아직 이 세상 꿈속에 있고

낙엽송 바람에 쌓여서

들판을 홀로 걸으면서

무심코 중얼거리고 있었던 거다

그리고 그대로 쓸쓸한 숲속

한 마리 새가 된 걸까

〔たしかにとし子はあのあけがたは

まだこの世かいのゆめのなかにゐて

落葉の風につみかさねられた
野はらをひとりあるきながら
ほかのひとのことのやうにつぶやいてゐたのだ
そしてそのままさびしい林のなかの
いっぴきの鳥になっただらうか）

「아오모리 만가」, 195쪽)

　　타고르의 작품 ①과 ②에서 보는 바와 같이 시적 화자인 나는 그대(당신)의
존재의 부재를 받아들이는 과정에서 갈등을 겪고 있는 것을 보여주고 있고 이
것은 켄지의 시 ③에서도 '하지만 토시코가 죽은 일이라면/ 지금 내가 그걸 꿈
이 아니라 생각하고/ 새롭게 의식해야 할 정도의/ 너무 심한 현실이다'(「아오
모리 만가」, 199쪽)라고 하듯이 동일하게 나타나고 있다. 이러한 망자의 죽음
을 생자가 받아들이지 못하는 과정에서 망자의 사후세계를 추적하여 그것을
개념화하는 작업이 켄지의 만가군에서도 표현되며 타고르의 시에서도 그러한
요소가 발견되고 있다. 그리고 망자의 모습도 『야생의 백조들』 6과 「아오모리
만가」에서처럼 홀로 떠도는 모습으로 그려지고, 그것은 『야생의 백조들』 1과
켄지의 시 「흰 새」에서와 같이 새의 모습으로 표상되는 것과 유사하다.

두 마리 큰 흰 새가
날카롭게 서로 슬피 울며
눅눅한 아침 햇살 속을 날고 있다
그건 내 누이다
죽은 내 누이다
오빠가 와서 저리 슬피 울고 있다
〔二匹の大きな白い鳥が
鋭くかなしく啼きかはしながら

しめった朝の日光を飛んでゐる
それはわたくしのいもうとだ
死んだわたくしのいもうとだ
兄が来たのであんなにかなしく啼いてゐる〕

(「흰 새」, 181쪽)

타고르의 백조들은 별들과 동일하게 쓰이는 ('별들인 백조들의 날개 밑에
서') 반면 켄지의 「흰 새」는 햇빛 속을 날아가는 모습으로 그려지고 있는데 이
러한 상관물의 관계로 별과 햇빛은 모두 눈부신 비상의 이미지를 낳고 있다.
이는 망자가 죽어서 새가 된다는 동서고금의 전승과 관계가 깊다. 특히 켄지
시에서는 홀로 어둠 속을 떠도는 망자의 혼이 새라는 눈에 보이는 실체로서
표현되는데 이는 중유(中有)[114]에서의 탈출을 의미한다. 이와 같은 프로세스의
근거가 되는 것은 타고르의 언설, '산스크리트에서는 새는 재생이라고 일컬어
져 왔다. 사람도 역시 이렇게 불리고 있으니'(『생의 실현』144쪽)에서 찾아볼
수 있다. 또한, 켄지의 동화 「쏙독새 별」에서 쏙독새가 자기희생의 의미를 갖
는 분신을 통해서 구원을 향한 비상과 그 결과 이루어지는 별로의 변모는 이
와 같은 맥락으로 읽을 수 있다. 이것은 『은하철도의 밤』의 전갈불 즉, 전갈좌
에 얽힌 이야기와도 동일하다. 타고르가 별과 동격으로 백조를 치환하고 켄지
가 쏙독새가 죽어서 별이 되게 한 것은 동일한 기법이며 이러한 천상적 이미
지의 재현을 통해서 시인은 재생의 비전을 보여준다.

미야자와 집안이 소장하고 있는 켄지의 수정본 본문에는 「영결의 아침」의
'천상의 아이스크림'이 '도솔천의 음식'으로 되어있다. 이는 '두 그릇의 눈'을

---

114 생전의 업이 개인적으로 다음 세계에 전해지기 위해 그 가교역할을 하는 일시적 존재이다. 중유는 생전의
유정(생물)의 구성요소로서 오온(눈, 귀, 코, 혀, 몸)으로 되어있고 신체 감각을 가지고 있다.

'천상의 아이스크림' '도솔천의 음식'에 비유하고 있다. '천상' '도솔천'은 모두 천상세계를 말하며 「무성통곡」에서 '부디 예쁜 뺨을 하고 새롭게 하늘에 태어나 줘'라고 토시코가 하늘에서 다시 태어나기를 시적 화자는 기원한다.

토시코의 사후 환생 문제가 작품에 표출된 것은 1923년 6월 3일로 날짜가 기록된 「바람 부는 숲(風林)」부터이다. 그것은 토시코가 죽은 지 6개월이 지난 후의 일이었다. 1923년(大正 12) 7월 31일 켄지는 고향 하나마키를 떠나 북쪽으로 여행을 간다. 이른바 만가 여행[115]에서 얻어진 시는 여동생을 추도하는 만가가 중심을 이루며 이는 토시코의 죽음으로 인한 충격과 슬픔으로부터 벗어나려는 켄지의 극복 의지도 엿보이지만, 켄지가 여행을 떠난 이유가 토시코와 통신하고 그 죽음의 의미를 재구성하기 위한 것이었다.

사후 토시코의 영혼이 이공간을 떠돌고 있는 모습으로 그려지는 「아오모리 만가」는 만가 중의 만가로 불리며 전체 254행의 장시로 되어있다. 「아오모리 만가」의 서두에 나오는 환상 부분을 살펴보기로 하겠다.

　　　　쓸쓸한 마음의 명멸로 혼란하고
　　　　물색 강의 물색 역
　　　　　　(두려운 저 물색 공허다)
　　　　기차의 역행은 회구의 동시적 상반성
　　　　이런 쓸쓸한 환상에서 나는 빨리 떠오르지 않으면 안 된다.
　　　　〔さびしい心意の明滅にまぎれ
　　　　水いろ川の水いろ驛

115　한 달간의 이 여행은 당시 농학교 교사였던 켄지가 제자들의 취직처를 의뢰하기 위한 공무도 있었다고 한다. 켄지가 아오모리행 밤 기차에서 쓴 작품이 「아오모리 만가」이며 세이칸(靑函) 연락선에서 「츠가루 해협」을, 홋카이도를 거쳐 소오야 해협(宗谷海峽)에서 「소오야 만가」를, 사할린에서 「오오츠크 만가」, 「사할린 철도」, 「스즈타니 평원」을 썼다. 귀로였던 하코다테(函館)로 가는 열차 안에서 「분화만」을 쓰고 8월 하순경에 하나마키로 돌아왔다.

（おそろしいあの水いろの空虚なのだ）
汽車の逆行は希求の同時な相反性
こんなさびしい幻想から
わたくしははやく浮びあがらなければならない）(155쪽)

　　시적 화자는 자신이 탄 기차가 은하계 수족관 안을 달리고 있다고 생각한
다. 그런데 '내 기차는 북쪽으로 달리고 있어야 하는데/ 여기에서는 남쪽으로
달리고 있다'라고 한다. 그러므로 자신의 소원과 반대로 달린다고 여기는 것
은 시적 화자가 환상에 몰입해 있기 때문이다. 이 북쪽의 세계는 하늘의 세계
이고 남쪽은 아래로써 물의 이미지를 연상하는 마성적 수라의 세계를 상징한
다. 이러한 하강적 이미지에 대해 바슐라르는 다음과 같이 언술하고 있다.

　　추락의 은유들은 도덕 정신적 삶에 관련되기도 전에 부인할 수 없으리만
　　큼 강한 심리적 현실성에 의해 보증되고 있는 듯하다. 이 은유들은 모두,
　　우리의 무의식 속에 지워버릴 수 없는 흔적을 남기는, 정신 심리적인 하나
　　의 인상을 증폭시키는데, 떨어지지나 않을까 하는 두려움은 그만큼 원초
　　적인 두려움이다. 이 두려움이 매우 다양한 두려움들의 한 구성요소가 되
　　고 있음을 언제나 목격할 수 있다. 어둠에 대한 두려움을 이루는 역동적
　　요소도 이것이다.[116]

　　생생한 추락은, 실추한 존재로서의 복합적인 심리 속에 우리 자신이 우리
　　자신 안에 그 추락의 이유와 책임을 지니고 있는 그런 추락이다. 이유와
　　책임을 연결하게 될 때 그것의 강도는 더 강해질 것이다.[117]

116　가스통 바슐라르, 정영란 옮김, 『공기와 꿈』, 민음사, 1993. 185-186쪽.

117　가스통 바슐라르, 앞의 책, 189쪽.

심연은 보이지 않고 있으며 심연의 어둠이 공포의 이유가 아니다. 시선은 이미지에 전혀 참여하지 않는다. 심연은 추락에서 연역된 것이다. 이미지가 운동에서 연역된 것이다.[118]

차창 밖의 어둠을 커다란 은하계 수족관으로 상상하고 그 물 속의 공허는 시적 화자에게 두려움의 대상이다. 이러한 공허는 어디에서 오는 것인가. 그것은 상실에서 온다. 무의식 속에 각인된 수많은 과거의 두려움의 흔적들과 현재의 토시코를 잃은 상실과 그것을 극복하지 못하고 있는 막막함에 대한 두려움이다. 또한, 구멍 뚫린 마음의 상처이다. 이 어둠에서 상상되는 상실과 공허는 주체를 막연한 심연으로 추락하게 한다. 추락은 조성된 추락으로써 질료적 사건이다. 그리고 추락의 상상은 주체가 정신적으로 책임져야 할 한 세계이다. 즉, 상상 세계의 모든 인과율의 법칙은 책임성의 법칙이기 때문이다. 그러므로 추락에 대한 상상력은 더 상승하고 커지는 의지에 대한 꿈-커진다는 것은 언제나 들고 일어나는 것이다-이며, 상승에 대한 상상력이 잃는 하나의 병에 지나지 않으며, 고지(高地)에 대한 달랠 수 없는 향수이다. 시적 화자에게 심연은 앞에서 언급한 바와 같이, 들고 일어나는 것으로써, 『아오모리 만가』에서 점차 상승의 상상력인 천상계로 옮겨가는 역동성 속에서 수직적 축을 보여주면서 극복되어 간다.

시적 화자의 환상에 대해 쿠리야가와(栗谷川 虹)는 켄지의 '상상'과 '환상'을 동일한 개념으로 파악하고 있고 「코이와이 농장」의 '((환상이 저쪽에서 다가올 때 벌써 인간이 파괴되는 때다))'라고 하는 '환상부정'은 환상의 존재를 부정하고 있는 것이 아니라고 한다.

즉, '환상'에 의해 '신비'의 존재는 알 수 있어도 그것에 의해서는 궁극적

---

118 가스통 바슐라르, 앞의 책, 193쪽.

진리를 직접 체험할 수 없다고 한다. 그 이유는 '〈환상〉에 의해 사는 일의 부정, 즉 〈타계(他界)〉와 현실을 끊임없이 왕래하는 켄지가 의지처로 삼고 있는 곳은 현실이기 때문'[119]이다. 인도철학에서는 〈환상〉을 자아 분리의 상태로 보고 마야(MAya)[120]라 부른다. 이것은 외부로부터 보면 갑자기 파열되어 반역적이고 파괴적인 국면을 갖고 있으며 교만하고 사나우며 고집이 세다고 한다. 마야는 곧 아비드야(Avidya)[121]이며, 사람의 진실한 구원은 아비드야 즉 무지로부터의 해방임을 인도의 전통사상은 말해주고 있다. 여기에서 무지는 자아에 대한 무지이다. 자아 분리의 상태가 환상이라면 「아오모리 만가」에 나타난 시적 화자의 환상도 주체의 분열과정의 한 모습이라 할 수 있겠다. 이 '환상' 속에서 켄지는 「아오모리 만가」에서 토시코의 중유(中有)[122]를 '생각해내지 않으면 안 되는 일'로써 규정한다.

> 우리들이 죽었다고 운 뒤
> 토시코는 아직 아직 이 세계의 몸을 느끼고
> 열이나 통증을 떠난 희미한 잠 속에서
> 여기에서 꾸는 꿈처럼 꿈을 꾸고 있었는지 모른다.
> 그리고 나는 그것들 조용한 몽환이
> 다음 세계로 이어지기 위해

---

119 栗谷川虹, 「見者の文學 − 賢治の〈幻想〉について」, 『宮沢賢治 Ⅱ』, 日本文學硏究資料叢書, 有精堂, 1983, 46, 48, 49쪽.

120 R. 타고르, 앞의 책, 166쪽.

121 R. 타고르, 앞의 책, 163쪽.

122 중유: 생전의 업이 정확히 개인적으로 다음 세계에 전해지기 위해 그 가교역할을 하는 일시적 존재로서, 중유는 생전 有情(생물)의 구성요소 伍蘊(오온: 눈, 귀, 코, 혀, 몸의 다섯 가지 감각기관)으로 구성되며 신체 감각을 가진다. 향만 먹으므로 건달바(尋香)라고도 한다. 불교에서는 중생의 윤회 기간을 生有, 本有, 死有, 中有로 나눈다. ① 生有: 인간이 태어나는 순간. ② 本有: 이 세상에 출생하여 살아 있는 동안을 뜻함. ③ 死有: 죽는 순간을 뜻함. ④ 中有: 죽어서 내생에 다시 태어나는 순간의 기간.)

밝고 좋은 내음이 나는 것이기를
얼마나 바랬는지 모른다.
〔わたくしたちがしんだといつて泣いたあと
とし子はまだまだこのせかいのからだを感じ
ねつやいたみをはなれたほのかなねむりのなかで
ここでみるやうなゆめをみていたかもしれない
そしてわたくしはそれらにしづかな夢幻が
つぎのせかいへつづくため
明るいいい匂のするものだつたことを
どんなにねがふかわからない〕(160쪽)

중유(中有)는 환생하게 되는 세계인 '다음 세계'로 옮겨 가기 전에 그 가교 역할을 하는 일시적인 존재이다. 그리고 중유는 향만 먹으므로 향기가 나게 되어있기 때문에 시적 화자는 '밝고 좋은 내음이 나는 것이기를' 바랬다.

이러한 중유(中有) 상태는 마치 몽환의 상태처럼 환상적인 이미지로 그려져 있고 49일간 지속한다고 한다. 그리고 중유는 떠도는 모습으로 그려지기도 한다.

분명히 토시코는 그 새벽녘에는
아직 이 세계의 꿈속에 있고
낙엽이 바람에 겹겹이 쌓인
들을 혼자 걸으면서
다른 사람 일처럼 중얼거리고 있었던 것이다.
〔たしかにとし子はあのあけがたは
まだこのせかいのゆめのなかにいて
落葉の風につみかさねられた
野はらをひとりあるきながら

ほかのひとのことのやうにつぶやいていたのだ〕

(「아오모리 만가」, 160-161쪽)

　'들을 혼자 걸으면서'와 같이 토시코의 중유는 환생하게 되는 세계로 가기 위해 떠도는 모습이다. 이어서 '우리들이 위쪽이라 부르는 그 이상한 방향'인 천상계로 올라간 토시코의 모습은,

거기에 파랗고 조용한 호수 면을 보게 되고

너무도 평평하고 눈부신데

미지의 全反射 방법과

사각사각 빛나며 흔들리는 나무들의 줄을

정확히 투영하고 있는 걸 신기하게 여기며

이윽고 그것이 저절로 윤이 난

하늘의 유리로 된 지면임을 알고 마음 설레며

끈이 되어 흐르는 천상의 음악

또 영락[123]이나 신비한 날개옷을 입고

발을 옮기지 않고도 조용히 오간다.

〔そこに碧い寂かな湖水の面をのぞみ

あまりにもそのたひらかさとかがやきと

未知な全反射の方法と

さめざめとひかりゆすれる樹の列を

ただしくうつすことをあやしみ

やがてはそれがおのづから研かれた

天の琉璃の地面と知つてこころわななき

紐になつてながれるそらの樂音

───────────
123　부처의 목에 걸고 있는 보석으로 만든 목걸이

またā瓔珞やあやしいうすものをつけ

移らずしかもしづかにゆききする〕(162쪽)

라고 하여 천인으로 그려지고 있다. 천상계는 켄지가 토시코의 사후세계를 추적하는 과정에서 상상력을 끌어내어 창출한 것인데 천상세계의 아름다움과 신비함을 잘 그리고 있다. 이것은 환상적 기법에 의해 그려지며 불경에서 쓰이는 보석 이미지를 도입하여 화려함과 신비함, 고귀함을 나타내고 있다.

인용문에서는 유리나 영락은 광물 이미지로서 천상적 가치를 나타내고 있다. '발을 옮기지 않고도 조용히 오간다'는 중유가 가진 특수한 능력으로 허공을 자유롭게 넘나들 수 있는 업력을 말한다.

천상적 이미지인 푸른 하늘에 관해 바슐라르는 다음과 같이 이야기하고 있다.

> 꿈꾸어진 하늘의 푸르름은 원초적인 것의 핵심으로 우리를 이끈다.
> 지상의 그 어떤 질료도 푸른 이 하늘만큼 기본 원소로서의 성질을 그토록
> 직접 갖지는 못한다. 푸른 하늘은 정녕 기본 원소적 이미지이다. 기본 원
> 소적이라는 말이 지니는 총체적 힘 속에서 우리는 이 말을 하는 것이다.
> 푸른 하늘은 푸른색을 지울 수 없게 현양하니, 최초의 푸른 색깔은 영원히
> 푸른 하늘의 푸른 빛이다.[124]

기본 원소적 이미지로서의 푸른 하늘은 영원한 여명으로서 바슐라르의 시학에서 중요한 이미지 중의 하나이다. 켄지가 그의 시에서 천상의 상상력을 동원하여 대지적 상상력으로부터 분리를 꿈꾸는 것은 토시코의 환생 문제가 대두되는 시 「흰 새」에서 새를 구원의 상징물로서 찾고 있기 때문이다. 하늘

---

124   가스통 바슐라르, 『공기와 꿈』, 민음사, 341쪽.

의 푸르름에 관한 바슐라르의 의견을 좀 더 살펴보기로 하겠다.

> 우주적 척도로 볼 때 하늘의 푸르름은 온 언덕에 형태를 부여하는 바탕 배
> 경이다. 자기 자신이 지니는 균일성 때문에. 그 하늘은 우선 대지적 상상
> 력 속에서 사는(生) 모든 몽상들로부터 분리된다. (그때) 하늘의 푸르름
> 은, 우선 상상할 수 있는 아무것도 그 속에 존재하지 않는 공간이다. 하지
> 만 공기의 상상력이 활성화되면 (그 제는) 그 배경이 능동적이 된다. 그 배
> 경은 공기를 꿈꾸는 몽상가에게 대지의 프로필을 재조직할 것을 부추기
> 고, 대지가 하늘과 교통하는 부분(지대)에 관한 관심을 가질 것을 부추긴
> 다. 水面이라는 거울은 하늘의 푸르름을 한층 더 질료적인 푸르름으로 개
> 종시키는 데 기여한다.

하늘의 푸르름은 순결함과 높음과 투명의 상징이고, 그 푸르름의 은유인 호수 면이라는 거울은 하늘의 푸르름을 한층 더 질료적인 푸르름으로 변화 시키고 있다. 그리고 이것은 또한, 하늘의 푸르름을 하늘의 유리 지면에 비 유하면서 윤이 나는 것으로 표현하고 있다. 이 점은 켄지의 상상력이 단지 추상적인 데에 머무르지 않고 질료적인 구체성을 가지고 있다는 데에 그 특 징이 있다.

타카하시(高橋義人)는 시 「봄과 수라」에서 '수라를 특징짓는 색채는 청색 (青)이다'[125]라고 주장하고 있으나 토시코의 환생처를 재구성한 「아오모리 만 가」에서는 청(青)이 아닌 '벽(碧)'을 씀으로써 구별하고 있다. 수라가 어둠의 세계와 가까운 青이라면 수라의 하강적 이미지에서 상승 지향으로 끌어올려 지기 위해서는 천상적 이미지를 조성해야 하므로 상징색인 青과는 변별성을

---

125 高橋義人,「宮沢賢治とゲーテの色彩観」,『文学』, 1993. 冬(제4권 제1호), 岩波書店, 53쪽.

두고 있다. 그러나 「오오츠크 만가」에서 靑은 토시코의 특성을 나타내 주기도
한다.

> 한 조각 들여다 보이는 하늘의 푸르름
> 세차게도 내 가슴은 찔리고 있다
> 그것들 두 개의 푸른 빛깔은
> 모두 토시코가 가졌던 특성이다
> 내가 사할린의 인적 없는 해안을
> 혼자 걷거나 지쳐서 자기도 할 때
> 토시코는 저 푸른 곳 끝에 있고
> 뭘 하고 있는지 모른다
> 〔一きれのぞく 天の靑
> 強くもわたくしの胸は刺されてゐる
> それらの二つの靑いいろは
> どちらもとし子のもってゐた特性だ
> わたくしが樺太のひとのない海岸を
> ひとり歩いたり疲れて睡ったりしてゐるとき
> とし子はあの靑いところのはてにゐて
> なにをしてゐるのかわからない〕 (170쪽)

인용에서 고찰된 바, 켄지 시에서 쓰이는 청색이 수라를 상징하는 색으로
쓰이거나 토시코와 하늘의 이미지를 통합하여 고귀함과 신비함을 표상하기
도 한다. 끈이 되어 흐르는 천상의 음악은 청각 이미지를 시각적으로 환치하
고 있고 보석 목걸이인 영락과 날개옷은 천상적이고 고귀한 것을 나타내고 있
으며, 날개옷은 인간이 새로 환생할 가능성을 열어두는 상상력에서 비롯된다
고 볼 수 있겠다. 천상의 나무는 시 「봄과 수라」의 노송나무와 같이 천상적 의

미의 나무이다. 즉, 나무의 상향적 수직성은 인간의 천상세계를 지향하는 욕망의 표현으로써 새와 동일한 상징을 나타내고 있다. 발을 옮기지 않고도 오가는 토시코의 모습은 구사론의 중유를 도입한 것이다. 그러므로 켄지의 시적 상상력은 하늘의 푸르름과 불교적 중유 이미지를 같이 쓰고 있는데 그것들이 모두 구체화되어 나타남으로써 추상성을 극복하고 있다.

켄지 시에서 환상적 이미지로 그려진 중유는 윤회전생을 하는 인자(因子)로서 「아오모리 만가」에서 천상적 이미지와 융합되어 있고 그것은 시적 화자가 '새롭게 하늘에서 태어나 줘'라고 기원한 것에 따라 시적 상상력이 천상계를 그리게 하는 것이다. 天의 세계의 지향은 새라는 구체적 생물로 켄지의 만가 시편에서 구상화되고 있다.

토시코가 죽은 지 6개월 후에 쓴 것으로 추정되는 「흰 새」에서 토시코의 존재는 새로 환생하여 나타난다.

> 두 마리 큰 흰 새가
> 날카롭고 슬프게 번갈아 울며
> 눅눅히 아침 햇살을 날고 있다.
> 그것은 내 누이다.
> 죽은 내 누이다.
> 오빠가 와서 저렇게도 슬피 운다.
> 〔二疋の大きな白い鳥が
> 鋭くかなしく啼きかはしながら
> しめつた朝の日光を飛んでいる
> それはわたくしのいもうとだ
> 死んだわたくしのいもうとだ
> 兄が来たのであんなにかなしく啼いている〕 (148-149쪽)

토시코를 '흰 새'로 비유한 것은 「영결의 아침」에서 그녀를 진눈깨비의 흰 눈에 비유한 것과 같다. 흰 눈, 흰 새의 흰색은 켄지 문학에서 긍정적 색깔이며 정신적 순결과 토시코의 덕성을 나타낸다. 그러나 켄지의 작품에 나오는 새가 모두 긍정적인 요소를 상징하지는 않는다.

동화 「젊은 나무의 영혼(苦い木の靈魂)」이나 「코이와이 농장」에 나오는 핑크색 새는 성적 이미지로 그려져 있기 때문이다. 핑크색은 성적이고 부정적인 수라적 마성(魔性)을 의미하지만 흰색이나 붉은 색은 좋은 이미지로 작용하고 있다[126]는 오오츠카의 의견은 불교의 진리를 상징하는 연꽃이 만다라화(흰 연꽃), 만수사화(붉은 연꽃)임을 상기할 때 타당성이 있다고 생각된다. 「흰 새」에서 '두 마리' 새로 되어있는 것에 대해 고한범은 "'새' 두 마리를 통하여 그녀의 상실로 깨어져 버린 그 관계를 재생시키려는 강력한 충동이 있었다"[127]라고 언급하고 있다. '나'의 토시코와의 관계를 복원하려는 의지는 동화 「쌍둥이 별(双子の星)」에서 츈세 동자와 포세 동자의 관계나 「은하철도의 밤」의 죠반니와 캄파넬라의 관계에서도 투영되고 있음을 알 수 있다. 켄지는 토시코의 환생처를 육도(六道) 중에 천(天)의 세계에서 찾고 있고 하늘에서 다시 태어나는 죽은 자의 모습으로서 〈새〉를 구상하였다. 즉 새는 구원의 상징이며 「쏙독새 별」에서 쏙독새의 목숨을 건 비상에 의해 천상세계의 구원을 얻게 되는 데에서 동일성을 찾을 수 있다.

시적 화자는 토시코와 깨어진 관계를 복구하기 위하여 「흰 새」에서 '번갈아 울며 나는 새'를 토시코라고 하면서 '그것은 우선은 틀리겠지만/ 완전히 틀리다고 말할 수 없다'라고 그 새가 토시코의 화신(化身)이라고 진술한다.

---

126 大塚常樹, 『宮沢賢治 心象の宇宙論』, 朝文社, 1993, 265쪽.

127 고한범, 「미야자와 켄지(宮沢賢治)의 새 삶의 모색」 『일어일문학연구』 제30집, 한국일어일문학회, 1997, 74쪽.

이와 같은 불확실한 추측 속에서 시적 화자는 토시코의 화신 즉, 환생물로서 새를 체계적으로 창조하여 간다. 새로의 환생은 불교의 윤회전생에서 비롯되어 불교적 상상력과 관련성을 가진다. 「아오모리 만가」에 나타나는 새의 모습을 살펴보자.

그리고 그대로 쓸쓸한 숲속의

한 마리 새가 된 걸까

레스투디안티나를 바람에게 들으며

물이 흐르는 어두운 수풀 속을

슬피 노래하고 날아간 걸까

마침내는 거기에 작은 프로펠러처럼

소리를 내고 날아온 새 친구들과

무심한 새의 노래를 부르며

기댈 곳 없이 떠돌다 간 걸까

〔そしてそのままさびしい林のなかの

いっぴきの鳥になっただらうか

l'estudiantinaを風にききながら

水のながれる暗いはやしのなかを

かなしくうたつて飛んで行つたらうか

やがてはそこに小さなプロペラのやうに

音をたてて飛んできたあたらしいともだちと

無心の鳥のうたをうたひながら

たよりなくさまよつて行つたらうか〕(161쪽)

위의 인용문은 새가 된 토시코를 상상하는 부분이며 쓸쓸하고 슬피 노래하는 새로 그려지고 있다. 왜 새가 쓸쓸하고 슬픈 모습일까. 그것은 천상계로 홀로 가야 하는 죽은 자들의 공통적인 모습에서, 또는 지상에 남은 자의 슬픔을 새에 의탁하여 표현하고 있기 때문이다. 그러나 유심히 살펴야 할 것은 중유인 토시코의 모습은 아름다운 천인의 모습이었으나, 환생물인 새의 경우에는 다소 우울하고 슬픈 정서를 반영하고 있다는 점이다. 그리고 '기댈 곳 없이'와 같이 정처 없이 떠돌아다니는 모습이다. 그리고 이 부분에서 물과 어둠과 쓸쓸한 숲이라는 시어들에서 읽을 수 있듯이 「아오모리 만가」 서두에서 하향적 추락을 한 주체가 힘겹게 새처럼 가벼워지기 위해 새의 상징을 써서 상승의 욕망을 드러내고 있다. 「아오모리 만가」에서 시적 화자가 토시코의 임종 모습과 중유, 그리고 새에 이르는 일련의 세계들을 상상하고 있는 것은 힘겨운 추락에서 상승을 위한 발버둥이다. 이것은 시적 화자가 이미 '생각해내지 않으면 안 되는 일'이라고 규정하고 있듯이 필연적인 것이었다. 토시코의 죽음으로 인한 슬픔과 상실, 신앙적 회의, 수라성의 폭발은 주체에게 하나의 추락의 심연이었기 때문에 그 심연으로부터 상승하는 길은 새를 통한 비상 이외에는 없는 것이다. 그리고 중유에서 새에 이르는 상상력의 과정은 추락에 대한 주체의 책임이다. 이것은 인과적 법칙에 기인하고 있다. 바슐라르는 새에 대해서 다음과 같이 이야기하고 있다.

> 새에 있어서 아름다운 것은 원초적으로 새의 비상이다. 역동적 상상력에 있어서 비상은 으뜸가는 아름다움이다. 날개의 힘은 본성적으로 솟구칠 수 있다는 것, 무거운 것을 神이 거하는 저 높은 곳으로 이끌어 올라 갈 수 있다는 것을 의미한다. 육체에 속한 모든 것들 중에서 신성한 것에 가장 적극적으로 참여하는 것이 바로 날개들이다.[128]

---

128 가스통 바슐라르, 앞의 책, 142-145쪽.

공기적 질료와 자유로운 운동이야말로 새의 이미지를 낳는 테마들을 잘 보여주는 것이다. 다시 말하면, 공기적인 창조적 상상력 속에서, 새의 몸은 그것을 감싸는 공기에 의해서 만들어지며, 새의 생명은 그것을 싣고 날아가는 운동에 의해 만들어지는 것이다.[129]

육체에 속한 것들 중에서 가장 신성한 것에 참여할 수 있는 날개를 가진 새는 역동적이고 무거운 것을 가볍게 할 수 있는 상징물이다. 또한, 이 새는 천상계와 지상계를 연결해 주는 매개물로서 창조된다. 심연으로부터 비상하기 위하여 쓰인 새라는 테마는 죽은 자의 영혼이라는 동서고금의 전승과 함께 인격화된 자유로운 공기이다.

> (야마토타케루노미코토[130]의 새 무덤 앞에
> 황후들이 엎드려 슬피 울고
> 그곳으로부터 어쩌다 물떼새가 날아오면
> 그것을 님의 혼이라 생각하고
> 억새에 발도 상하게 하면서
> 바닷가를 그리워하며 가시는 것이다)
> ((日本武尊の新しい御の前に
> おきさきたちがうちふして嘆き
> そこからたまたま千鳥が飛べば
> それを尊のみたまとおもひ
> 蘆に足をも傷つけながら
> 海べをしたつて行かれるのだ))(150쪽)

---

129 가스통 바슐라르, 앞의 책, 147쪽.

130 『고사기(古事記)』, 『일본서기(日本書紀)』에 의하면 케이코(景行) 천황의 아들로서 東西정복을 한 영웅으로 나와 있으나 문학적 所傳에는 비극적 영웅 또는 시인으로 그려져 있다. 특히 〈大和は国のまほろば〉〈命また けむひとは〉〈はしけやしわぎへの方よ〉의 세 편에는 思國歌로서 임종 때에 부른 노래로 전해진다.

물떼새를 님의 혼이라 생각하는 것은 천황이 새로 환생했다고 황후들이 생각했기 때문이다. 비극적 영웅 또는 시인으로서 야마토타케루노미코토가 지닌 비극성과 그가 부른 임종 석상의 사국가는 시 「흰 새」가 이루어지는 데에 큰 역할을 하고 있다. 켄지가 시를 창작할 때 토시코의 영혼을 새라는 테마로 설정하고 그 근거를 일본의 전통 노래에서 찾고 있다는 점에서 볼 때 그의 시가 전통의 맥락을 살리고 있음을 알 수 있다.

그러면서 황후들이 님의 혼을 물떼새와 동일시하고 그리워했듯이 켄지의 시에도 일련의 새를 토시코의 환생물로 상정하고 있다. 그러므로 새를 테마로 하는 켄지의 창작 태도는 새를 통하여 토시코와 자신의 결여된 관계를 회복하려는 의지와 토시코의 죽음으로 인한 비극적 정서의 무거움으로부터 가벼워지기 위한 작업으로서 만가에 투영되고 있다. 또한, 새가 가지는 치켜 오르는 힘으로서의 역동성과 인격화된 자유로운 공기로서의 이미지와 비상이 가지는 세계의 자유는 새라는 테마에서 핵심적인 요소이다. 그런데 이 새라는 테마가 어떻게 해서 인격화된 자유로운 공기인가 하는 점이다. 바슐라르는 이 점에 대해 몸의 곧추세움이라는 형태론적 이미지로 설명하고 있다.

> 인간들은 공중을 나는 꿈으로써 기어가는 살덩이로서의 존재를 이겨낸다
> (극복한다). 그와 또 반대로, 우리 인간이 꾸는 꿈의 어떤 비틀림(굴절)에
> 의해 인간은 자기 척추가 한 마리 뱀이었던 것을 때로 기억해 내게 되는
> 경우도 있다.
>
> 이렇듯, 형태들은 (뒤틀려) 고통받는 원형질에서부터 태어난다.
> 그 형태들은 각양 고통의 형태들이다. 창세(생물의 발생)는 지옥과 같은

고통에서 유래한다. 몸을 곧추세운 것은 비틀린 것에서 나온다.[131]

새들은 파충류들에서 나온 것이며, 새들이 비상하는 모습은 뱀이 꿈틀거리며 기어가는 움직임을 연장한다. 켄지의 동화 「쏙독새 별」이나 『은하철도의 밤』에 나오는 새라는 테마도 여기에서 크게 벗어나지 않는다. 뱀도 역시 척추의 역동성을 지니고 있다. 이러한 뱀이 몸을 비틀어 몸을 곧추세우는 형태는 「아오모리 만가」에서 뱀-개구리 구도에서 발견된다. 이것은 어린 아이들의 대화로 된 부분이며 켄지는 이 환청을 시 속에서 재현함으로써 토시코와 자신의 관계를 드러내고 있다. 이 환청은 새로 형태를 변형하기 위한 역동성과 공격성을 지닌다.

((기루가 새파랗게 질려 앉아 있어))
((이렇게 눈을 크게 뜨고 있지만
 우리들은 전혀 못 보는 것 같았어))
((나가라가 있지 눈을 계속 빨갛게 하고서
 점점 또아리를 작게 한 거야 이렇게))
　　(((ギルちゃんまつさをになつてすわつてゐたよ))
　　((こをんなにして眼は大きくあいてたけど
　　ぼくたちのことはまるでみえないやうだつたよ))
　　((ナーガラがね眼をぢつとこんなに赤くして
　　だんだん環をちいさくしたよこんなに)))

오오츠카(大塚常樹)는 켄지가 토시코의 환생처를 육도(六道) 중에 천의 세계(33천 또는 도솔천)에다 구하고 있으며 하늘에서 다시 태어나는 죽은 자의

131　가스통 바슐라르, 앞의 책, 165-167쪽.

가짜 모습으로 새만큼 적절한 존재는 없다고 한다. 또한, 켄지에게 새는 구원의 상징이며 그 이유는 진화론의 입장에서 쥐라기의 시조새가 파충류에서 진화하여 생긴 것이 켄지에게 희망이었다[132]고 진술하고 있다.

나가라는 산스크리트어의 'naga-raja 용-뱀의 악신'에서 온 이름이다. 기루는 개구리로 토시코이고 나가라는 켄지이다. 이것은 천적관계인 뱀-개구리 구도로 나가라가 기루를 잡아먹으려고 하는 모습이다. 이 마성적인 환청은 시적 화자로 하여금 여동생에게 집착하도록 이끄는 것이고 결과적으로 시적 화자의 수라성을 표출하는 역할을 하고 있다. 오오츠카는 '남매를 어린 아이로 설정한 것도 인간의 무의식중에 잠재하는 '수라성=과거'와 '하늘의 권속=미래의 가능성'을 보다 순수한 형태로 도출하려는 자세의 표현'[133]이라고 지적하고 있다. 이처럼 파충류인 뱀이 천상의 세계를 지향하기 위해서는 비틀림이라는 고통을 수반하지 않을 수 없다. 그러므로 존재의 곧추세움은 시적 긴장을 통하여 드러나는 역동성에 근거하고 있음을 알 수 있다.

타자인 토시코를 새로 구상화하는 주체의 의도는 분열을 극복하고 천상적 가치에 지향을 두려는 주체의 욕망에서 비롯된다. 이 천상세계와 구원의 표상은 주체가 수라적 마성과의 투쟁에서 수라적 세계를 극복하려는 필연적인 선택이다. 주체가 수라적 세계를 초극할 수 없다면 분열인 채로 영원한 진리에 도달할 수 없기 때문이다. 켄지의 시에서나 동화에서 '두 그릇 눈' '두 마리 새' '쌍둥이 별' '죠반니와 캄파넬라'라는 二로써 一이 되고자 하는 것은 주체는 항상 타자와 합일되었던 상상계의 욕망을 언뜻언뜻 보여주기 때문이다. 또한, 이것은 상징계에서 불가능하므로 실재계에서 합일을 이루려는 욕망의 미

---

132 大塚常樹, 『宮澤賢治 心象の宇宙論』, 朝文社, 1993, 263쪽.

133 大塚常樹, 앞의 책, 267쪽.

래형으로 간주된다. 동화 「쌍둥이 별」에서 츈세 동자와 포세 동자는 서로 마주 보고 피리를 불어 하늘나라의 시간을 알려주는 별이다. 이 두 별의 마주 봄은 상호교통을 의미하고 그로 인해 존재가 지니는 근원적 고독은 허물어진다. 이로써 둘이서 하나인 세계를 표상하면서 바라보는 행위에서 주체의 구실을 한다. 켄지가 만가 시편에서 토시코와 상호 교통하기 위해 끊임없이 방황하였고 그 결과 이루어낸 둘로서 하나인 세계는 쌍둥이별을 통하여 암시하고 있다. 바슐라르에게 쌍둥이 별은 바라보는 행위에 의해 그들의 역동성을 상호 교환하는 것으로 거리의 지움을 의미한다.

> 두 개의 쌍둥이 별은 우리에게 이미 우리를 바라보는 얼굴이며, 꼭 마찬가지의 상호작용에 의해, 우리에게 시선을 보내준 두 눈은 그것이 우리가 영위하는 삶에서는 너무나 낯설게 멀리 있다 할지라도 우리의 영혼에 별로서의 영향력을 행사하는 것이다. 그것은 단숨에 우리의 고독을 허물어 버린다. 보고 바라본다는 것은 여기서 그들의 역동성을 상호 교환하고 있으니 주고받는다. 그적에는 거리란 더 이상 존재하지 않는다. 무한한 통공(상호교통)은 무한한(공간적) 크기를 지워버린다. 별들의 세계는 우리 영혼을 감동시키니 그 세계는 바로 시선의 세계인 것이다.[134]

별에 관한 테마는 켄지의 시보다 동화에서 중요한 역할을 하고 있다. 특히 『은하철도의 밤』은 주인공 죠반니와 캄파넬라가 북십자성에서 남십자성에 이르는 은하계라는 천상세계를 은하 기차를 타고 여행하는 것이 이 동화의 모티브이다. 은하 여행 동안 죠반니와 캄파넬라는 같이 동행하면서 여러 사람들을 만나게 되지만 남십자성의 암흑성운(석탄 자루)에서 캄파넬라는 갑자기 사라

---

134 가스통 바슐라르, 앞의 책, 369쪽.

지는 만다. 은하 여행이 죠반니의 꿈의 여행인 점을 상기할 때 캄파넬라와의 이별은 무의식의 세계에서 감지되는 일에 지나지 않고 죠반니가 현실 세계에서 맞이하는 캄파넬라의 죽음은 예정된 데 지나지 않는다. 은하 여행 전의 현실 세계에서 약간의 거리가 존재했던 두 소년은 꿈속의 여행을 통하여 합일을 이룬다. 이와 같은 정신적인 합일은 은하 여행 중에 끊임없이 별과 천상의 세계를 함께 응시하면서 상호 교통함에 따라 얻어진다. 그러므로 죠반니가 은하 여행 전에 가졌던 고독감은 허물어지고 캄파넬라와의 합일로 하여 모든 다른 균열된 것과도 합일을 할 수 있는 바탕을 만들게 됨으로써 소년은 정신적 성장을 하게 된다. 동화 「쌍둥이 별」은 존재들 간의 거리가 허물어진 것을 표상하는 상징이다. 서로 마주 보는 행위는 눈과 마음의 교통이다. 이것은 「무성통곡」에서 전제가 되고 있었다. 존재들 간에 분리 내지는 균열이 생기면 마주 볼 수 없는 것이다. 즉 눈과 마음이 서로를 향하고 있지 않기 때문이다. 그러므로 「무성통곡」의 시적 화자가 사후세계로 가는 토시코에게 신앙적 확신을 이야기할 수 없었던 것은 이미 마음이 둘로 비극적으로 갈라졌기 때문이다. 이 분리는 세계와의 단절임에 틀림없다. 눈과 마음은 세계를 향하는 창이다. 별이라는 테마는 존재들 간의 시선에 대한 것으로 인간이 별을 바라보는 것처럼 별도 인간을 바라본다. 주체와 타자의 관계는 시선의 관계이다. 서로 바라볼 수 없을 때 세계는 이미 비극이다. 즉, 서로 통교 하지 못하는 존재는 스스로 닫혀 있다. 그러므로 새는 지상계의 인간과 천상계의 단절된 관계를 회복시키고 서로 바라보게 하기 위해 쓰이는 매개물이다. 또한, 주체가 처한 추락의 심연이 가지는 무거움으로부터 공기처럼 가볍게 -새가 공기처럼 가벼워야 날듯이- 자유롭게 해방되는 의미를 지니고 있다.

한용운의 시에서 영원한 가치를 상징하는 것은 황금과 꽃이다. 꽃은 생명을 상징하고 황금은 영속적 가치를 의미한다. 또한, 황금은 아름다운 정신의 빛과 태양의 광휘, 신적인 지혜의 표상으로 그의 시에서 쓰이고 있다. 그 첫째로 영속적 가치로서의 황금의 의미를 고찰하고자 한다.

주제시 「님의 침묵」의 '황금의 꽃'은 핵심적 비유어로서 상징성의 깊이를 드러내고 있다. 이것은 '옛 맹세'를 수식하는 말로서 황금의 꽃=옛 맹세이다. '옛 맹세'는 '님'과 '내'가 합일하였을 때, 님과 나 사이에 있었던 맹세로서 시적 화자인 '나'는 이 맹세를 님이 지키러 오리라는 기대감으로 오랜 기다림의 세월을 인고한다. 『님의 침묵』이 이루어질 가능성은 님이 한 옛 맹세 때문이다. 만약 옛 맹세가 없었다면 시적 화자 '나'는 님을 기다릴 필요도, 기다리면서 님에 대해 소홀했던 점을 후회하거나, 님에 대한 나의 사랑을 끊임없이 이야기할 필요도 없었다.

이 옛 맹세가 황금의 꽃이라는 수식어를 동반함으로써 영원히 변치 않는 것으로 기능하면서 시적 화자가 님을 기다리는 근거가 된다. 또한, 『님의 침묵』 전편에서 침묵하는 님에 대하여 시적 화자가 끊임없이 님에 대해 이야기하는 것도 모두 이 옛 맹세로 인해서이다. 님이 침묵하는 이별의 상황이 美로 인식되는 것도 옛 맹세에 의해서 님과의 재회가 예정되어 있기 때문이다.

> 당신은 두견화를 심을 때에 「꽃이 피거든 꽃싸움하자」고
> 나에게 말하였읍니다.
> 꽃은 피어서 시들어 가는데 당신은 옛 맹세를 잊으시고
> 아니 오십니까.
>
> 나는 한 손에 붉은 꽃수염을 가지고 한 손에 흰 꽃수염을
> 가지고 꽃싸움을 하여서 이기는 것은 당신이라 하고 지는
> 것은 내가 됩니다.
> 그러나 정말로 당신을 만나서 꽃싸움하게 되면 나는 붉은

꽃수염을 가지고 당신은 흰 꽃수염을 가지게 합니다.
그러면 당신은 나에게 번번이 지십니다.
그것은 내가 이기기를 좋아하는 것이 아니라 당신이
나에게 지기를 기뻐하는 까닭입니다.
번번이 이긴 나는 당신에게 우승의 상을 달라고
조르겠읍니다.
그러면 당신은 빙긋이 웃으며 나의 뺨에 입맞추겠읍니다.
꽃은 피어서 시들어 가는데 당신은 옛 맹세를 잊으시고
아니 오십니까.   (「꽃싸움」, 79쪽)

　이 시에서는 오시지 않는 님을 기다리는 시적 화자의 안타까움을 표현하고
있는데 그것은 님이 꽃이 피면 꽃싸움을 하자는 약속을 지키지 않고 아직 오
지 않기 때문이다. 꽃은 피어서 시들어 간다는 의미는 생명을 상징하는 꽃임
을 생각할 때 시적 화자는 님을 기다리는 과정에서 거의 죽음에 이를 정도로
고통스러움에 빠져있음을 하소연하고 있다. 이 시가 님과 재회하여 님과 나
사이에 하는 놀이로서 꽃싸움이라는 모티브에 의해 이끌어지고 있는 만큼 그
와 같은 놀이를 할 수 없는, 님이 오고 있지 않은 현실이 시적 화자에게는 시
들어 가는 꽃처럼 죽어가는 것과 다름없다. 여기에서 님과의 놀이가 님을 만
나기 전에는 님이 이기는 것으로 하고, 미래에 님과 만나서 꽃싸움을 할 때는
내가 이기는 것으로 설정하고 있다는 점에 주의를 요한다. 왜 이러한 상상력
이 필요하였을까 하는 의문이 생긴다. 그런데 그 이유는 시적 화자인 내가 이
기기를 좋아하는 것이 아니고 님이 나에게 지는 것을 기뻐하기 때문이다. 님
이 나에게 진다는 말은 곧 시적 화자가 님과의 기나긴 이별 속에서 모든 어려
움을 이기고 님을 만남으로써 님을 이긴다는 해석이 가능해진다. 왜냐하면,
님과의 이별이란 님과의 분리, 즉 분열된 상태이며 이 분열이 가져오는 파국

에서 주체는 끊임없이 님과 나 사이에 생긴 거리를 좁히기 위해서 철저한 내적 성찰을 함으로써 내적 투쟁에서 이기기 때문이다. 이때 내적 투쟁은 영적 투쟁이다. 님과의 거리가 멀면 멀수록 님과의 상호교통은 불가능해지고 그 거리가 허물어질 때 비로소 완전한 소통이 가능하다. 그러므로 이 시에서 님과 나 사이의 꽃싸움이라는 놀이는 곧 님과 나의 통교 행위이다. 그런데 게임인 꽃싸움에서 님을 정말로 만날 때 님에게 우승의 상을 받으려고 조르겠다는 시적 화자의 진술은 내적 투쟁에서 이김으로써 상을 받고 싶어 하는 긍정적 욕망을 드러내는 표현으로 보인다. 시적 화자는 님으로부터 받는 상을 자신의 영적 투쟁에서의 승리와 동일시하고 있고, 그것은 또한, 『님의 침묵』의 전체 주제인 님과의 재회라는 대주제와 동일 선상에 있다. 꽃싸움에서 승리는 님이 나에게 한 옛 맹세의 실현이기도 하며 그것이 단순히 님에 의해서 이루어지지 않음을 이 시는 보여주고 있다. 즉, 옛 맹세는 님에 의해서 실현되기보다 님으로부터 멀어진 주체가 님과의 거리를 허물고 상호 교통하게 되는 것이 옛 맹세의 실현이다. 그러므로 옛 맹세는 황금의 꽃같이 빛나는 옛 맹세이다. 상상계에서 님과 하나였을 때의 옛 맹세가 상징계를 넘어선 세계에서는 주체에 의해 실현되는 옛 맹세로서 여전히 영원성을 간직하고 있으며 황금으로 표상된다. 그러므로 이 시에서 님과 이별하기 전에는 '이기는 것은 당신'이라 하게 된다.

둘째로 황금으로 대표되는 광물적 이미지는 그 견고성으로 인해 인위적이고 공격적이며 저항적 의미를 내포한다.

> 만일 당신을 쫓아오는 사람이 있으면 당신은 머리를 숙여서
> 나의 가슴에 대십시오.
> 나의 가슴은 당신이 만질 때에는 물같이 보드랍지마는 당신의
> 위험을 위하여는 황금의 칼도 되고 강철의 방패도 됩니다
>
> (「오셔요」, 80쪽)

황금의 칼과 강철의 방패는 인위적이고 공격성과 저항성을 드러내는 시어이다. 나에게로 오시는 님을 방해하는 어떤 것이 있다면 그를 저항하기 위하여 황금의 칼도 되고 강철의 방패도 된다는 시적 화자의 진술이다. 이 부분에서 황금의 칼이 지니는 영원성과 저항성은 이 시의 뒷부분에 표현된 것과 같이 군함, 포대, 강자(强者), 쫓아오는 사람인 추격자 등으로부터 님을 수호하겠다는 의지를 표상하고 있다. 이 의미는 확대되어 님과 내가 재회하는 데 있어 걸림돌이 되는 모든 장애와 맞서 투쟁하며, 님과 고귀한 가치를 지니는 것들에 대해서 영원히 수호하기 위해서 저항하겠다는 주체의 긍정적 욕망을 드러낸다. 님이 조국으로 읽힐 때는 조선의 주권일 것이고 민족일 경우에는 민족적 주체에 대한 수호이며, 불타일 경우에는 수행자로서의 불타와 합일하기 위한 과정의 모든 고행과 맞서 싸우겠다는 의지의 표현이다. 저항의 대상은 이 경우에 식민국 일본과 수행과정의 장애물이다.

'강철의 방패'도 강철과 방패가 지니는 무게감과 견고성으로 인해 저항정신의 무게와 견고성을 나타낸다. 이 시어는 굳은 신념의 표상이다. 서준섭은 한용운 시의 광물적 이미지에 대해 다음과 말하고 있다.

> 그가 자주 애용하는 "진주, 금강석, 보석, 황금……" 등의 아름다우면서도 견고한 일련의 보석 이미지들도, 한편으로는 님의 존재(고귀함)와 사랑에 대한 즉물적 표상이면서도, 다른 한편으로는 이 님을 향해 부단히 정진하겠다는 시인 자신의 "의지·결의"를 중개해 주는 심리적 등가물이라 할 수 있다.[135]

시인의 의지와 결의를 중개해 주는 심리적 등가물로서 보석 이미지가 칼과

---

135 서준섭, 「한용운의 상상 세계와 〈繡의 秘密〉」, 『한용운 연구』, 새문사, 1982, 25쪽.

방패와 같은 무기류와 결합할 때 그 의지는 더욱 결연하게 표현된다. 이 부분은 한용운의 투사적 면모를 보여주고 있다.

셋째로, '황금의 꽃'이라 할 때 이 광물적 이미지는 식물적 이미지의 꽃과 결합하여 꽃이 표상하는 식물적 상상력의 전원적, 순응적, 수동적 세계와 대응되어 은유적 결합을 이루어낸다고 하겠다.

> 1) 황금의 칼에 베혀진 꽃과 같이
>   (「論介의 애인이 되어서 그의 廟에」, 64쪽)
> 2) 황금의 꽃같이 굳고 빛나던 옛 맹세 (「님의 침묵」, 42쪽)
> 3) 초지의 황금(草地の黃金) (「봄과 수라」, 22쪽)
> 4) 황금의 풀(黃金の草) (「풍경(風景)」, 29쪽)

1)의 인용에서 황금은 같은 광물 이미지인 칼과 결합하여 의지의 표상이자 도구성을 획득하여 꽃을 벨 수 있는 공격적인 무력과 권위를 상징하게 된다. 그러나 '황금의 칼에 베혀진 꽃'이라 하여 '황금의 칼에 베혀진'이 꽃을 수식하게 됨으로써 오히려 원래 칼이 가진 공격성이 다소 부드러워지게 되고 황금의 노란색이 가지는 색채가 예리함보다 '향기롭고 애처로운 그대의 당년'을 추억하는 것이 되므로 온화한 분위기를 자아내고 있다.

2)의 인용은 '옛 맹세'에 대한 권위와 가치를 두기 위하여 황금의 꽃을 수식어로 쓰고 있는데 중요한 것은 황금이 지니는 영원성과 꽃이 지니는 생명성이 결합하여 님의 옛 맹세가 영원성과 생명성을 지니고 시간이 흘러도 불변하여 언젠가는 지켜질 약속임을 암시한다.

그리고 그 옛 맹세는 '나'가 님을 기다리는 원인이며 또한, 님의 침묵의 전체 시들이 이루어질 수 있는 조건이다. 옛 맹세가 없었다면 지금의 기다림도 존재하지 않는다. 주체 '나'가 님을 기다리는 동안 자기 부정과 희생을 통하여 자아 포기를 하게 되는 것도 옛 맹세를 지키기 위한 방법이다. '옛 맹세'는 주체의 생존권이 달린 지켜져야 할 약속이다.

3)의 '초지의 황금'은 태양 빛에 비친 초지가 거대한 황금 덩어리처럼 반짝이는 모양을 비유한 것이다. 녹색과 황색의 생명감과 고귀함이 어우러지고 있다. 초지의 풀은 부드럽고 쉽게 바람에 넘어지는 연약한 속성이 있지만 황금이라는 광물적 이미지의 견고성이 결합하여 풀 한 포기 한 포기가 마치 황금으로 세워진 침처럼 정교하고 견고하면서도 수직적인 식물성이 광물적 이미지로 전환되어 유동성이 감지되는 비유이다. 타카하시(高橋義人)는 '미야자와 켄지의 색채 세계는 빛과 어둠, 황색과 청색이라는 근원적인 분극성 상에서 구축되어 있으며 '초지의 황금'에 대해 '이 세계가 아닌 세계'[136]로 보고 있다.

4)의 '황금의 풀'도 역시 '초지의 황금'과 동일한 이미지를 가지고 있다. 그러나 이 황금의 풀은 초지의 황금과 다소 차별성을 갖는다. 거대한 황금 덩어리 같은 '초지의 황금'과는 달리 개체로서 나 있는 풀이 군집 되어있는 상태를 의미하고 있다. '황금의 풀'이 '흔들린다 흔들린다'라는 동사의 반복으로 바람에 의해 흔들리는 '황금의 풀'은 시각과 청각을 자극한다. 풀끼리 부딪치면서 얇은 금들이 서로 소리를 낼 듯한 효과를 의도함으로써 공감각 이미지를 연출하고 있다. 그리고 켄지의 시에서 풀이나 벼와 같은 식물은 고향 이와테에서 흔히 대할 수 있었던 것으로 풀과 벼는 농민을 상징한다. 1920년대 당시 소외층이었던 농민을 상징하는 풀과 벼를 황금에다 비유함으로써 그들의 위상을 고양시키고 그들의 진정한 가치를 찾아주려는 농촌 활동가로서 켄지의 면모가 투영되고 있다.

이상과 같이, 황금이 식물적 이미지인 꽃, 초지, 풀, 장미와 결합하여 녹색

---

136 高橋義人. 앞의 논문. 54쪽.

에서 황색으로 색채 이미지의 변화를 가짐으로써 신비성과 영원성을 부여하게 된다. 또한, 풀이 켄지 시에서 벼와 관련하였을 때는 농민을 상징함으로써 농민을 고귀한 존재로 끌어올리고 농업이라는 노동의 위대함을 의미함으로써 현실사회의 농업과 농민에 대한 인식을 전복하는 알레고리적 기능을 하고 있다고 하겠다.

넷째로 태양의 광휘를 나타내는 이미지로서의 황금이다.

1) 해는 황금의 장미(日は黃金の薔薇) (「장구벌레의 춤(蟯虫舞手)」, 51쪽)
2) 나는 황금의 소반에 아침볕을 받치고 (「계월향에게」, 69쪽)

1)은 해 즉 태양을 '황금의 장미'에 비유하고 있고 해와 황금과 장미는 켄지의 시나 동화에서 좋은 이미지로 쓰이고 있는 것들이다. 해는 「코발트 산지(コバルト山地)」에서 '정신적인 흰 불'로 비유되고 있기도 하다. 이것은 해가 가지는 이미지인 남성적 힘이나 영웅의 위엄 혹은 이성이나 현실지향을 의미하고 있기 때문이다. 이 경우에 태양은 정신적인 아름다운 빛으로 나타난다. 그것은 흰 불로 표현하여 정신이 지닌 신적인 지혜를 표상하기도 한다. 그러나 1)의 인용에서는 남성적 이미지인 태양이 황금의 장미라는 광물과 식물 이미지와 얽혀 태양의 광휘를 꽃으로 나타냄으로써 남성적 이미지에서 여성적 이미지의 부드러움으로 변화되어 있다. 그것은 꽃이 생명을 상징하고 생명의 잉태자인 여성 이미지로 자연스럽게 변화된다.

2)의 인용에서는 아침볕을 황금의 소반에다 받친다는 의미는 황금의 소반에다 아침볕을 담아 올린다는 의미로서 계월향에 대한 공경의 의미를 표현하는 구절이다. 논개나 계월향은 모두 일본 장수들과 맞서서 조국을 구한 구국의 기생들이므로 이 여성들의 거룩한 업적을 찬미하기 위해서 영원성을 상징

하는 태양을 황금 소반이라는 귀한 상에 올려서 계월향에게 바치는 것이다.

다섯째로 황금이 가진 고귀함과 영원성을 수사적으로 사용한 예들이다.

1) 님 생각의 금(金)실 (「고적한 밤」, 45쪽)

2) 황금의 나라를 꿈꾸는 한 줄기 희망이 (「生命」, 51쪽)

3) 님이여, 당신은 백번이나 단련한 금결입니다 (「讚頌」, 64쪽)

4) 금석 같은 굳은 언약

5) 나의 가슴에 「사랑」의 글자를 황금으로 새겨서

   (「論介의 애인이 되어 그의 廟」에, 64-65쪽)

6) 이 나라 사람은 옥새(玉璽)의 귀한 줄도 모르고 황금을 밟고 다니고

   (「冥想」, 77쪽)

1)의 님 생각의 금결은 한용운의 시적 상상력이 돋보이는 표현으로 생각이라는 눈에 보이지 않는 추상적 요소를 눈에 보이는 금결에 비유하고 있고 님을 그리워하는 시적 화자의 생각이 금결이라 함으로써 님을 그리는 행위를 고귀한 것으로 만들고 있다. 또한, 그 금실의 한 가닥을 눈썹에 걸치고 다른 한 가닥을 작은 별에 걸쳤다고 함으로써 님을 생각하는 나의 마음이 확장된 상태를 나타내고 있다. 2)의 황금의 나라는 꿈꾸어야 할 세계를 의미하고, 3)은 님이 지니는 고귀함을 의미하고 있다. 4)는 귀중한 언약이라는 의미로 언약에 무게를 싣고 있으며, 5)는 가슴에 사랑이라는 글자를 황금으로 새겨 논개의 사당에 기념비를 세워도 그녀의 혼을 위로할 수 없음을 나타내고 있다. 6)은 명상 속의 이름 모르는 나라의 사람들이 황금과 같은 귀중한 것도 밟고 다닌다는 의미이다. 여기서 황금은 귀중한 가치를 이야기하지만 이 나라 사람들에게 황금은 하찮음을 비유해서 하는 말이다. 그러나 시적 화자는 이 세계를 부정하고 있다. 이 나라 사람들이 나의 손을 붙잡고 같이 살자고 했지만 '나는

님이 오시면 그 가슴에 천국(天國)을 꾸미려고 돌아왔읍니다'라고 진술하고 있듯이 거기에 머무르려고 하지 않는다. 시적 화자인 나에게는 '옥새'와 '황금'이 중요한 가치를 지니는 님이 오실 나라를 선택하고 있다. 옥새는 이 시에서 나라의 주권을 의미하고 황금은 영원한 가치를 말한다.

켄지와 한용운의 시에서 나타나는 황금의 비유는 불교적 의미에서도 가장 귀하고 영원한 것을 상징할 때 쓰이는 것으로 경에서도 자주 눈에 띄는 보석 중의 하나인 점을 생각할 때 이 두 시인의 시어에 대한 상상력이 불교 경전과 관련성이 있음을 알 수 있다.

이상에서 고찰된 바, 켄지의 시에서 새는 구원으로 표상되고 있다. 토시코의 죽음으로 인한 상실감과 그것을 극복하지 못하는 두려움이 주체를 심연으로 추락시켰다. 추락은 조성된 추락으로 질료적 사건이다. 그러나 추락의 상상력은 주체가 정신적으로 책임져야 할 세계이다. 그러나 추락의 상상력은 상승하고 커지는 의지에 대한 꿈에 지나지 않았다. 「아오모리 만가」 서두에서 표현된 심연으로의 추락은 토시코의 중유인 천인과 환생물인 새를 통해 상승하고 있다. 하늘의 푸르름은 순결함과 높음과 투명한 의지의 상징으로서 불교적 중유 이미지와 함께 켄지의 시적 상상력을 이루고 있다. 새는 치켜 오르는 힘으로서 역동성과 인격화된 자유로운 공기로서의 이미지와 비상이 가지는 세계의 자유는 새라는 테마에서 핵심적인 요소이다. 새는 주체의 탈주이며, 자유이며 구원이다.

한편 한용운 시에서 황금은 영원한 가치를 표상한다. '황금의 꽃'은 『님의 沈黙』에 표현된 비유어들 중에서 중핵적 위치를 점하고 있다. 그 이유는 '황금의 꽃'이 '옛 맹세'를 수식하고 있고, 『님의 沈黙』의 시들이 영원한 생명을 상징하는 '옛 맹세'를 지키기 위한 과정에서 태어났기 때문이다. 「꽃싸움」에서 님이 나에게 진다는 말은 시적 화자가 님과의 기나긴 이별 속에서 모든 어려움을 딛고 일어나 님을 재회함으로써 님을 이긴다는 의미이다. 님과 나 사이의 놀이의 일종인 꽃싸움은 통교 행위이고 주체는 이를 통해 님과의 거리를 허물게 된다. 『님의 침묵』에서 황금은 영속적 가치, 견고성으로 인한 공격성과 저항성, '황금의 꽃'과 같은 광물적 이미지와 식물적 이미지의 결합을 표상하고 있다.

3) 복권의 실상 - '個人'의 극복과 보살 사상

만가군의 시편에서 켄지는 토시코의 사후세계를 중유에서 '새'로 환생한 과정을 구체적으로 그리고 있다. 토시코의 사후 모습을 집요하리만큼 개념화 내지는 구상화하게 된 이유는 그 자신이 신앙을 과학적으로 실증해 보려는 의도도 있었다. 그러나 무엇보다 토시코의 죽음으로부터 받은 충격과 슬픔 속에서 '미치광이가 되지 않기 위한 생물체로서는 하나의 자위작용'으로써 사후세계를 시적 의장을 통해 구현하려 애를 썼던 것이다. 그러므로 켄지에게 만가 시편을 쓰는 행위 자체가 '자위작용'으로서 '슬픔과 우울'로부터 치유하는 방법인 셈이다. 그러나 자위작용도 '언제나 지키고 있어서만은 안 된다'라고 했듯이 오랫동안 집착해서는 안 되는 것이었다.

이와 같은 집착의 원인을 이케가미(池上雄三)는 토시코가 '신앙의 유일한 동행자였기 때문'[137]이라고 말하고 있다. 그러므로 이 집착에서 벗어나려고 '자 눈물을 닦고 똑바로 서서/ 이제 그런 종교풍의 사랑을 해서는 안 된다'라고 시적 화자는 자신에게 이야기한다. 이 '종교풍의 사랑'이 토시코와의 정신적 사랑, 또는 미분화된 단계의 사랑(프로이트가 말하는 1차적 사랑- 가족 간의

137　池上雄三, 「銀河鐵道の夜」の位置-「風林」から「宗敎風の戀」「までの系列化と考察-」,『宮澤賢治Ⅱ』日本文學硏究資料叢書, 有精堂, 1983, 168쪽

사랑)이라면 주체는 가족이 아닌 다른 타자와의 사랑을 구하려는 욕망을 드러내게 된다.

문제는 켄지의 경우 토시코와의 사랑이 단순히 이성 간의 사랑인 에로스도 아니었고, 시적 화자를 통해 말하는 종교풍의 사랑이었다. 그러나 그것은 켄지를 슬픔으로 몰아넣었고 여기에서의 좌절이 토시코라는 개(個)와 이별하고 토시코 대신에 다수의 타자들을 대상으로 하는 전체(全體)를 위한 사랑으로 옮아가게 된 계기가 되었다고 할 수 있다. 토시코의 죽음이라는 슬픔의 에너지는 다수의 타자들을 사랑하는 데에 기여하고 있다. 그리고 토시코를 비운 자리에 '모두'와 '덕성'으로써 채워 넣고 있다.

> 의지로 삼는 것은 모두가 의지가 되지 않는다.
> 다만 모든 덕만이 이 큰 여행의 양식으로
> 그리고 그들 모든 덕성은
> 선서에서 와서 선서에 이른다.
> 〔あてにするものはみんなあてにならない
> ただもろもろの德ばかりこの巨きな旅の資糧で
> そしてそれらもろもろの德性は
> 善逝から来て善逝に至る〕[138] (「묘성(昴)」, 201-202쪽)

시적 화자는 의지로 삼는 모든 것이 의지가 되지 않고 '모든 덕'만이 의지가 되는 것이라고 말한다. 「과거정염」에서도 '무엇이나 모두 의지가 되지 않고'라는 구절에서 확인되었듯이 현상의 세계에서 의지될 것이라곤 없다. 그리

---

138 선서(sugata), 또는 好去라 한다. 諸佛十號 중 第伍를 선서라 하고 십호의 제1을 여래라 하며 여래란 여실의 도를 타고 사바계로 온다는 뜻. 선서는 如實로 피안에 가서 다시는 생사의 바다에 退沒하지 않는다는 뜻. 여래와 선서는 내왕이 自在한 덕을 나타낸다.

고 거기에는 인간도 포함된다. 그래서 시적 화자는 「종교풍의 사랑」에서 현상계의 것들에 의지하려 했던 지난날의 자신의 우둔함을 비판하게 된다.

진정 그런 편향되고 모난 마음 씀씀이 탓에
왜 이렇게 투명하고 깨끗한 기층 속으로부터
불타서 어둡고 괴로운 것을 붙잡는 것인가
신앙으로밖에 얻을 수 없는 것을
왜 인간 속에서 꽉 붙잡으려 하는가
〔ほんたうにそんな偏つて尖つた心の動きかたのくせ
なぜこんなにすきとほつてきれいな氣層のなかから
燃えて暗いなやましいものをつかまへるか
信仰でしか得られないものを
なぜ人間の中でしつかり捕へやうとするか〕 (191쪽)

신앙, 즉 법화경이 이야기하는 최대의 주제인 영원한 생명을 추구하지 않고 일시적 현상일 뿐인 인간에게서 구하려 했기 때문에 주체는 어둡고 괴로운 것만 붙잡고 있었다는 의미이다. 인간인 토시코에게 집착할수록 부정적 의미의 어두운 수라 의식만 고개를 들 뿐이다.

시적 화자는 「영결의 아침」에서 '다시 사람으로 태어나면/ 이번에는 내 일만으로 괴로워하지 않고 태어날게요'라고 진술한다.

이 부분에 대해 히다카(飛高陸夫)는 토시코의 유언에서 개인과 전체의 문제가 제기되었다[139]고 언급하고 있다. 이와 같은 선상에 있는 것으로 「아오모리 만가」에서 '나는 단 한 번이라도/ 그 녀석만이 좋은 곳에 가면 된다고/ 그렇게 기원하지는 않았다고 생각합니다'라고 토시코만이 '좋은 곳'으로 표현되

---

139 飛高陸夫, 「『春と修羅』第一集の分析」, 『宮沢賢治 II』日本文學研究資料叢書, 有精堂, 1982, 102쪽.

는 천상의 세계에서 다시 태어나길 바라지는 않았다고 한다. 토시코뿐만 아니라 모든 죽은 자들도 좋은 곳에서 환생하길 빌었다는 뜻이다. 왜 굳이 시적 화자는 이런 변명을 해야 하는가. 그것은 시적 화자가 '그 녀석'인 토시코에게만 집착하고 있었음을 증명하는 것에 지나지 않는다. 시적 화자가 토시코에게 계박(繫縛)될수록 토시코 개인에게만 얽매이는 것이며, 이것은 켄지가 자기에게만 집착하는 것을 의미한다. 이 태도는 여전히 소아(小我)를 버리지 못하고 있는데 불과하다. 그래서 「소오야 만가」에서 '나'는 사람들의 진정한 행복을 구하는 길, 즉 이타행(利他行)을 결의한다.

> 토시코, 진정으로 내가 생각하고 있는 대로
> 네가 지금 자신의 일을 걱정하지 않고 갈 수 있는
> 그런 행복이 없고
> 따라서 우리들이 가려는 길이
> 진실한 것이 아니라면
> 가능한 한 큰 용기를 내어
> 내게 보이지 않는 다른 공간에서
> 너를 둘러싸고 있는 모든 장애를
> 깨고 와서 내게 알려다오
> 우리들이 믿고 우리들이 가려고 하는 길이
> 만일 틀리는 것이라면
> 구경의 행복에 이르지 못한다면
> 지금 곧바로 와서
> 나에게 그것을 알려다오
> 모두의 진정한 행복을 위해서라면
> 우리들은 이대로 이 시커먼
> 바다에 갇혀도 후회해서는 안 돼
> 〔とし子、ほんたうに私の考えてゐる通り

おまへがいま自分のことを苦にしないで行けるやうな

そんなしあはせがなくて

従って私たちの行かうとするみちが

ほんたうのものでないならば

あらんかぎり大きな勇気を出し

私の見えないちがつた空間で

おまへを包むさまざまな障害を

衝きやぶつて来て私に知らせてくれ。

われわれが信じわれわれの行かうとするみちが

もしまちがひであつたなら

究境の幸福にいたらないなら

いままつすぐにやつて来て

私にそれを知らせて呉れ。

みんなのほんたうの幸福を求めてなら

私たちはそのまゝこのまつくらな

海に封ぜられても悔いてはいけない。)「소오야 만가」, 251쪽)

이 시에서 '나'는 죽음의 세계인 이공간으로부터 돌아올 수 없는 '너(おま
へ)'에게 이야기하며 '모두의 진정한 행복'을 위한 길을 가자면서 결의를 굳게
하고 있다. '나'의 길이란 ① 자기 일만을 걱정하지 않고 갈 수 있는 것 ② 구
경의 행복에 이르는 것 ③ 모두의 진정한 행복을 구하는 것이다.

①은 이타행의 첫걸음으로서 타인을 걱정해준다는 의미로 자신과 가족에
대한 집착을 버리는 길이다. 즉 '개인(個人)' '토시코-나'의 관계에서 벗어나
는 것이다.

②는 모든 인류의 진정한 행복을 구하는 것으로 이타행의 실천을 말한다.

③은 구경의 행복에 이르는 길, 즉 영원한 생명으로 나와 나 이외의 전체

를 얻는 것이라 할 수 있겠다. 켄지 문학에 나타난 이타행의 근거는 법화경의 二十八품의 마지막 장에 해당하는 보현보살 권발품에서 찾을 수 있다.

이 작품에서는 절대적인 진리의 활용인 실천행의 이치가 설법되고 있다. 다음 인용문은 보현보살[140]이 부처에게 자신의 사명을 말하는 부분이다.

> 세존이시여, 5백 년 뒤에 혼탁하고 나쁜 세상에서 이 가르침을 받아 지키는 이가 있으면 제가 마땅히 수호하여 궂은 근심을 덜고 편안함을 얻게 하여 그 짬을 엿보는 이가 없게 하겠나이다.
>
> 착하도다, 착하도다. 보현이여. 그대는 이 가르침을 보호하고 도와서 많은 중생을 안락하고 이익 되게 하리라. 그대는 거짓되지 않은 공덕과 깊고 큰 자비를 성취하여서는…
> (世尊よ、後の五百年の、濁りたる不幸せなる世の時になりて、若しもこの教えを自ら保つ人有らば、我守りてその人達の衰えと患いを取り除き安らけくならしめん。窺いて良き時を得ることなからしめん)。
>
> (良きかな、良きかな、善賢よ。汝のこのごとくにこの教えを守り助けくとは。多数の人々をして安樂と恩惠あらしめんがために、汝思いも及ばざる恩惠といとも廣大なる慈悲を成し遂げたりとは……)[141]

보현행은 많은 중생을 안락하고 이익 되게 하는 행위를 말한다. 오오츠카(大塚常樹)도 〈보현행〉이라는 말이 대승 정신, 즉 〈이타행〉의 대명사[142]라고

---

140 보현보살(普賢菩薩: samantabhadra-badhisattva)은 모든 덕을 갖추어 위로는 부처의 덕을 돕고(普), 아래로는 중생을 이롭게 하는 행(賢)을 부지런히 정진한다(勸發)는 보살이다. 보현행이라고 하면 타인을 안락하게 하고 이롭게 하는 희생의 행위를 말한다.

141 金林天章,『現代訓讀法華經』, 東方出版, 1985, 452~453쪽.

142 大塚常樹,『宮沢賢治 心象の宇宙論』, 朝文社, 1993, 245쪽.

말하고 있다.

1924년 3월 2일작이라고 쓰인 시 「오륜고개(伍輪峠)」에는 시적 화자가 보살도를 구하며 살아가려는 구도 정신을 노래하고 있다.

> 그 다섯 봉우리의 소나무 아래
> 지륜 수륜 그리고 화풍
> 공륜 오륜의 탑이 서서
> 첫 번째 지륜을 굴리면
> 보리의 마음 물러서지 않고
> 네 번째 풍륜을 굴리면
> 보살 마음에 장애 없고
> 다섯 번째 공륜을 굴리면
> 상락아정의 그림자 비친다.
> 〔その五の峯の松の下
> 地輪水輪また火風
> 空輪五輪の塔がたち
> 一の地輪を転ずれば
> 菩提のこころしりぞかす
> 四の風輪を転ずれば
> 菩薩こころに障碍なく
> 五の空輪を転ずれば
> 常樂我淨の影うつす〕(『전집』 제3권, 277쪽)

'보리의 마음'이란 깨달음의 마음이며, 그 마음이 물러섬이 없이 꿋꿋하고 '보살 마음' 즉 보살도를 구하는 마음에 장애가 없다. '상락아정의 그림자'란 마음이 늘 즐겁고 깨끗해진 상태를 말함으로써 시적 화자의 내면세계가 오륜 탑처럼 어떤 것에도 굴함이 없이 불도를 이루어 가려는 구도 정신의 깊이와 고양되어 가는 마음의 리듬을 내포하고 있는 시라 할 수 있다.

켄지의 보살도의 실천은 대승 정신의 발로이며 그것은 구체적으로 농업을 업으로 삼고 있는 이와테 사람들에게 행해진다. 켄지는 1926년 제자와 이와테현의 유지들을 모아 설립한 라스지인협회(羅須地人協會)를 통하여 그가 폐결핵으로 쓰러지기 전까지 2년 반 동안 농업설계, 비료설계, 도작지도 등을 하였다.

(햇빛에 타서 반짝이고 있는 진짜 농촌 아이
그 보살풍의 머리 모양은 간다라에서 왔다)
((日に灼けて光つているほんたうの農村のこども
その菩薩ふうのあたまの容はガンダーラから来た。))
(「흰 새(白い鳥)」, 150쪽)

눈을 넘어온 찬 바람은 봉우리에서 불고
들판의 자작나무 잎새는 연분홍이나 황금빛으로 부산히 흔들리고
키타가미 산지는 희미한 몇 겹의 파란 고를 짓는다
(저것이 내 셔츠다
파란 린넨의 농민 셔츠다)
(雪を越えてきたつめたい風はみねから吹き
野はらの白樺の葉は紅や金やせわしくゆすれ
北上山地はほのかな幾層の青い稿をつくる
(あれがぼくのしやつだ。
青いリンネンの農民シヤツだ。))(「용암류(鎔巌流)」, 215쪽)

「흰 새」에서는 농촌 아이의 중머리 모양에서 보살풍을 떠올려 그것이 인도의 간다라 지방에서 왔다고 시적 상상력을 고조시킨다. 그리고 「용암류」에서

주체 '나'는 농민들의 파란 린넨 셔츠가 곧 자신의 것이라고 농민과 자신을 동일시한다. 이 두 시에서 켄지는 땅이 척박하고 쌀농사를 하기에 부적합한 기후적 환경 속에서 가난하게 살아가는 이와테현의 농민들에게 애정을 가지고 티 없이 맑은 농촌 아이에게서 보살을 상상한 것이다. 파란 린넨 셔츠야말로 자신의 것이라는 것은 그에게 주어진 사명, 즉 보살행을 그의 가까운 이웃인 농민들에게 실천해야 함을 인식하게 되었다.

그가 모리오카 고등농림학교(盛岡高等農林學校)를 졸업하고 약 4년간 (1922-1926년 1월 5일) 히에누키 농학교(稗貫農學校)에서의 밝고 즐거웠던 교사생활을 퇴직하고 농촌활동에 투신한 것은 보살행의 실천이었다고 할 수 있다.

한용운이 편찬한 『불교대전』의 7. 대치품(對治品) 제3장 他人을 보면 다음과 같은 글이 있다.

> 보살은 남에게 베푸는 네 가지 은혜가 있어서, 아무리 실천해도 다함이 없습니다. 네 가지란 무엇이냐 하면, 첫째는 보시(布施)요, 둘째는 인애(仁愛)요, 셋째는 이익(利益)이요, 넷째는 등여(等與)입니다.[143]

이 글은 보살의 실천행을 말하고 있다. 그 구체적 실천이 보시 즉, 물질과 행위를 포함하여 타인에게 주는 행위, 인애는 남에게 인자함과 자비함을 베푸는 길이며, 이익이란 타인을 이롭게 한다는 의미이고, 등여란 타인들에게 평등하게 주는 것을 말한다. 그래서 '그는 오직 온갖 중생을 구호하고, 온갖 중생을 이롭게 하기만을 위할 뿐이다'[144]라고 하여 보살에게 보시의 대상은 중생

---

143 한용운, 『불교대전』, 현암사, 1997, 881쪽.

144 앞의 책, 882쪽.

이며 중생을 이롭게 하기 위해 실천하는 길을 보살도라 한다.

「군말」에서 한용운은 님의 의미를 '기룬 것은 다 님'이라고 진술하면서 '님은 내가 사랑할 뿐 아니라 나를 사랑하느니라'와 같이 님과 내가 사랑에 의해 맺어진 관계임을 말하고 있다. 그리고 『님의 침묵』을 쓰는 이유가 '해 저문 벌판에서 돌아가는 길을 잃고 헤매는 어린양(羊)이 기루어서'라고 밝히고 있다. '길을 잃고 헤매는 어린양'은 그가 살았던 시대를 염두에 둘 때 일제 식민치하의 민중들인 셈이다. 그렇다고 하여 한용운은 시에서는 그 오갈 데 없는 백성들의 지도자 행세를 하기보다 오직 사랑으로 그의 말을 빌리면 '기루어서' 시를 쓴다는 것이다.

「당신을 보았읍니다」에는 한용운의 보살 사상의 일면을 보여주고 있다.

> 당신이 가신 뒤로 나는 당신을 잊을 수가 없읍니다.
> 까닭은 당신을 위하느니보다 나를 위함이 많읍니다.
>
> 나는 갈고 심을 땅이 없으므로 추수(秋收)가 없읍니다.
> 저녁거리가 없어서 조나 감자를 꾸러 이웃집에 갔더니 주인(主人)은
> 「거지는 인격이 없다. 인격이 없는 사람은 생명이 없다.
> 너를 도와주는 것은 죄악이다」고 말하였읍니다.
> 그 말을 듣고 돌아 나올 때에 쏟아지는 눈물 속에서 당신을 보았읍니다.
>
> 나는 집도 없고 다른 까닭을 겸하여 민적(民籍)이 없읍니다.
> 「민적이 없는 자(者)는 인권(人權)이 없다. 인권이 없는 너에게
> 무슨 정조냐」하고 능욕(凌辱)하려는 장군(將軍)이 있었읍니다.
> 그를 항거(抗拒)한 뒤에 남에게 대한 격분(激憤)이 스스로
> 의 슬픔으로 화(化)하는 찰나에 당신을 보았읍니다.
> 아아, 온갖 윤리 · 도덕 · 법률은 칼과 황금을 제사 지내는

연기(煙氣)인 줄을 알았읍니다.

영원한 사랑을 받을까 인간 역사(人間歷史)의 첫 페이지에

잉크 칠을 할까 술을 마실까 망설일 때에 당신을 보았읍니다.

(57-58쪽)

이 시에서 '나'라는 주체는 '심을 땅'도 없어서 추수가 없는 거지 신세이다. 그래서 '거지와 주인'이라는 대립적 계열체에서 거지는 주체로서 자리매김 되지 못한 '나'의 처지이다. 거짓 주인이 주체 행세를 하는 시대에 '나'인 주체는 진정한 주체가 되지 못하므로 노예의 상태에 놓여 있다.

그러한 주체들이 사는 곳에는 땅도 거짓 주인의 것이며 주체들에게 인격과 생명이 없고 그들을 도와주는 것은 역으로 죄악이 되는 시대이다. 진정한 생존권과 자율성이 박탈된 존재의 비극이 극대화된 시대에 상징세계의 주체로서 시인은 '영원을 받을까 인간 역사(人間歷史)의 첫 페이지를 잉크 칠 할까 술을 마실까' 망설이게 되는 혼란한 상태에 내던져진다.

이와 같은 일제 식민치하라는 불합리한 상징세계의 억압에 맞서 존재의 자율성을 획득하려는 욕망을 포기하지 않는 주체의 태도는 부정의 에너지를 바탕으로 저항해 간다. 궁핍한 시대의 윤리, 도덕, 법률 등과 같은 제도적 장치는 주인 아닌 주인이 질서를 유지하기 위한 억압과 구속의 도구로 작동한다. 그러므로 모순된 상황과 압제에 속박된 주체는 이중으로 고통을 받게 되므로 죽음 충동이나 순응하거나 자포자기하는 상태로 추락할 수도 있다. 한용운은 「朝鮮 及 朝鮮人의 煩惱」에서 당시 우리 민족의 고통에 관해 다음과 같이 밝히고 있다.

현재 우리 조선 사람이 정신상으로나 물질상으로나 무한한 고통을 받음은 사실이외다. 남다른 설움과 남다른 고통으로 울고불고 하는 터이외다. 밥이 넉넉지 못하고 옷이 헐벗어 목숨을 부지하기에는 온갖 고통이 일어납니다.

자유가 없으니까, 눈이 있으나 입이 있으나 없으나 다름이 없습니다.

(「동아일보」 1923년 1월 9일, 『전집』 1권, 378쪽)

그가 말하기를, 모든 고통은 밖으로부터 들어오는 것이고, 그 고통을 고통으로 느끼는 느낌이 고통이라 했다. 그리고 고통을 이기기 위해서는 들어오는 고통을 받지도 느끼지도 말고 영적(靈的) 활동으로 나아가면 물리칠 수 있다고 역설한다. 이 의미는 곧 고통을 고통이라 여기지 않고 법락(法樂)한다는 의미이다. 그렇게 할 때 어느샌가 고통을 이길 수 있다는 것이다. 한용운에게 식민지 시대의 민중은 곧 불타가 사랑하는 중생이며 그가 사랑하는 '어린양'이었다. 어린양과 사랑으로 관계 지어졌듯이 그는 그들을 구하기 위하여 저항 정신으로 일관하였다.

주체의 님과의 합일은 주체가 철저한 자기 부정과 자기희생을 바탕으로 하여 획득한 세계이다. 이 자기 부정과 자기희생의 과정은 小我를 버리고 大我를 택하는 과정이다. '나'를 부정함으로써 '전체'가 그 자리에 놓인다. '님'은 또한, '전체'를 의미하기도 한다. 왜냐하면, 님은 완전한 사랑이며 '나'라는 분리된 세계에서는 님이 부재한다. 한용운은 「나와 너」라는 글에서 나와 다른 것, 즉 나 아닌 모든 것에 대한 관계를 다음과 같이 설명하고 있다.

「나」가 없으면 다른 것이 없다. 마찬가지로 다른 것이 없으면 나도 없다. 나와 다른 것을 알게 되는 것은 나도 아니오, 다른 것도 아니다. 그러나 나도 없고 다른 것도 없으면 나와 다른 것을 아는 것도 없다. 나는 다른 것의

모임이요. 다른 것은 나의 흩어짐이다. 나와 다른 것을 아는 것은 있는 것
도 아니오. 없는 것도 아니다. 갈꽃 위의 달빛이요. 달 아래의 갈꽃이다.

(「佛敎」 88호 1931. 10. 1. 『전집』 2권. 351쪽)

'나는 다른 것의 모임이요, 다른 것은 나의 흩어짐이다'는 켄지의 '모두 내
속의 모두인 것처럼 모두의 각자 안의 모두이기 때문입니다'라는 시집 『봄과
수라』의 서문에서 한 주장과 동일 선상에 있다. '나'가 부정되어 죽음으로써
전체인 님이 얻어지고 그 안에는 새로운 '나'가 '전체' 속에 있게 된다. 보살도
는 '전체'에 있다. 그러므로 한용운의 님은 식민지 민중에게 희망인 것이다.

> 님이여, 당신은 의(義)가 무겁고 황금이 가벼운 것을 잘 아십니다.
> 거지의 거친 밭에 복(福)의 씨를 뿌리옵소서.
> 님이여, 사랑이여, 옛 오동(梧桐)의 숨은 소리여.
>
> 님이여, 당신은 봄과 광명과 평화를 좋아하십니다.
> 약자(弱者)의 가슴에 눈물을 뿌리는 자비(慈悲)의 보살(菩薩)이 되옵소서.
> 님이여, 사랑이여, 얼음 바다에 봄바람이여. (「讚頌」, 64쪽)

이 시에서 님은 '백번이나 단련(鍛鍊)한 금(金)결'. '아침볕의 첫걸음'으로
비유되고 있다. 그런 님에게 '거지의 거친 밭에 복(福)의 씨'를 뿌려주길 기원
한다. 그리고 '약자(弱者)의 가슴에 눈물을 뿌리는' 자비의 보살이 되어주길
바란다. '거지의 거친 밭'과 '복의 씨'는 '식민치하 조선-희망의 씨'라는 의미
로 바꾸어 놓으면 이 시는 모순된 시대의 억압 속에 있는 많은 주체들의 기도
이다. '약자의 가슴'은 식민지 백성, 즉 '길 잃은 어린양'이다. 주체가 되어야
함에도 노예 생활하는 주체들에게 자비의 보살이 되어 그 역경을 이기게 해

달라는 의미이다.

　그러한 님은 사랑이며 얼음 바다에 비유되는 삼천리 금수강산에 봄바람 즉 희망의 바람이라 한다. 그러므로 이 시의 님을 한용운이 기루어하는 '어린양'으로 해석할 경우에 민중이 곧 주체이며 님이 되고 모순된 시대인 얼음 바다를 깰 수 있는 희망들인 것이다. 「一莖草의 生命」이라는 글에서 민족적 주체를 풀 한 포기에 비유하여 그 강한 생명성을 찬송하고 있다.

　　　제 아무리 악마라도 어찌 막으랴. 초토(焦土)의 중에서도
　　　금석(金石)을 뚫을 듯한 진(眞) 생명을 가졌던 그 풀의
　　　발연(勃然)을.
　　　사랑스럽다, 귀(鬼)의 부(斧)로도 마(魔)의 아(牙)로도 어쩌지
　　　못할 일경초(一莖草)의 생명.
　　　　　　　　　　　　(『惟心』 2호, 1918년 10월 20일, 『전집』 제2권, 349쪽)

　위의 글에서 식민치하 삶의 조건에 대한 비유를 초토라 본다면 금석을 뚫을 듯한 진(眞) 생명을 가진 한 포기 풀은 귀신의 도끼로도 마(魔)의 이빨로도 범하지 못할 것이라고 단호한 어조로 주장하고 있다. 이 일경초는 식민치하의 민중이다. 한용운의 보살 사상은 불교 대중, 민중들을 향한 것이었고 그는 이 주체들을 포기하지 않았다. 오히려 그들이 더 큰 저항을 할 수 있도록 그들을 이끌었다. 그의 독립운동은 이 보살 사상에 기반을 두고 이루어졌다고 할 수 있다. 「菩薩行」이라는 글에서 한용운은 보살행이 '최상 제일 최묘 무등(最妙無等)의 복덕'이라 한다.

　　　일상생활의 일사일행(一事一行)을 만인의 일사일행으로 생각하고,
　　　그것으로써 아뇩다라삼먁삼보리(阿耨多羅三藐三菩提)와

파리열반(波哩涅槃)에 회향(迴向)할 것이다.

우리가 짓는 한 일 한 짓으로 하여금 만인의 한 일 한 짓이 되게 하고,

단순히 만인의 한 일 한 짓만으로 되게 할 것이 아니라, 그 한 일 한 짓이

무상등정각(無上等正覺)과 원만정멸도(圓滿淨滅度)를 얻기 위한 일계제

(一階梯)·일종자(一種子)가 되게 할 것이다.

이것이 대승행자(大乘行者)의 영원이 되지 않을 수 없다.

대반야 수희품(大般若隨喜品)에

> 보살 마하살의 수희 복덕을
>
> 일체중생과 한 가지 하여
>
> 무등등(無等等) 보리에로 회향(迴向)한다.
>
> 有菩薩摩阿薩 隨喜福德
>
> 與一切衆生共之
>
> 迴向阿耨多羅三藐三菩提

라는 것은 광대 초고(超高)한 보살행의 염원 행도(念願行道)를 가리킨 말

이다. 진실로 이 복덕에 지나는 복덕이 있을 수 있느냐. 최상 제일 최묘 무

등(最妙無等)의 복덕이다.

(「佛敎」 新 第四輯, 1937년 6월 1일,『전집』제2권, 357~358쪽)

보살행을 최고의 복덕으로 꼽고 일상생활에서 하는 일사 일행을 만인의 일

사일행으로 생각하고 행하되 그것이 아뇩다라삼먁삼보리와 파리열반에 회향

하는 신념으로 할 것을 말하고 있다. 그의 독립운동은 이 보살 사상에 기반을

두고 이루어졌다고 할 수 있다.『유마경』에다 한용운 자신이 번역과 강의를

한「유마힐소설경강의」는 구세주의적 대승불교 사상이 바탕이 되고 있다.

『유마경』은 14장으로 구성되어 있고「제1 불국품」에서도 대승사상이 나타

나 있다. 이「불국품」에 정화된 국토, 즉 불토(佛土)란 중생과 긴밀한 관계를

맺고 있으며 '중생의 類가 이 보살의 불토'인 것이다. 왜냐하면, 보살의 마음이 얼마나 청정한가에 따라서 불토가 청정해지기 때문이다. 이는 모든 보살의 '보살根'을 일으킴으로써 불토를 취하게 되며, '보살이 정국(淨國)을 취함은 다 모든 중생을 이익 되게 하기 위한 까닭'이라 한다. 이 부분에 대해 한용운은 '중생을 떠나서는 따로 불이 없으며, 穢土를 떠나서는 따로 정토가 없음을 보임이라'라고 언급하고 있어 그의 보살 사상이 유마의 구세주의적 대승사상을 적극 수용하고 있음을 알 수 있다. 그러므로 중생을 교화, 제도하여 성불토록 하고 중생이 사는 땅을 청정케 하여 불국토를 만들라는 구세주의적 가르침은 인류의 미래에 낙관적 전망이다. 이러한 역사적 발전이 어디까지나 중생이 원래의 주체의 자리를 되찾는 시대적 사명과 맞물려 있었다고 볼 수 있다.

이상의 고찰에서와 같이 켄지의 시에서 복권의 실상은 '個人'의 극복으로, 한용운의 시에서는 보살 사상으로 표현되고 있었다.

켄지 시에서 시적 화자가 토시코의 사후세계를 끊임없이 찾아 헤매는 것은 집착하는 행위에 지나지 않는다. 다수의 타자들을 대상으로 하는 전체를 위한 사랑으로 이행되기 위해 토시코라는 個的 존재는 극복되어야 했다. 「종교풍의 사랑」에서 '신앙으로밖에 얻을 수 없는 것을/ 왜 인간 속에서 꽉 잡으려 하는가'라는 시적 화자의 자기비판을 거쳐 「소오야 만가」의 '모두의 진정한 행복'을 위한 이타행의 실천으로 나아가게 한다. 「군말」에서 한용운은 '길을 잃고 헤매는 어린양이 기루어서'라고 밝히고 있듯이 그의 보살행은 식민치하 민중을 대상으로 한다. 「당신을 보았습니다」에서 '나'라는 주체는 '심을 땅'이 없는 거지 신세에 비유되고 있어서 식민지 백성의 서러움을 대변하고 있다. 독립운동가로서 한용운은 '나'를 민족적 주체인 민중과 일치시키고 있다. 그러나 이 시에서 주체인 나는 진정한 주체로서 자리매김 되지 못하고 있는 처지이다. 「讚頌」에서 시적 화자는 님에게 노예 생활을 하는 주체들에게 '자비의 보살'로서 '복의 씨'를 뿌리게 해달라고 기원한다. '복의 씨'란 진정한 주체로서 복권이 되는 것이다. 이처럼 한용운의 보살 사상은 불교 대중·조선 민중을 향한 것이었고 그의 독립운동은 노예 신세인 민족적 주체들을 복권시키기 위한 보살행의 실천이었다.

4) 복권의 결과 – '전체' 획득과 평등사상

본절(本節)에서 다루게 될 평등사상과 '전체'의 문제는 분리 속에 있었던 주체가 자기 부정과 자기희생에 의해 不一不二, 즉 차별상이 없는 평등상과 새로운 '나'를 포함한 '전체'의 문제가 동일한 관련성 속에 있다. 이것은 켄지의 경우는 나와 전체의 구분이 없어짐으로써 실천적으로 '전체'를 위한 보살도의 길을 선택하게 한다. 한용운의 경우 평등주의는 식민국과 피식민국이라는 근대 제국주의가 낳은 차별의 세계를 부정하고 또한, 저항하는 원리로써 작동된다. 또한, 평등주의가 구세주의와 관련을 맺으면서 조선인을 일제의 압제로부터 구제하여, 주체로서의 자리로 다시 환원시키는 현실적 독립운동과 불교개혁 운동으로 이어지고 있다.

켄지는 「농민예술개론강요(農民藝術槪論綱要)」[145]서론에서 자아의식의 변천과 세계와 개인과의 관계, 행복추구의 길 등을 서술하고 있다.

세계 전체가 행복하지 않으면 개인의 행복은 있을 수 없다. 자아의식은 개인에서 집단 사회 우주로 점차 진화한다. 이 방향은 옛날 성자가 걸어갔고

---

145 1926(大正 15)년 1월 15일 히에누키 농학교(稗貫農學校) 수료식 때 지방자치에 쓰일 인재를 키우기 위해 켄지는 「農民芸術論」을 강연했고, 농민예술의 주체성을 가질 것을 골자로 한 요지문.

또한, 가르친 길이 아닌가. 새로운 시대에는 세계가 하나의 의식이 되고 생물이 되는 방향에 있다. 바르고 강하게 산다는 것은 은하계를 자신 속에 의식하고 이것에 따라가는 것이다. 우리는 세계의 진정한 행복을 찾자. 구도는 이미 길이다.

(世界がぜんたい幸福にならないうちは個人の幸福はあり得ない自我の意識は個人から集團社會宇宙は次第に進化するこの方向は古い聖者の踏みまた教へた道ではないか新たな時代は世界が一の意識になり生物となる方向にある正しく強く生きるとは銀河系を自らの中に意識してこれに應じて行くことである

われらは世界のまことの幸福を索ねよう求道すでに道である)

(『전집』제12권 상, 9쪽)

이 글에 나타난 켄지의 사상은 일면 이상적인 면도 있지만 자세히 살펴보면 새로운 시대는 세계가 하나의 의식이 되고 생물이 되는 방향에 있다고 말한다. 이 새로운 시대가 켄지가 살았던 1920년대를 의미함은 물론 아니다. 이문맥에서 켄지는 당시의 세계가 바뀌어야 할 시대라고 인식한다. 근대화에 따라 그가 생애에 세 번에 걸쳐 찾아간 대도시 동경의 거대화와 상대적으로 소외되고 피폐한 고향 이와테를 보면서 그의 눈에 들어온 이 모순은 '진정한 행복'이 아님을 인식하고 부정되어야 할 대상으로 생각되었다. 산업화=도시화라는 근대주의는 인간을 물화(物化)하였고 그것은 타고르가 말하는 사람을 파는 인간 시장에 지나지 않았다. '세계 전체가 행복하지 않으면 개인의 행복은 있을 수 없다'라는 명제는 근대 개인주의에 대한 정면 도전이다. 근대 개인주의로 인해 분리된 세계는 영원한 것이 될 수 없고 죽어야 할 세계이다. '전체'와 '개인'의 관계는 분리된 관계가 아니라 '하나'이다.

켄지의 이 명제는 새로운 시대의 전제가 되는 것으로 '세계의 진정한 행복'을 찾기 위한 정신적 토대가 된다.

자아의식은 개인 → 집단 → 사회 → 우주로 확대되어 간다는 것은 자아가 '個'에서 '전체'로 진화해 간다는 의미이다. 그리고 '바르고 강하게 산다는 것은 은하계를 자신 속에 의식하고 이것에 따라가는 것이다'라고 하여 영원한 생명 인 우주를 자신 속에 침투시키고 그 대의를 따르는 길이라는 뜻이다. 여기에서 은하계는 전체, 즉 '個'를 포함한 전체이다. 온다(恩田逸夫)는 켄지가 개(個)와 전체(全體)의 문제를 개인 중심에 역점을 두고 있다고 언급하고 있다.

> (1) 개인 중심 (2) 전체 속에 활용된 개인 중심 (3) 전체와 조화 융합한 개
> 인 중심의 세 단계를 거쳐서 전개하고 그가 의식했든 하지 않았든 상관없
> 이, 근간은 자기중심의 사고가 지배적이었다고 생각된다.[146]

온다의 논은 '세계 전체가 행복하지 않는 한 개인의 행복은 있을 수 없다' 는 「농민예술개론강요」의 주장을 토대로 기초한 것이다. 이 논이 어디까지나 '개인의 행복'에 중점이 있다고 판단함으로써 오류를 범하고 있다. 켄지의 개 인과 전체는 타고르가 역설한 '하나'인 영혼과 '전체'와의 결합이 인간의 종 국적 목표라고 했듯이, 개인과 전체가 둘이서 하나인 관계를 의미함으로 어 느 한쪽에 편중된 것이 아닌 개인을 포함한 전체의 행복임을 분명히 하고자 한다. 이것은 시집 『봄과 수라』 서문에서 '모두 내 속의 모두인 것처럼 모두의 각자 안의 모두이기 때문입니다'라는 켄지의 주장과 그 맥을 같이 하고 있다. 우메하라는 이 부분을 일념삼천관(一念三千觀)을 들어 설명하고 있다.

> 이 말은 오히려 일념삼천(一念三千)의 사상을 상기하게 한다. 세계는
> 하나의 대생명임과 동시에 하나하나의 세계 속에 대생명의 세계가 그 자

---

146 恩田逸夫,「宮沢賢治における個と全の問題」,『四次元』35호, 四次元社, 1953. 1, 956쪽.

신으로서 거하고 있는, 모두가 하나임과 동시에, 하나인 것 속에 모든 세
계가 거하고 있는 것이다.[147]

이와 같은 천태교학(天台敎學)의 일념삼천관(一念三千觀)은 관상(觀想)을
중심으로 하여 쿠리하라가 말한 시집 『봄과 수라』의 두 주제 중 하나인 우주
(세계, 전체성)와 나(개(個))의 본원적 일치(일체성)를 증명하기 위한 사상적
토대로서 "심상'의 개념 형성'[148]에 기여하고 있다. '진정한 행복'을 찾아가는
구도의 과정이 이미 길이라는 의미는 불교적인 도를 추구하는 일, 즉 소승에
서 벗어나 대승 정신으로 전체를 구하는 길을 의미한다고 할 수 있다. 대승 정
신은 차별을 넘어선 세계의 실현이 그 목표이며 '모두'가 진정한 구경의 행복
에 이르는 길이다. 켄지가 '진정한 행복'에 대해 이야기할 때는 근대 산업주의
적 물질적 풍요만을 의미하지 않는다. 물질적 풍요와 함께 인간의 가치가 전
락하고 소외되는 것을 그는 부정한다. 존재가 존재다워지고 주체가 주체로서
역할을 할 수 있는 시대를 새 시대라고 그는 생각하였다. 그의 사상은 일면 불
교 사회주의적 성격도 띠고 있다고 하겠다. 우메하라(梅原猛)가 켄지의 시나
동화는 대승불교의 진리 해명의 수단으로써 읽어야 하고, 켄지가 법화경의 생
명, 수라, 보살의 사상에서 영향을 받았다[149]고 지적하는 것도 그의 문학이 불
교의 대승 정신에 기반을 두고 있다는 의미이며 그 목표는 중생구제에 있다.
모든 생물의 진정한 행복을 구하는 길이 보살 사상과도 밀접한 관련을 또한
지니고 있다. 1929년 타카세 츠유(高瀬露)에게 켄지가 보낸 날짜 불명의 편
지에는 그의 삶의 목표가 명백히 제시되고 있다.

147　梅原 猛, 「修羅の世界を越えて」, 文芸読本 『宮沢賢治』, 河出書房, 1997, 94쪽.

148　栗原 敦, 『宮沢賢治-透明な軌道の上から』, 新宿書房, 1992, 75쪽.

149　梅原猛, 「修羅の世界を超えて」, 文藝讀本 『宮沢賢治』, 河出書房, 1977, 93쪽.

단 하나 아무래도 버릴 수 없는 문제는 가령, 우주 의지 같은 것이 있어서 모든 생물을 진정한 행복으로 이끌어갈 것인지 아니면 세계가 우연으로 이어진 맹목적인 것인가 하는 소위 신앙과 과학, 어느 쪽에 기대어서 살아가야만 하는가 하는 것인데 나는 아무래도 전자라 믿습니다.
(ただひとつどうしても棄てられない問題はたとへば宇宙意識というやうなものがあつてあらゆる生物をほんたうの幸福に薦したいと考えているものかそれとも世界が偶然盲目的なものかといふ所謂信仰と科學とのいずれによつて行くべきかといふ場合私はどうしても前者だといふのです)[150]

이 편지글에서 켄지는 모든 생물의 진정한 행복을 구하는 것은 곧, 우주 의지이며 그것은 신앙의 힘에 의한 것이라고 말하고 있다. 이 부분에서 켄지는 서구의 자연과학적 세계관을 택하지 않고 대승적 세계관에 의지하여 살아가겠다는 신념을 피력하고 있다. 이와 같은 대승 정신에 대한 신념은 「사할린 철도(樺太鐵道)」에서 '가짜 대승거사들'을 불태우라는 데서 표출되고 있다.

> 이곳의 자작나무는
> 불탄 들에서 나온 것으로
> 모두 대승식의 생각을 가지고 있다.
> 가짜 대승거사들을 모두 불태워라
> 〔こゝいらの樺の木は
> 焼けた野原から生えたので
> みんな大乗風の考をもつてゐる
> にせものの大乗居士どもをみんな灼け〕 (175쪽)

150 新修『宮沢賢治全集』제6권, 筑摩書房, 1979, 199쪽.

'가짜 대승거사들'은 만가군의 시편들에서 나타난 주체의 흔들리는 신앙과 부정적 의미의 수라적 태도-보기 흉함-를 말한다. 또한, 토시코라는 〈個〉에 집착해서 전체의 행복을 위해 나아가지 못하고 방황했던 주체를 의미한다. 그리고 의미를 확장하여 읽었을 때 개인주의에 매몰되어 있는 근대주의를 비판하고 있음을 알 수 있다. 그러므로 이러한 '가짜 대승거사'는 불태워 없어져야 한다.

켄지의 시에서 긍정적 이미지인 자작나무는 '모두 대승식의 생각'을 하고 있다고 함으로써, 대승 정신이 나무라는 식물적 이미지를 통해 절대적 가치와 영원성을 가지는 천상계를 향하여 성장하는 모습에다 비유하고 있다.

'모든 생물의 진정한 행복'을 구하는 길은 우주 의지로써 이 우주 의지에 도달하려는 것은 '個'의 껍질을 깨고 '전체'를 지향하는 새로운 주체의 의지이기도 하다. 이러한 우주 의지는 '하늘이나 사람이나 사과나 바람 모든 세력의 즐거운 근원(そらや愛やりんごや風すべての勢力のたのしい根源)'인 '만상동귀(万象同歸)'로도 표현되고 있다. 그리고 우주 의지를 불교에서 말하는 모든 생물에 존재하는 불성으로 볼 수도 있겠다. 이처럼 불성을 가진 만상은 동등하다. 불교에서는 이와 같은 세계를 물심일여(物心一如), 범아일여(梵我一如)의 세계라 부르며 이는 차별상이 없어진 평등한 세계를 말한다. '모든 생물의 진정한 행복' 추구라는 명제는 차별상이 극복된 평등한 세계에 대한 지향이다. 『봄과 수라』 서문에 '(모두가 내 안의 모두이듯이/ 모두 각자 속의 모든 것이니까)'라고 '나'라는 개별자와 '모두'의 관계가 분리를 극복하고 통합된 전체로서 표현되고 있다. 그러므로 모든 생물의 진정한 행복추구는 진리(まこと)를 의미한다고 하겠다.

한용운은 「조선불교유신론」(1910. 12)에서 불교의 이념을 평등주의와 구세주의로 나눈다. 평등주의란 불평등에 반대되는 주의이며 불평등한 견지란 사물, 현상이 우주 만법(萬法)에 의해 제한받는 것을 말한다고 밝히고 있다. 그리고 평등한 견지란 '공간과 시간을 초월하여 얽매임이 없는 자유로운 진리의 이름'[151]이라고 정의하고 있다.

> 요컨대 소위 평등이란 진리를 지적한 것이며, 현상(現狀)을 말한 것이 아님을 알아야 한다.
>
> 우리 부처님께서는 중생들이 불평등한 거짓된 현상에 미혹하여 해탈하지 못함을 불쌍히 여기신 까닭에 평등한 진리를 들어 가르치셨던 것이니, 경에 「몸과 마음이 필경 평등하여 여러 중생과 같고 다름이 없음을 알라」하셨고, 또 「유성(有性), 무성(無性)이 한가지로 불도를 이룬다」고 하셨다. 이런 말씀은 평등의 도리에 있어서 매우 깊고 매우 넓어서 일체를 꿰뚫어 남김이 없다고 하겠다. 어찌 불평등한 견지와 판이함이 이리도 극치에 이른 것이랴 (『전집』 제2권, 44쪽)

거짓된 현상에 미혹되어 있는 상태는 불평등이며 부자유이다. 한용운에게 절대적 자유는 절대적 평등을 의미하며 자유와 평등의 관계가 동일하다. 그러므로 진아(眞我)는 평등하지만 현상아(現象我)는 불평등한 것이다. 님과 내가 이별한 상태는 '님'과 '나'가 분리된 불평등한 상태이다. 이와 같은 상황은 현상아(現象我)에 계박되어 있는 것이므로 이때 주체는 진아(眞我) 또는 무아(無我)의 경지로 탈주되어야 한다. 즉 이 분리의 세계가 극복되지 않으면 자아에게는 죽음이다. 그리고 한용운의 평등주의는 '님'과 '나'의 내면적 또는 정신적으로만 추구되는 것이 아니라 사회적 측면에까지 확대되어 사회적 불평등에 투쟁적으로 대처해 갔다는 점이다. 안병직이 '그의 사회적 자유는 민

---

151 『한용운전집』 제2권, 신구문화사, 1973, 44쪽.

족해방의 자유이며, 그의 사회적 평등은 국가 주권의 평등으로 표현되었다'[152]라고 주장하는 것도 한용운의 평등주의가 내면적 정신적으로만 추구되는 소승에서 벗어나 대승으로 발전되어 갔기 때문이다. 이 평등주의에 기초한 대승 정신은 1910년대 이후 식민지 조선의 당면 과제를 풀어가는 데 역할을 하였다.

한용운의 『님의 沈默』을 통해 현상적 존재인 '나'와 초월적 존재인 '님'이 합일을 이루어 가는 과정이 시집이 가지는 연작성 속에서 그려내고 있다. 이 현상적 존재인 '나'가 초월적 존재인 '님'과 합일하여 님과 내가 하나가 된다는 것은 라캉의 이론에서는 불가능하다. 이 모순을 극복하여 님과 나의 경계가 사라지는 부분을 화엄경에서는 동체이체설[153]로 설명한다. '나'라는 현상아(現象我) 속에 불성이 이미 내재하기 때문에 타자인 초월적 존재로서의 '님'과 합일될 수 있는 연(緣)이 이미 존재한다는 뜻으로, 분리되어 있으나 분리되어 있지 않기도 한 것이다.

그러므로 주체는 '님은 갔읍니다'라고도 하고 '고통의 가시덤불' 뒤에 환희의 낙원을 건설하기 위하여 '님을 떠난 나는 아아, 행복합니다(「樂園은 가시덤불」)'라는 역설적인 어법을 쓰고 있다. 그리고 「참말인가요」에서 님의 '님'이 바로 주체 '나'임을 시적 화자가 격한 어조로 진술하고 있다.

> 그것이 참말인가요, 님이여, 속임 없이 말씀하여 주세요.
> 당신을 나에게서 빼앗아 간 사람들이 당신을 보고 「그대는
> 님이 없다」고 하였다지요.
> 그래서 당신은 남모르는 곳에서 울다가 남이 보면 울음을

---

152 안병직, 「만해 한용운의 독립사상」 「창작과 비평」 제5권 4호, 1970. 12. 769쪽.

153 현상계의 사물은 각각 독자의 존재성을 가지고 있다는 점을 인정하여 타의 존재에서 卽緣되어 연기할 때 사물들은 異體이지만, 동시에 사물 그 자체는 원래 공한 것으로 주체 안에 이미 緣이 존재해 있어 다른 객체들과 相入相卽함으로써 연기하니 행해진다는 의미로서는 同體이다.

웃음으로 변한다지요.

사람의 우는 것은 견딜 수가 없는 것인데 울기조차 마음
대로 못하고 웃음으로 변하는 것은 죽음의 맛보다도 더 쓴
것입니다.

그러면 나는 그것을 변명하지 않고는 견딜 수가 없습니다.

나의 생명의 꽃가지를 있는 대로 꺾어서 화환(花環)을
만들어 당신의 목에 걸고, 「이것이 님의 님이다」고 소리쳐
말하겠습니다.

　　　중략

많지 않은 나의 피를 더운 눈물에 섞어서 피에 목마른
그들의 칼에 뿌리고 「이것이 님의 님이라」고 울음 섞어서
말하겠습니다. (63쪽)

'나'의 님이 '님'인 것처럼 '님'의 님이 '나'인 것은 님과 내가 서로의 님으로서 하나임을 의미한다. 이 시에서 '나'는 '생명의 꽃가지를 있는 대로 꺾어서' '나의 피를 더운 눈물에 섞어서'와 같이 님의 '님'이 '나'임을 '생명'과 '피'를 바쳐서라도 외치겠다고 한다. 왜냐하면, 나의 님인 '님'이 '님'이 없다고 놀림을 당하여 남모르는 곳에서 울다가 남이 보면 울지도 못하고 웃는 척한다는 것이다. 그러므로 우는 것도 견딜 수가 없는데 울기조차 못하고 웃음으로 변해야 하는 것은 죽음의 맛보다도 더 쓴 것이라는 시적 화자의 진술은 '생명'과 '피'를 희생해서라도 님의 님이 '나'임을 주장해야 하는 필연성을 가진다. 사람들의 조롱 때문에 울 수도 없이 가짜로 웃어야 하는 님은 곧 님을 잃어버린 나의 모습과도 동일하다.

이 시에서 '님'과 '나'는 잃어버린 존재들이다. 그러므로 그 잃어버린 것을 찾기 위해 '생명'과 '피'를 바쳐야 한다. 왜냐하면, 울기조차 할 수 없는 자유가 박탈된 시대이기 때문이다. '님'과 '나'는 이 시에서 서로의 주체인 것이

다. 이 시에서 '님'과 '나'는 일제 식민지 시대의 민족적 주체이기도 하다. '피에 목마른 그들의 칼'은 주체를 자르려는 칼이며 님과 나 사이를 분리하는 칼이기도 하다. 「당신을 보았읍니다」와 같은 계열의 시이지만 그것과 다른 점은 시적 알레고리를 써서 작품성을 높인 데에 있다. 이 시에서 님과 나는 서로 침투되는 관계성(相卽相入)을 보여주고 있다. 주체를 잃어버린 불평등한 시대에 평등함을 찾기 위해 '생명'과 '피'를 희생하겠다는 숭고한 각오는 「그대의 님은 우리가 구하여 준다」라는 일제의 회유책과 친일 종용에도 불구하고 '독신 생활을 하겠다」라는 님이 지키려는 정조는 시 「自由貞操」의 시적 화자 '나'의 「자유 정조」와 상응한다. 이처럼 『님의 沈黙』의 시들이 서로 상응하여 짝을 이루고 있는 점도 특징적이다.

이상에서 고찰한 바와 같이 켄지의 「사할린 철도」는 대승 정신에 대한 신념을 담은 시이다. 대승 정신은 개인을 극복하고 개인을 포함한 전체를 지향했을 때에 발의된다. 켄지가 「농민예술개론강요」의 서두에서 '세계 전체가 행복하지 않으면 개인의 행복은 있을 수 없다'라고 주장한 것은 어디까지나 개인 중심의 전체 지향을 의미하지 않고 개인과 전체가 하나인 세계를 염두에 둔 표현이다. 그러므로 온다의 개인 중심론은 한계성을 드러내고 있다. 『봄과 수라』 서문에서 '모두 내 속의 모두인 것처럼 모두의 각자 안의 모두이기 때문입니다'라는 켄지의 주장을 쿠리하라가 우주(세계, 전체성)와 나(個)의 본원적 일치(일체성)를 증명하기 위한 사상적 토대로서 '심상'의 개념 형성에 기여하고 있다고 지적한 바, 이는 켄지의 심상 개념이 한용운의 心의 개념과 일치하고 있음을 뒷받침한다. 대승 정신은 차별을 넘어선 세계의 실현이 그 목표이며 '모두'가 진정한 구경의 행복에 이르는 길이다. 그러므로 켄지의 '모든 생물의 진정한 행복'에 대한 추구는 분리가 극복된 평등한 세계, 즉 전체 지향을 의미한다.

한용운은 「조선불교유신론」에서 불교의 이념을 평등주의와 구세주의로 나누어 설명하고 있다. 여기에서 평등주의란 불평등에 반대되는 주의이며 불평등한 견지란 사물, 현상이 필연의 법칙에 의해 제한받는 것을 말한다고 밝히고 있다. 그리고 평등한 견지란 '공간과 시간을 초월하여 얽매임이 없는 자유로운 진리의 이름'이라고 정의하고 있다. 한용운에게 절대적 자유는 절대적 평등을 의미하며, 자유와 평등의 관계가 동일하다. 그의 평등주의는 '님'과 '나'의 내면적 또는 정신적으로만 추구되는 것이 아니라 사회적 측면까지 확대되어 사회적 불평등에 투쟁적으로 대처했다는 점이다. 즉, 소승에서 벗어나 대승으로 발전해 갔음을 알 수 있다. 님과 내가 이별한 상태는 '님'과 '나'가 분리된 불평등한 상태이다. 이와 같은 상황은 현상아(現象我)에 계박되어 있는 것이므로 이때 주체는 진아(眞我) 또는 무아(無我)의 경지로 탈주되어야 한다. 즉 이 분리의 세계가 극복되지 않으면 자아에게는 죽음이다. 그러므로 주체는 죽음을 두려워하지 않고 님과의 합일을 이루기 위해 자기희생이라는 적극적 의지를 보여주었다. 현상적 존재인 '나'가 초월적 존재인 '님'과 합일하여 님과 내가 하나가 된다는 것은 라캉의 이론에서 불가능하여 불교사상의 핵심인 니르바나의 개념을 도입하였다. 니르바나란 평등과 자유가 실현된 완전한 사랑을 의미한다.

이상으로 제3장에서는 주체의 복권을 설명하기 위해 1) 복권의식 2) 복권의 표상 3) 복권의 실상 4) 복권의 결과로 나누어 고찰하였다.

1) 복권의식에서는 '不一不二'와 '님'과의 合一을 중심으로 고찰하였다. '不一不二'는 '나-너(不一)'에서 '모두(不二)'로 되돌아오는 둘이 하나인 세계를 의미한다. 이때 주체인 나는 부정되고 모두가 됨으로써 새로운 주체가 생성된다. 대승불교에서 말하는 소아(小我)를 버리고 대아(大我)를 이루는 것은 이와 동일한 의미이며, 대아(大我)는 새로 복권되는 주체의 다른 이름이다.

한용운 시에서 복권의식은 님과의 합일을 이룸으로써 생성된다. 『님의 沈黙』이 이별한 님을 재회하기 위한 긴 기다림에서 생성된 시편들인 만큼 전체로서 기다리는 주체를 잊어가는 과정이다. 이 완전한 잊음에서 주체가 스스로 해탈하여 새로운 주체를 창출한다. 님과의 합일이란 명제는 분리된 주체가 소멸할 때 가능하며 그것은 시간성 속에서 지속적인 것이다. 주체는 기다림과 내적 투쟁을 해야 하는 필연성에 부딪친다.

2) 복권의 표상에서 구원의 새와 황금의 상징성을 고찰하였다. 켄지 시의 새는 구원으로 표상되고 있다. 토시코의 죽음으로 인한 상실감과 그것을 극복하지 못하는 두려움이 주체를 심연으로 추락시켰다. 추락은 조성된 추락으로 질료적 사건이다. 추락의 상상력은 주체가 정신적으로 책임져야 할 세계이다. 그러나 추락의 상상력은 상승하고 커지는 의지에 대한 꿈에 지나지 않았다. 「아오모리 만가」 서두에서 표현된 심연으로의 추락은 토시코의 중유인 천인과 환생물인 새를 통해 상승하고 있다. 하늘의 푸르름은 순결함과 높음과 투명한 의지의 상징으로서 불교적 중유 이미지와 함께 켄지의 시적 상상력을 이루고 있다. 새는 치켜 오르는 힘으로서 역동성과 인격화된 자유로운 공기의 이미지이다. 비상이 가지는 세계의 자유는 새라는 테마에서 핵심적인 요소이다. 새는 주체의 탈주이며, 자유이며 구원이다.

한편 한용운 시에서 황금은 영원한 가치를 표상한다. '황금의 꽃'은 『님의 沈黙』에 표현된 비유어들 중에서 중핵적 위치를 점하고 있다. 그 이유는 '황금의 꽃'이 '옛 맹세'를 수식하고 있고, 『님의 沈黙』의 시들이 영원한 생명을 상징하는 '옛 맹세'를 지키기 위한 과정에서 태어났기 때문이다. 「꽃싸움」에서 님이 나에게 진다는 말은 시적 화자가 님과의 기나긴 이별 속에서 모든 어려움을 딛고 일어나 님을 재회함으로써 님을 이긴다는 의미이다. 님과 나 사이의 놀이의 일종인 꽃싸움은 통교 행위이고 주체는 이를 통해 님과의 거리를 허물게 된다. 『님의 침묵』에서 황금은 영속적 가치, 견고성으로 인한 공격성과 저항성, '황금의 꽃'과 같은 광물적 이미지와 식물적 이미지의 결합을 표상하고 있다.

3) 복권의 실상에서는 '個人'의 극복과 보살 사상을 중심으로 타고르의 사상과 관련하여 고찰하였다.

켄지 시에서 시적 화자가 토시코의 사후세계를 끊임없이 찾아 헤매는 것은 집착하는 행위에 지나지 않는다. 다수의 타자들을 대상으로 하는 전체를 위한 사랑으로 이행되기 위해 토시코라는 개적(個的) 존재는 극복되어야 했다. 「종교풍의 사랑」에서 '신앙으로밖에 얻을 수 없는 것을/ 왜 인간 속에서 꽉 잡으려 하는가'라는 시적 화자의 자기비판을 거쳐 「소오야 만가」의 '모두의 진정한 행복'을 위한 이타행의 실천으로 나아가게 한다. 「군말」에서 한용운은 '길을 잃고 헤매는 어린양이 기루어서'라고 밝히고 있듯이 그의 보살행은 식민치하 민중을 대상으로 한다. 「당신을 보았읍니다」에서 '나'라는 주체는 '심을 땅'이 없는 거지 신세에 비유되고 있어서 식민지 백성의 서러움을 대변하고 있다. 독립운동가로서 한용운은 '나'를 민족적 주체인 민중과 일치시키고 있다. 그러나 이 시에서 주체인 나는 진정한 주체로서 자리매김 되지 못하고 있는 처지이다. 「讚頌」에서 시적 화자는 님에게 노예 생활을 하는 주체들에게 '자비의 보살'로서 '복의 씨'를 뿌리게 해달라고 기원한다. '복의 씨'란 진정한 주체로서 복권이다. 이처럼 한용운의 보살 사상은 불교 대중·조선 민중을 향한 것이었고 그의 독립운동은 노예 신세인 민족적 주체들을 복권시키기 위한 보살행의 실천이었다.

4) 복권의 결과에서는 '전체' 획득과 평등사상을 중심으로 살펴보았다. 켄지의 「사할린 철도」는 대승 정신에 대한 신념을 담은 시이다. 대승 정신은 개인을 극복하고 개인을 포함한 전체를 지향했을 때에 발의된다. 켄지가 「농민

예술개론강요」의 서두에서 '세계 전체가 행복하지 않으면 개인의 행복은 있을 수 없다'라고 주장한 것은 어디까지나 개인 중심의 전체 지향을 의미하지 않고 개인과 전체가 하나인 세계를 염두에 둔 표현이다. 그러므로 온다의 개인 중심론은 한계성을 드러내고 있다. 『봄과 수라』 서문에서 '모두 내 속의 모두인 것처럼 모두의 각자 안의 모두이기 때문입니다'라는 켄지의 주장을 쿠리하라가 우주(세계, 전체성)와 나(個)의 본원적 일치(일체성)를 증명하기 위한 사상적 토대로서 '심상'의 개념 형성에 기여하고 있다고 지적한 바와 같이 켄지의 심상 개념이 한용운의 心의 개념과 일치하고 있다. 대승 정신은 차별을 넘어선 세계의 실현이 그 목표이며 '모두'가 진정한 구경의 행복에 이르는 길이다. 그러므로 켄지의 '모든 생물의 진정한 행복'에 대한 추구는 분리가 극복된 평등한 세계, 즉 전체 지향을 의미한다.

한용운은 「조선불교유신론」에서 불교의 이념을 평등주의와 구세주의로 나누어 설명하고 있다. 여기에서 평등주의란 불평등에 반대되는 주의이며 불평등한 견지란 사물, 현상이 필연의 법칙에 의해 제한받는 것을 말한다고 밝히고 있다. 그리고 평등한 견지란 '공간과 시간을 초월하여 얽매임이 없는 자유로운 진리의 이름이라고 정의하고 있다. 한용운에게 절대적 자유는 절대적 평등을 의미하며, 자유와 평등의 관계가 동일하다. 그의 평등주의는 '님'과 '나'의 내면적 또는 정신적으로만 추구되는 것이 아니라 사회적 측면까지 확대되어 사회적 불평등에 투쟁적으로 대처했다는 점이다. 즉, 소승에서 벗어나 대승으로 발전해 갔음을 알 수 있다. 님과 내가 이별한 상태는 '님'과 '나'가 분리된 불평등한 상태이다. 이와 같은 상황은 현상아(現象我)에 계박되어 있는 것이므로 이때 주체는 진아(眞我) 또는 무아(無我)의 경지로 탈주되어야 한다. 즉 이 분리의 세계가 극복되지 않으면 자아에게는 죽음이다. 그러므로 주체는 죽음을 두려워하지 않고 님과의 합일을 이루기 위해 자기희생이라는 적극적 의지를 보여주었다. 현상적 존재인 '나'가 초월적 존재인 '님'과 합일하여 님과 내가 하나가 된다는 것은 라캉의 이론에서 불가능하여 불교사상의 핵심인 니르바나의 개념을 도입하였다. 니르바나란 평등과 자유가 실현된 완전한 사랑을 의미한다.

한용운에게 평등이란 마음이 경계를 지워서 차별이 생긴 것을 무아(니르바나)를 체득함으로써 일과 이의 차별상이 없는 세계이다. 평등한 경지란 켄지와 타고르에게 있어서 전체의 획득과 같다고 하겠다. 전체란 반드시 개적인 자아가 극복되지 않으면 이를 수 없는 세계이다. 그러므로 타고르의 사상은 실천이 없이는 결코 완전하지 못한 것이므로 그 실천의 중요성에 무게가 있다고 하겠다. 켄지와 한용운이 각각 농촌활동과 독립운동, 불교개혁 운동을 주축으로 하여 보살도를 실천한 것은 보살 사상이 지니는 구세주의와 밀접한 관계가 있다. 또한, 구세주의가 대승사상의 핵심인 점을 생각할 때 그들의 실천행이 대승불교의 교의에 따른 것이며, 이는 타고르 사상에서도 역설되는 부분이었다.

Ⅲ.
결론

본 연구는 미야자와 켄지의『봄과 수라』제1 시집과 한용운의『님의 침묵』을 중심으로 주체의 고뇌와 분열, 그것을 초극하기 위한 방법으로 자기 부정과 자기희생으로 나타나는 주체의 소멸과정, 그리고 새로운 주체가 생성되는 주체의 복권을 중심으로 고찰하였다. 이를 위해 D. 두리친과 알드리지의 비교문학 연구 방법 중 주제의식 대조연구를 수용하여 연구의 틀을 마련하였다. 그리고 본론을 위해서는 라캉과 가타리의 주체개념을 도입하였고 특히 라캉 이론에서 한계를 드러내는 부분은 불교의 무아(無我)와 불일불이(不一不二), 동체이체설(同體異體說) 등으로 보완하였다. 라캉의 주체는 상징세계에서 타자와 합일할 수 없는 주체이므로 주체의 분열과정에 도입되었고, 자기 부정과 자기희생의 과정은 가타리의 '일관성 없는 주체' 즉 탈주하는 주체로서의 개념을 썼다. 이 부분에서는 라캉적 계열 반복이 절단된다.

제1장에서는 주체의 분열을 1) 분열의식 2) 분열의 표상 3) 분열의 실상 4) 분열의 결과의 네 영역으로 나누어 고찰하였다.

1) 분열의식에서 토시코와 님은 주체가 욕망하는 대상으로서 타자이다. 여기에서 중요한 것은 주체가 타자의 부재에 의한 결핍 때문에 욕망하게 된다는

것이다. 또한, 토시코와 님은 타자이지만 주체 내에 존재하는 타자성의 의미를 지닐 때 주체에게는 잃어버린 자신의 정체성이다. 서론에서 언급한 파스의 말을 빌리자면 주체가 자신의 정체성을 기억할 때 바로 그 자신인 타자가 나타난다는 의미는 토시코와 님이 주체에게 투사물로서 타자의 역할을 수행하고 있음을 두 시인의 시에서 읽어낼 수 있었다.

켄지의 시에서 토시코가 천인(天人)으로 표현되는 것은 '진리(まこと)'에 도달하려는 주체의 염원을 타자인 토시코를 통해서 드러내고 있기 때문이다. 또한, 켄지는 토시코를 천인으로 설정함으로써 토시코의 부재로 인한 슬픔의 하강적 정서를 상승 지향성으로 끌어올리고 있다. 한용운의 시에서 님 또한 '나'가 합일해야 할 대상으로서 초월적 존재이다. 그러나 님과의 이별이라는 극한 상황은 주체와 타자가 갖는 거리이며 이와 같은 분리는 주체가 주체 안에 존재하는 자기인 타자를 통해 보이기를 하게 된다.

2) 분열의 표상에서는 '수라의 눈물'과 '진주 눈물'을 중심으로 그 상징성을 해명하였다. 시 「봄과 수라」에 나타난 '수라의 눈물'은 진리의 말이 부재하는 내면 의식이 가진 고뇌에 기인하며 「아오모리 만가」에서 물 이미지의 하위 범주인 눈물 이미지가 물로 변화되어 수라의 내면 공간은 물로 충만하였다. 그것은 곧 켄지의 상처받은 내면이 치유되고 재생하는 계기로써 작용하고 있었다. 한용운의 시에서 눈물은 진주 눈물과 수정의 눈물로 대표되며 진주, 수정과 같은 광물 이미지와 물 이미지의 결합은 고체와 액체의 두 영역이 서로 넘나들면서 물 이미지의 부정적 측면인 눈물이 지닌 나약함을 견고성으로 끌어올려 역설적 가치를 획득하게 한다. '한숨과 눈물'을 '아름다운 생의 예술'로 인식함은 눈물의 긍정성을 뒷받침한다. 진주 눈물은 님과의 재회-사랑의 완성(즉 자아 완성)을 지향하는 시적 화자의 기다림의 적극성을 나타낸다. 수정의 눈물은 시적 화자의 투명하고 견고한 의식의 결정체를 상징한다. 그러므

로 두 시인의 시에 나타난 눈물의 상징성은 눈물의 부정성을 넘어 긍정성을 획득하여 재생과 극복의 가치를 지니고 있다.

3) 분열의 실상에서 나타나는 핵심어는 '마음'으로서 「무성통곡」에서 '두 마음', 「하나가 되어 주세요」에서 나타나는 마음의 교환은 눈이라는 시선의 문제와 함께 님과 나의 관계가 분리되어 있음을 알 수 있었다. 「무성통곡」에서 토시코와 나의 눈을 통한 바라봄(마주 보기)의 결렬은 주체가 두 마음을 응시하였기 때문이다. 즉 토시코-나의 관계와 나-나 안의 나의 관계의 이중 분열은 현실에서 토시코라는 타자와 마주 보기를 불가능하게 하는 원인이었다. 한용운의 시 「어디라도」에서 당신이 '네가 나를 보느냐'라고 조롱하는 것은 시적 화자인 나의 눈이 감긴 상태 즉 님과 나의 마주 보기가 되고 있지 않음을 반증하는 부분이었다. 눈과 마음은 소통의 역할을 함으로 분열의 실상에서 드러나는 것은 주체와 타자의 관계에서 소통이 이루어지지 않고 있음을 의미하였다. 「아오모리 만가」에서 나타나는 환상성은 분리의 과정에 나타나는 마야이고 이것은 극복되어야 할 과제임을 타고르도 역설하고 있다.

4) 분열의 결과에서 주체의 고통은 '솔침'과 '얼음 바늘'로 표상되고 있다. 켄지의 시 「솔침」에서 임종을 앞둔 토시코가 솔잎에서 생명력을 탐하는 행위는 지켜보는 켄지에게 고통이었다. 즉 솔침에 찔리는 것은 주체인 나의 마음이 된다. 그 이유는 토시코가 땀과 고통으로 신음할 때 나는 양지에서 즐겁게 지냈다는 산 자의 자책이 자학적으로 그려지고 있기 때문이다. 토시코의 죽음이라는 사건은 켄지가 가진 수라성이 폭발하는 계기가 되고 있다. 즉, 그 고통의 극한은 '솔침'과 '얼음 바늘'이라는 금속 이미지가 가진 위협성으로 표현되기 때문이다. 한용운의 시 「차라리」는 나의 잘못에 대해 침묵으로 책망하는 님으로 인해 주체의 고통은 얼음 바늘에 찔리는 것과 같다. 여기에서 중요한 것은 주체의 부족함이 타자에 의해 투사되고 있다는 점이다. 주체의 분열

의 원인은 곧 주체가 가진 부족함을 직면할 때 오는 위기감이며 이는 주체가 스스로를 타자화해서 보이는 주체일 때 생긴다. 이때 주체가 스스로 타자화한 다는 것은 존재의 영역이기보다 소유의 영역이 된다. 그러므로 부재하는 님과 임종을 맞는 토시코를 통해 주체는 거기에 존재하기보다 타자에 의해 소유되는 것이며 이는 주체가 스스로를 타자화하는 과정이기도 하다.

제2장에서는 주체의 소멸을 1) 소멸의식 2) 소멸의 표상 3) 분열의 실상 4) 분열의 결과의 네 영역으로 나누어 살펴보았다. 이 장에서 중요한 개념은 불교 사상의 핵심인 니르바나이다. 본고에서는 이 니르바나를 주체의 소멸로 파악하였다. 그것은 사랑의 극치로서 주체의 완전한 자기희생, 즉 자기 비움에 의해 성취된다. 이 경우에 주체는 곧 타자가 됨으로써, 주체 안의 타자와 일치하게 된다. 불교적 어법을 빌리면 인간에게 내재한 불성(佛性), 또는 가톨릭 시즘의 신성(神性)을 발견하여 드러내는 것이다. 주체와 타자의 분리가 극복된 이 일치 속에서 번뇌는 사라지고 완전한 사랑만이 존재한다. 주체와 타자의 일치는 라캉적 구조가 절단되는 것을 말한다.

1) 소멸의식에서는 자기 부정과 자기희생을 중심으로 고찰하였다. 자기 부정과 자기희생은 타고르가 말하는 자아 이기주의의 한계를 넘기 위한 주체의 적극적인 의지에서 비롯된다. 켄지 시에서 이 자기 부정은 긍정적 수라 의식에서 나온 것으로 자기 내면의 부족함을 가리키는 '보기 흉함'으로 표현되고 있다. 자기를 부정하려는 의지는 '엉터리 관찰자' '쭉정이 여행자'라고 자신을 비판하는 '내 안'의 나에 의해 비롯된다.

한용운 시에서 자기 부정과 자기희생은 「나룻배와 行人」과 「服從」에서 명백히 표현되고 있다. 전자에서 나룻배의 행인에 대한 희생은 희생으로 끝나지 않고 『님의 沈黙』에서 님이 점하는 위치를 고려할 때 주체의 님과 합일하기 위한 자기희생으로서 타고르가 말하는 더 큰 사랑의 확대를 위한 길이다. 후자에서 시적 화자는 님에 대한 철저한 복종에 의해 대해탈, 즉 자아 포기를 이루고 있다. 복종은 님과 일치하고자 하는 주체의 적극적인 의지에서 비롯되는 행위 양식이다. 2) 소멸의 표상으로 분신과 '體刑'을 들 수 있다. 켄지 시에서 주체의 자기 부정과 자기희생 정신이 신체로 표현되었을 때 분신(焚身)으로, 분신을 지향하는 원인이 토시코와 같은 덕성을 닮아가고자 할 때, 토시코는 시적 화자의 분신(分身)으로써 표현되고 있었다. 또한, 긍정적인 수라와 부정적인 수라가 분열하여 대립하는 내면의 압력이 폭발할 때는 산체(散体) 지향으로 가고 있다. 이것은 의식에서 해체 지향으로 흐르는 것과 맥을 같이하고 있다.

한용운 시에서 주체의 님 지향성은 「의심하지 마셔요」에서 체형(體刑)과 자유형(自由刑)으로 표상되고 있다. 님의 명령이라면 '생명의 옷'까지도 벗겠다는 주체의 적극적인 의지는 죽음마저도 가벼이 하겠다는 결연한 태도에서 비롯된다. 그리고 두 시인은 주체의 소멸 의지를 십자가에 비유함으로써 기독교적 상상력을 동원하고 있고 이는 종교적 진리의 보편성에 바탕을 두면서 그들 문학의 토양을 풍부하게 하고 있다. 「오오츠크 만가」에 표현된 십자가는 켄지가 겪는 고통의 극한 상태를 의미하고 있다. 한용운의 시 「葡萄酒」는 십자가 상의 예수가 흘리는 피로써 자기 수정과 완성을 내포하는 알레고리로 쓰였다. 켄지의 분신이나 한용운의 체형(體刑)이 모두 죽음을 전제로 하는 주체의 소멸 의지이다.

3) 소멸의 실상으로서 쏙독새의 비상과 나룻배를 설정하였다. 쏙독새는 켄지의 동화에서 존재의 부족함을 표상하는 것이다. 켄지의 시와 동화가 시에서 동화로 즉, 운문에서 산문으로 표현되는 것(또는 이와 반대로 산문에서 운문으로)을 염두에 둘 때 이 쏙독새는 「흰 새」와 「아오모리 만가」의 새를 다루는 만가들과 같은 맥을 잇고 있다. 「흰 새」가 토시코의 환생물이고, 토시코를

시적 화자가 닮아가야 할 덕성을 갖춘 천인으로 표현하고 있는 점에서 쏙독새의 죽음을 전제로 한 천상세계로의 비상은 새가 지니는 원형상징으로까지 발전된다. 천상의 세계에 비상하려는 쏙독새는 '보기 흉함' '존재악'으로부터 탈주하려는 주체의 욕망을 대변하기도 한다. 주체는 상징세계에 발을 딛고 있는 만큼 이미 분리된 타자에게 의존하여 완전성에 도달할 수밖에 없으므로 스스로 자기를 완성해야 한다. 상징세계의 주체로서 타자와 분리되어 온전히 스스로의 힘으로 완성에 도달하는 것은 고독과 고통을 담보로 해야 하며 이러한 주체의 역사의 각 단계는 하나의 초월이고 파괴하는 과정이다. 상징세계에서 굴복한 주체의 역사는 끊임없이 이탈하면서 자기를 찾는 탐구의 변증법으로 역할을 한다.

한용운 시에서 나룻배는 행인에 대한 기다림과 헌신에서 존재 이유를 발견한다. 나룻배의 자기희생은 누군가의 강요에 의해 이루어지는 것이 아니라 자발적인 헌신이다. 나룻배의 자기희생은 종교적 고행이며, 자기희생의 극치는 니르바나, 즉 무아(無我)이다. 무아(無我)란 분리 상태의 가아(假我)를 극복한 것이다. 『님의 沈默』에서 이별이 주체에게 눈물-죽음을 초래하면서도 웃음-삶으로 전환될 수 있는 것은 이별이 가지고 있는 일반적인 의미를 뛰어넘고 있다. 님과의 이별로 인한 님의 부재는 곧 '아무것도 없음(das Nichts)', 즉 니르바나에 의해 극복된다. '아무것도 없음'이 완전한 있음이 된다. 완전한 있음이란 타고르가 말하는 사랑의 극치인 것이다. 무아(無我)란 철저한 '비움'이며 그 완전한 비움이 완전한 있음이 되기도 한다. 그래서 니르바나는 있는 것이기도 하고 없는 것이기도 한 것이다. 이것을 불교에서는 진공묘유(眞空妙有)라 한다.

4) 소멸의 결과로서 '천(天)' 지향과 주체의 죽음을 다루었다. 천상을 지향한 쏙독새의 죽음이 자기 구제를 위한 죽음을 전제로 했다면 『은하철도의 밤』

에서 자기희생으로 타인을 구하는 이타성의 죽음은 가정교사 청년을 통하여 표현되고 있다. 이 두 죽음이 모두 천상세계에 지향점을 두고 있고 전자가 소승에서 벗어나 대승을 향한 것이었다면 후자는 대승 정신의 실천으로 그려지고 있다는 점이다. 쏙독새적 죽음은 개인의 '보기 흉함'이나 존재악과 같은 번뇌로부터 탈주하는 것이며, 가정교사 청년의 죽음은 쏙독새적 단계를 지나 타인을 위해서 자기 목숨을 버리는 태도에서 비롯된다. 이와 같은 천상 지향은 「무성통곡」의 '부디 고운 얼굴을 하고/ 새롭게 하늘에 태어나줘'와 「영결의 아침」의 '천상의 아이스크림'으로 표현되고 있다.

한용운의 시 「오셔요」에서 '죽음의 사랑'은 만능, 무한, 무궁이다. 이는 자기 부정과 자기희생을 거쳐야 하며 시적 화자인 나의 님에 대한 철저한 헌신의 결과 이루어질 수 있는 것이다. 시집 『님의 沈默』은 이별의 아픔, 눈물과 기다림의 탄식이 있는 반면 그것을 초극하려는 '황금의 칼'과 '강철의 방패'와 같은 두 정서가 서로 교차하고 있다. 또한, 한용운의 시에서 표현되는 죽음은 부재하는 님과의 재회를 하기 위해 주체가 선택할 수밖에 없는 필연적인 삶의 형식이다. 그러나 이 죽음은 죽음으로 끝나지 않고 새로운 주체를 창출하기 위한 데 지나지 않는다.

제3장에서는 주체의 복권을 설명하기 위해 1) 복권의식 2) 복권의 표상 3) 복권의 실상 4) 복권의 결과로 나누어 고찰하였다.

1) 복권의식에서는 '不一不二'와 '님'과의 合一을 중심으로 고찰하였다. '不一不二'는 '나-너(不一)'에서 '모두(不二)'로 되돌아오는 둘이 하나인 세계를 의미한다. 이때 주체인 나는 부정되고 모두가 됨으로써 새로운 주체가 생성된다. 대승불교에서 말하는 소아(小我)를 버리고 대아(大我)를 이루는 것은 이와 동일한 의미이며, 대아(大我)는 새로 복권되는 주체의 다른 이름이다. 한용운 시에서 복권의식은 님과의 합일을 이룸으로써 생성된다. 『님의 沈默』

이 이별한 님을 재회하기 위한 긴 기다림에서 생성된 시편들인 만큼 전체로서 기다리는 주체를 잊어가는 과정이다. 이 완전한 잊음에서 주체가 스스로 해탈하여 새로운 주체를 창출한다. 님과의 합일이란 명제는 분리된 주체가 소멸할 때 가능하며 그것은 시간성 속에서 지속적인 것이다. 주체는 기다림과 내적 투쟁을 해야 하는 필연성에 부딪친다.

2) 복권의 표상에서 구원의 새와 황금의 상징성을 고찰하였다. 켄지 시의 새는 구원으로 표상되고 있다. 토시코의 죽음으로 인한 상실감과 그것을 극복하지 못하는 두려움이 주체를 심연으로 추락시켰다. 추락은 조성된 추락으로 질료적 사건이다. 추락의 상상력은 주체가 정신적으로 책임져야 할 세계이다. 그러나 추락의 상상력은 상승하고 커지는 의지에 대한 꿈에 지나지 않는다. 「아오모리 만가」 서두에서 표현된 심연으로의 추락은 토시코의 중유인 천인과 환생물인 새를 통해 상승하고 있다. 하늘의 푸르름은 순결함과 높음과 투명한 의지의 상징으로서 불교적 중유 이미지와 함께 켄지의 시적 상상력을 이루고 있다. 새는 치켜 오르는 힘으로서 역동성과 인격화된 자유로운 공기의 이미지이다. 비상이 가지는 세계의 자유는 새라는 테마에서 핵심적인 요소이다. 새는 주체의 탈주이며, 자유이며 구원이다.

한편 한용운 시에서 황금은 영원한 가치를 표상한다. '황금의 꽃'은 『님의 沈默』에 표현된 비유어들 중에서 중핵적 위치를 점하고 있다. 그 이유는 '황금의 꽃'이 '옛 맹세'를 수식하고 있고, 『님의 沈默』의 시들이 영원한 생명을 상징하는 '옛 맹세'를 지키기 위한 과정에서 태어났기 때문이다. 「꽃싸움」에서 님이 나에게 진다는 말은 시적 화자가 님과의 기나긴 이별 속에서 모든 어려움을 딛고 일어나 님을 재회함으로써 님을 이긴다는 의미이다. 님과 나 사이의 놀이의 일종인 꽃싸움은 통교 행위이고 주체는 이를 통해 님과의 거리를 허물게 된다. 『님의 침묵』에서 황금은 영속적 가치, 견고성으로 인한 공격성과 저항성, '황금의 꽃'과 같은 광물적 이미지와 식물적 이미지의 결합을 표상하고 있다.

3) 복권의 실상에서는 '個人'의 극복과 보살 사상을 중심으로 타고르의 사상과 관련하여 고찰하였다.

켄지 시에서 시적 화자가 토시코의 사후세계를 끊임없이 찾아 헤매는 것은 집착하는 행위에 지나지 않는다. 다수의 타자들을 대상으로 하는 전체를 위한 사랑으로 이행되기 위해 토시코라는 個的 존재는 극복되어야 했다. 「종교풍의 사랑」에서 '신앙으로밖에 얻을 수 없는 것을/ 왜 인간 속에서 꽉 잡으려 하는가'라는 시적 화자의 자기비판을 거쳐 「소오야 만가」의 '모두의 진정한 행복'을 위한 이타행의 실천으로 나아가게 한다. 「군말」에서 한용운은 '길을 잃고 헤매는 어린양이 기루어서'라고 밝히고 있듯이 그의 보살행은 식민치하 민중을 대상으로 한다. 「당신을 보았습니다」에서 '나'라는 주체는 '심을 땅'이 없는 거지 신세에 비유되고 있어서 식민지 백성의 서러움을 대변하고 있다. 독립운동가로서 한용운은 '나'를 민족적 주체인 민중과 일치시키고 있다. 그러나 이 시에서 주체인 나는 진정한 주체로서 자리매김 되지 못하고 있는 처지이다. 「讚頌」에서 시적 화자는 님에게 노예 생활을 하는 주체들에게 '자비의 보살'로서 '복의 씨'를 뿌리게 해달라고 기원한다. '복의 씨'란 진정한 주체로서 복권이다. 이처럼 한용운의 보살 사상은 불교 대중·조선 민중을 향한 것이었고 그의 독립운동은 노예 신세인 민족적 주체들을 복권시키기 위한 보살행의 실천이었다.

4) 복권의 결과에서는 '전체' 획득과 평등사상을 중심으로 살펴보았다. 켄지의 「사할린 철도」는 대승 정신에 대한 신념을 담은 시이다. 대승 정신은 개인을 극복하고 개인을 포함한 전체를 지향했을 때에 발의된다. 켄지가 「농민예술개론강요」의 서두에서 '세계 전체가 행복하지 않으면 개인의 행복은 있

을 수 없다'라고 주장한 것은 어디까지나 개인 중심의 전체 지향을 의미하지 않고 개인과 전체가 하나인 세계를 염두에 둔 표현이다. 그러므로 온다의 개인 중심론은 한계성을 드러내고 있다. 『봄과 수라』 서문에서 '모두 내 속의 모두인 것처럼 모두의 각자 안의 모두이기 때문입니다'라는 켄지의 주장을 쿠리하라가 '우주(세계, 전체성)와 나(個)의 본원적 일치(일체성)를 증명하기 위한 사상적 토대로서 '심상'의 개념 형성에 기여하고 있다'라고 지적한 바, 켄지의 심상은 한용운의 心의 개념과 일치하고 있다. 대승 정신은 차별을 넘어선 세계의 실현이 그 목표이며 '모두'가 진정한 구경의 행복에 이르는 길이다. 그러므로 켄지의 '모든 생물의 진정한 행복'에 대한 추구는 분리가 극복된 평등한 세계, 즉 전체 지향을 의미한다.

한용운은 「조선불교유신론」에서 불교의 이념을 평등주의와 구세주의로 나누어 설명하고 있다. 여기에서 평등주의란 불평등에 반대되는 주의이며 불평등한 견지란 사물, 현상이 필연의 법칙에 의해 제한받는 것을 말한다고 밝히고 있다. 그리고 평등한 견지란 '공간과 시간을 초월하여 얽매임이 없는 자유로운 진리'의 이름이라고 정의하고 있다. 한용운에게 절대적 자유는 절대적 평등을 의미하며, 자유와 평등의 관계가 동일하다. 그의 평등주의는 '님'과 '나'의 내면적 또는 정신적으로만 추구되는 것이 아니라 사회적 측면까지 확대되어 사회적 불평등에 투쟁적으로 대처했다는 점이다. 즉, 소승에서 벗어나 대승으로 발전해 갔음을 알 수 있다. 님과 내가 이별한 상태는 '님'과 '나'가 분리된 불평등한 상태이다. 이와 같은 상황은 현상아(現象我)에 계박되어 있는 것이므로 이때 주체는 진아(眞我) 또는 무아(無我)의 경지로 탈주되어야 한다. 즉 이 분리의 세계가 극복되지 않으면 자아에게는 죽음이다. 그러므로 주체는 죽음을 두려워하지 않고 님과의 합일을 이루기 위해 자기희생이라는 적극적 의지를 보여주었다. 현상적 존재인 '나'가 초월적 존재인 '님'과 합일하여 님과 내가 하나가 된다는 것은 라캉의 이론에서 불가능하여 불교사상의 핵심인 니르바나의 개념을 도입하였다. 니르바나란 평등과 자유가 실현된 완전한 사랑을 의미한다.

한용운에게 평등이란 마음이 경계를 지워서 차별이 생긴 것을 무아(니르바나)를 체득함으로써 일과 이의 차별상이 없는 세계이다. 평등한 경지란 켄지와 타고르에게 있어서 전체의 획득과 같다고 하겠다. 전체란 반드시 개적인 자아가 극복되지 않으면 이를 수 없는 세계이다. 그러므로 타고르의 사상은 실천이 없이는 결코 완전하지 못한 것이므로 그 실천의 중요성에 무게가 있다고 하겠다. 켄지와 한용운이 각각 농촌활동과 독립운동, 불교개혁 운동을 주축으로 하여 보살도를 실천한 것은 보살 사상이 지니는 구세주의와 밀접한 관계가 있다. 또한, 구세주의가 대승사상의 핵심인 점을 생각할 때 그들의 실천행이 대승불교의 교의에 따른 것이며, 이는 타고르 사상에서도 역설되는 부분이었다.

이상으로 켄지와 한용운의 시를 대상으로 주체의 분열과 소멸, 복권에 이르는 과정을 고찰한 결과, 주체의 분열은 주체가 지닌 존재로서의 부족함에서 기인하고 있었다. 이들의 시집에서 타자인 토시코와 님은 주체가 욕망하는 대상이었고 주체의 끊임없는 자기 부정과 자기희생은 종국적으로 주체를 죽음에 이르게 하였다. 그러나 여기에서 새로운 주체, 즉 주체가 욕망한 타자화 된 주체가 생성된다. 본고는 이 부분을 '니르바나, 비움'이라는 관점에서 해석하여 주체의 완전한 니르바나(비움)가 타자-토시코와 님으로 표현되는 영원함, 절대의 진리-와 합일을 이루는 상태로 간주하였다. 타자인 토시코와 님이 부재하는 것은 영원한 존재인 불타나 신, 또는 절대적 진리는, 주체가 그것들과 분리되어 있을 때에 침묵으로밖에 존재하지 않음을 알 수 있었다. 그러므로 주체는 타자를 지향하기 위하여 죽음을 각오한 내적 투쟁을 하게 되고 종교시는 그 과정에서 산출된다. 타자와 분리된 주체는 타자와 합일을 하기 위해 끊임없는 자기 수정과 갱신의 과정을 거쳐 새로운 주체로 부활한다. 주체의 자기 수정과 갱신의 과정은 자기 부정과 자기희생에 의해 수행되며 주체는 스스로와의 내적 투쟁을 초극해야 하는 필연성에 직면하게 된다. 주체의 자기 비움은 분열에서 보이는 대립적 계열체가 절단되며 존재론적 역설의 기능을 통해 재현된다.

켄지와 한용운의 시에서 표현되는 주체의 분열과 소멸 그리고 복권의 과정은 단지 주체의 내적 투쟁에만 그치지 않고, 주체의 죽음을 의미하는 소멸-비움, 니르바나-을 넘어서 대승 정신의 구세주의와 평등주의에 의해 사회적 투쟁으로 확산하였다는 점에 그 특징이 있다. 본고는 주체가 소멸을 넘어 복권되는 과정을 설명하는 데에 있어 켄지와 한용운의 특성을 들어 설명할 수밖에 없는 한계점도 가지고 있다. 그러나 주체를 복원하려는 주체이론의 관점에서 본고는 하나의 시도라는 점을 이해해 주기 바란다.

참고 문헌

● 텍스트

『校本宮沢賢治全集』 전15권, 筑摩書房, 1974.

『新校本宮沢賢治全集』 제16권(下) 연보편, 筑摩書房, 2001.

『韓龍雲全集』 전 6권, 신구문화사, 1973.

● 단행본

中村 稔, 『宮沢賢治』 現代作家論全集7, 1958.

福田清人, 岡田純也, 『宮沢賢治人と作品』, 清水書院, 1966.

天沢退二郎, 『宮沢賢治の彼方へ』, 思潮社, 1968.

谷川徹三, 『宮沢賢治の世界』, 法政大学出版局, 1970.

飛高隆夫, 恩田逸夫, 『高村光太郎・宮沢賢治』, 角川書店, 1971.

青江舜二郎, 『宮沢賢治 修羅に生きる』, 講談社, 1974.

境 忠一, 『宮沢賢治論』, 桜楓社 1975.

文芸読本 『宮沢賢治』, 河出書房, 1977.

新修 『宮澤賢治全集』, 筑摩書房, 1979.

浅井清等 『研究資料日本文学』 第七巻 「詩」, 明治書院, 1980.

原子郎, 『宮沢賢治』 鑑賞日本現代文学13, 角川書店, 1981.

『宮沢賢治Ⅱ』 日本文学研究資料叢書, 有精堂, 1983.

吉本隆明, 『宮沢賢治』 近代日本詩人選13, 筑摩書房, 1989.

村瀬 学, 『銀河鉄道の夜とは何か』, 大和書房, 1989.

龍門寺文蔵, 『「雨ニモマケズ」の根本思想』, 大蔵出版, 1991.

栗原 敦, 『宮沢賢治ー透明な軌道の上から』, 新宿書房, 1992.

分銅惇作, 『宮沢賢治の文学と法華経』, 水書房, 1993.

佐藤通雅, 『宮沢賢治から〈宮沢賢治〉へ』, 学芸書林, 1993.

佐藤隆房, 『宮沢賢治』, 富山房, 1994.

管原千恵子, 『宮沢賢治の青春』, 宝島社, 1994.

板谷栄城 『宮沢賢治 宝石の図誌』, 平凡社, 1994.

大塚常樹, 『宮沢賢治 心象宇宙論』, 朝文社, 1994.

中村稔, 『宮沢賢治 ふたたび』, 思潮社, 1994.

萩原昌好, 『宮沢賢治 修羅への旅』, 朝文社, 1994.

米田利昭, 『宮沢賢治の手紙』, 大修館書店, 1995.

秋枝美保, 『宮沢賢治 北方への志向』, 朝文社, 1996.

押野武志, 『宮沢賢治の美学』, 翰林書房, 2000.

吉江久弥, 『賢治童話の気圏』 大修舘書店, 2002.

김용직, 「Rabindranath Tagore의 수용」, 『한국현대시연구』 일지사, 1974.

김재홍, 『한용운 문학연구』, 일지사, 1982.

김열규 · 신동욱, 『한용운 연구』, 한국문학연구총서, 현대문학 편⑤, 새문사, 1982.

김병택, 『한용운 시의 수사적 경향』, 한국시가연구, 태학사, 1983.

이상섭, 『님의 침묵의 어휘와 그 활용구조』, 탐구당, 1984.

윤재근, 『만해시 『님의 침묵 연구』, 민족문화사, 1985.

신동욱 편저, 『한국현대시인 연구⑧-한용운』, 문학세계사, 1993.

고은, 『한용운 평전』, 고려원, 2000.

김인환, 『한용운의 님의 침묵을 읽는다』, 열린원, 2003.

● 박사 논문

김재홍,「한용운 문학연구」, 서울대 대학원, 1981.

윤재근,「만해 시 님의 침묵 연구: 연작시로서의 특성을 중심으로」, 경희대 대학원, 1984.

김광길,「만해 한용운 시의 존재론적 해명」, 경기대 대학원, 1991.

김광원,「만해 한용운 시 연구」, 원광대 대학원, 1996.

이혜원,「한용운·김소월 시의 비유 구조와 욕망의 존재 방식」, 고려대 대학원, 1996.

이병석,「만해 시에서의 '님'의 불교적 연구」, 동아대 대학원, 1996.

박명자,「한국 現代詩의 눈물의 詩學 研究: 한용운, 김현승, 서정주 시를 중심으로」, 원광대 대학원, 1999.

배영애,「현대시에 나타난 불교의식 연구: 한용운, 서정주, 조지훈을 중심으로」, 숙명여대 대학원, 1999.

● 학술잡지

恩田逸夫,「宮沢賢治における個と全の問題」,『四次元』35호, 四次元社, 1953. 1.

恩田逸夫,「宮沢賢治における比較対照研究の領域」,『四次元』第七 巻六號, 四次元社, 1955. 6.

原子朗,「家をめぐって―タゴール、武郎、賢治―」,『文藝論叢』2호. 1966. 2.

青江舜二郎,「宮澤賢治とタゴール」,『四次元』200호 기념 특집호, 四次元社, 1968. 1.

分銅惇作,「近代詩における宗教意識の問題」,『国語と国文』, 東京大学国 語国文学会, 1972. 12.

萩原昌好,「修羅と宇宙」,『埼玉大学紀要』, 埼玉大学教育学部, 第三十巻, 1981.

栗原敦,「溶媒幻想―宮沢賢治宇宙観の断面―」, 実践女子大学, 実践国文学会, 第二十三号, 1983. 3.

和田義昭,「菩薩への道標―宮沢賢治童話メモ」,『国文学研究』제6호. 1986. 3.

原子朗,「宮沢賢治と法華経」,『国語国文学』, 1990. 11.

菅野博,「宮沢賢治―家との葛藤」,「日本近代文学と家族」, 千葉大学大学院 社会文化科学研究科, 1993. 3.

和田康友,「宮沢賢治と自己犠牲」,『日本文学誌要』제54호, 法政大學國文學會, 1996. 7.

和田康友,「宮沢賢治と自己犠牲」,『日本文学誌要』, 제54호, 1996. 7.

伊藤周平,「宮沢賢治論-デクノボーの思想(下)」,『立教大学日本文学』제77호, 1996. 12.

伊藤周平,「宮沢賢治論ーデクノボーの思想」,『立教大学日本文学』제75호, 立教大學日本文學會,
    1996. 1.

吉江久弥「賢治の初期童話とタゴール」,『京都語文』제2호, 1997. 10.

河原修一,「宮沢賢治の心象スケッチにみる自然語彙」,『国語国文』, 金沢大學國語國文學會, 第二十八
    号, 2003. 3.

송석래,「임의 침묵 연구」,『국어국문학 논집』4, 5 합병호, 동국대국 어국문학회, 1964.

김윤식,「한국 신문학에 있어서의 타고르의 영향에 대하여」,『진단학보』32호, 1969.

김용직,「한국현대시에 미친 Rabindranath Tagore」,『아세아 연구』41호, 1971. 3.

오세영,「침묵하는 님의 역설」,『국어국문학』65, 66 합병호, 1974. 12.

김준오,「총체화된 자아와 '나-님'의 세계」,『한국문학논총』6-7집, 1984. 10.

이승원,「자연 표상에 대한 연구」,『국어국문학』95호, 1986. 6.

이영희,「현대시의 생사관 고찰」,『한국언어문학』25집, 1987. 5.

김영호,「한용운과 휘트먼의 문학사상」,『사사연』, 1988. 3.

박건명,「『님의 침묵』과『원정』의 비교연구」,『우리문학연구』, 1991.

정대호,「한용운 시에 나타난 현실 대응 논리」,『국어국문학』, 1992.

권영민,「만해 한용운의 문학관에 대하여」,『만해학보』창간호, 1992. 6.

김동환,「한용운 시의 소통 구조」,『만해학보』제2집, 1995. 8.

전봉관,「한용운 시의 두 가지 관념」,『만해학보』제2집, 1995. 8.

● 일반잡지

山內 修,「宮沢賢治ノート-存在の悪と自己犠牲-」,「風狂」제6호, 1977. 8.

송욱,「만해 한용운과 R. 타고르」,『사상계』117호, 1963. 2.

김우창,「궁핍한 시대의 시인」,『문학사상』4호, 1973. 1.

김열규,「슬픔과 찬미사의 이로니」,『문학사상』4호, 1973. 1.

김용직,「비극적 구조의 초비극성」, 한국문학의 비평적 성찰, 민음사, 1974. 4.

황헌식,「색불이공 공즉이색의 경지- 한용운의 경우」,『현대시학』69호, 1974. 12.

이선영, 「한용운의 대승적 역사의식」, 『세계의 문학』, 1982, 여름호.

김병택, 「만해시에 나타난 꿈의 성격과 전개 양상」, 『문학과 비평』 6호, 1988. 5.

● 기타

정한모, 『한국현대시문학사』, 일지사, 1974.

R. 타고르, 유영 옮김, 『타골 전집』, 4, 6권, 정음사, 1974.

가스통 바슐라르, 김현 옮김, 『몽상의 시학』, 홍성사, 1978.

이승훈, 『시론』, 고려원, 1979.

울리히 바이스슈타인, 이유영 옮김, 『비교문학론』, 홍성사, 1981.

차알즈 I. 글릭스 버어그, 최종수 옮김, 『文學과 宗敎』, 성광문화사, 1981.

유영, 『타고르의 문학』, 연세대출판부, 1983.

정현종 외 편저, 『시의 이해』, 민음사, 1983.

김학동, 『비교문학론』, 새문사, 1984.

이승훈 외, 『현대시 사상 · 2』, 고려원, 1988.

빈센트 B. 라이치, 권택영 옮김, 『해체비평이란 무엇인가』, 문예출판사, 1988.

가스통 바슐라르, 곽광수 옮김, 『공간의 시학』, 민음사, 1990.

방 티겜, 김종원 옮김, 문예과학총서 『비교문학』, 예림기획, 1991.

조지훈, 『시의 원리』, 현대문학, 1993.

가스통 바슐라르, 정영란 옮김, 『공기와 꿈』, 민음사, 1993.

윤호병, 『비교문학』, 민음사, 1994.

쟈크 라캉, 권택영 옮김, 『욕망이론』, 문예출판사, 1994.

질들뢰즈 · 펠릭스 가타리, 이정임, 윤정임 옮김, 『철학이란 무엇인가』, 현대미학사, 1995.

윤호병, 『문학의 파르마콘』, 국학자료원, 1998.

옥타비오 파스, 김홍근 외 옮김, 『활과 리라』, 솔, 1998.

가스통 바슐라르, 정영란 옮김, 『대지 그리고 휴식의 몽상』, 문학동네, 2002.

펠릭스 가타리, 윤수종 옮김, 『정신분석과 횡단성』, 울력, 2004.

Freud Sigmund, *The Interpretation of dreams*. Trans. Dr. A. A. Brill. The Modern Library. New York. 1950.

Richards. I. A. *Metaphor. The Philosophy of Rhetoric.* New York: Oxford Univ. Press. 1950.

Wheelwright Philip. *Metaphor and Reality.* Bloomington: Indiana Univ. Press. 1962.

Wellek, Rene. & Austin Warran, *Theory of Literature.* Penguin Bookss. 1966.

Martin Heidegger, 『*Poetry. Language. Thought.*』, Harper & Row, Publishers, New York, 1971.

※ 표지 그림 〈몽골의 길 : 자르갈란트〉
　 서양화가 박흥순, 전 (사)민족미술인협회 회장

미야자와 켄지(宮沢賢治)와 한용운의 시 비교연구

초판인쇄 2022년 11월 11일
초판발행 2022년 11월 11일

지은이 심종숙
펴낸이 채종준
펴낸곳 한국학술정보(주)
주 소 경기도 파주시 회동길 230(문발동)
전 화 031-908-3181(대표)
팩 스 031-908-3189
홈페이지 http://ebook.kstudy.com
E-mail 출판사업부 publish@kstudy.com
등 록 제일산-115호(2000. 6. 19)

ISBN　979-11-6801-831-0 93800